흰
도시
이야기

최정화
장편소설

흰
도시
이야기

문학동네

차례

장갑 • 007

다기조 • 019

흰개들 • 037

고요를 닮은 아이 • 051

아내의 손 • 064

51번 접수자 • 078

손 없는 자들에게는 죄가 없다 • 093

감염되다 • 106

어둠의 끝 • 122

사라진 아이들 • 136

아무도 살지 않는 마을 • 151

두고 간 성명판 • 168

따뜻한 손, 단단한 등 • 183

검은 구름 주간 • 199

복구되는 땅 • 214

어떤 사람들은 이 삶을 • 230

되찾은 손 • 246

모래마을을 떠나다 • 260

새로운 이름 • 275

우리들에게 일어난 일 • 290

피프린의 도시 • 304

작가의 말 • 319

장갑

　　그들 부부가 주민센터에 찾아온 것은 화요일 새벽 다섯시쯤이었다. 유리문을 밀고 나란히 걸어들어온 두 사람이 남본 공업단지 출신이라는 사실을 한눈에 알아볼 수 있었다. 얼핏 바랜 듯 보이는 환한 톤의 하늘색 공장 유니폼 때문이 아니더라도 남본 단지 사람들에게서는 대개 엇비슷한 분위기가 풍겼다. 그들의 몸에, 말투에, 자세에, 그러니까 그들이 무심코 한숨을 쉬거나 고개를 숙이거나 먼 곳을 바라볼 때, 대화를 나누며 목을 가누는 각도에조차, 삶에 지친 자들, 자기 삶을 돌볼 겨를이 없이 깨어 있는 시간 내내 일만 하는 자들, 명령과 복종에 익숙해져서 질문을 잃어버린 자들 특유의 고유한 습성이 배어 있는 것 같았다. 그것을 굴종이라고 해도 틀린 표현이 아니라면 그날 새벽에 경찰서에 나타난 부부에게서 정확히 그 냄새를 맡을 수 있었다.

여자는 데스크를 향해 걸어갔고 남자는 대기실의 의자 옆에 섰다. 그 남자는 남본 단지의 다른 사람들이 그렇듯 피부가 거칠고 건조했고 얼굴빛은 붉었으며 눈이 조금 튀어나와 있었다. 남자는 얼굴을 문질렀다가 양손을 비비적거리기를 반복했는데 그 모습이 어색해 보였다. 아마 장갑을 낀 채였기 때문이 아니었을까. 손을 비비적거리는 행위는 언 얼굴을 녹이기보다는 어색함과 긴장을 풀어내려는 의도 같았다. 대기실에는 지난달 새로 구입한 손님용 의자가 여섯 세트나 설치되어 있었는데도 의자에 앉지 않았다. 그가 의자 옆에 비켜 서 있던 것이 이후로도 오랫동안 기억에 남았다. 그 모습이 내게 가벼운 죄책감을 불러일으킨 모양이었다. 내가 그들을 반기지 않았다는 것, 마음에 아무런 동요도 없는 채로 그들을 맞이하고 그들의 이야기를 들었으며 관련해서 더 알아야 할 사항들을 물었던 것을, 사실은 내가 진행한 그 일에 대해 전혀 관심이 없었다는 것을 그가 아주 잘 알고 있는 것 같았다.

남본 지구 내에도 주민센터가 있는데 굳이 이 지역의 센터를 찾은 이들은 하나같이 골칫거리였다. 자기 구역 센터에 대해 불만을 갖고 있는 이들이 여기라고 해서 태도를 달리하지 않았기 때문이다. 그들은 잘못 흘러가버린 자신의 삶을 우리들이 마땅히 보상해주어야 한다는 듯이 굴었다. 남본 단지 사람들에 대한 시니컬한 태도는 나 또한 마찬가지였다. 미동도 하지 않은 채 그저 그들의 다음 행동을 주시했다. 내가 이 지역에 발령을 받았을 때 들은 조언 몇 가지 중 하나가 바로 '먼저 움직이지 말라'는 것이었다. 어떤 일이 굳이 나로 인해 시작되지 않게 하라는 것이었다. 간단한 지침으로 보이지만 결과적으로는 꽤나 많은 것이 달라진다. 나는 부부가 움직이는 것을 그저 지켜보았다. 그리고 그들은 나에게 오지 않았다.

여자는 피로가 가시지 않은 눈으로 서를 둘러보더니 안내데스크로 걸어갔다. 나이가 꽤 어려 보였다. 남자와 여자는 적어도 스무 살 이상 차이가 나는 것 같았고, 여자는 근래에 보기 드물 정도로 몸집이 작았다. 키는 겨우 백오십이 넘을 것 같았고 두툼한 점퍼를 입고 있어서 몸매가 드러나지는 않았지만 갸름한 얼굴 혹은 날랜 움직임 때문인지 몸이 가볍다는 인상을 주었다.

여자는 민원 담당 테이블을 짚고 상체를 앞쪽으로 기울였다. 테이블 위에 올린 두 손에는 장갑을 끼고 있었다. 목도리와 외투를 벗어 의자 등받이에 걸어두고 마스크도 주머니에 넣었지만 장갑만은 그대로였다. 마치 장갑이 신체의 일부이기 때문에 벗을 필요가 없다는 듯한 인상이었다.

여자는 테이블에 비스듬히 기댔다. 어딘가 각도가 맞지 않는 듯 보였지만 흔들림이 없었다. 그 모습은 사마귀를 연상케 했다. 팔다리가 길고 뾰족하게 뻗은 그 곤충이 데스크에 앉은 우영우—그는 센터에 들어온 지 삼 개월 정도 된 공익근무요원이다—의 얼굴을 뜯어먹기라도 할 것처럼 가까이 가져가자 신경이 곤두섰다.

고개를 움직이지 않은 채로 시선을 슬그머니 남자 쪽으로 돌렸다. 남색 오리털 점퍼에 털신을 신고 장갑을 끼고 손으로 짜서 올이 엉성한 목도리까지 칭칭 감고 있었다. 다시 시선을 여자 쪽으로 돌렸다. 가벼워진 여자의 매무새와 그와 부조화스러워 보이는 두 손, 두툼한 갈색 털장갑을 바라보았다. 한겨울이었고 건물은 난방중이었다. 유니폼 안에 두꺼운 티셔츠를 입으면 겨드랑이에 살짝 땀이 고일 정도로 훈훈했다.

"재구가 사라졌어요."

나는 사진을 넣으려고 서랍을 열다가 멈칫했다. 여자의 목소리 때문이었다. 물기가 거의 없는 뻑뻑한 목소리였다. 그러니까 나는 이 목소리가 인체가 내는 음성의 주파수와는 다른 음파라는 것을 감지했다. 언뜻 건조한 목소리나 허스키 보이스로 오인할 수도 있었지만 음역대가 전혀 달랐다. 그다음에 내가 떠올린 것은 올해 초에 있었던 위생 교육이었다.

○ 이상 음성

이상 음성은 재작년에 발병한 D 전염병 환자의 특징을 알리는 대대적인 교육이 진행되었을 때 목록에 적혀 있던 대표적인 전조 증상 중 하나였다.

"실종 신고 접수하시겠습니까?"

우영우가 물었다. 우영우의 표정은 자연스러웠고 평소처럼 어딘가 무딘 얼굴을 하고 있었다. 그도 여자의 목소리에서 이물스러움을 감지했을까?

"아동입니까, 성인입니까?"

여자가 대답 대신 숨을 거칠게 내쉬었다. 우영우는 당황한 것 같았다. 우영우는 여자가 자기에게 화가 났다고, 적어도 그 여자가 감정적으로 자제하지 못하고 있는 상황이라고 생각하는 듯했다.

○ 불규칙적인 과호흡

입김을 불면 낙서의 흔적이 되살아나듯 자료집의 한 페이지가 펼쳐지고 글자들이 선명하게 되살아났다. 교육 자료로 받은 서류 묶음을 꺼내려고 맨 아래 서랍을 열었다. 하지만 서랍 속에는 서류 묶음이 없었다. 나머지 서랍들을 차례로 열어보았지만 자료집은 없었다.

기억을 더듬는 수밖에 없었다. 나는 D 전염병의 증상이 나열된 페이지를 떠올리려고 애썼다. 자료집에는 감염된 환자들의 증상이 서른 개, 유사 증상과 합병증으로 나타날 수 있는 증상이 마흔 개 정도, 유사 증상이지만 무관한 증상이 또 스무 개 정도 서술되어 있었다. 그것들 중 체크한 부분을 환산해서 7점 이상이 나올 경우 감염자로 봐도 무방하다고 했다.

　우영우도 그날 나와 같은 교육실에 있었다. 그가 부러 포커페
이스를 유지하고 있는 것이 아니라면 여자의 호흡에 대해서 다른
해석을 하지 않는 것 같았다. 그는 늘 그랬던 것처럼 무디게 반응
했다.
　나는 가끔 우영우의 무감각이 놀라웠다. 때로는 정말 아무 생각
이 없는 인간이라는 것이 실제로 존재하는 것은 아닌지, 그게 바
로 우영우라는 인간의 핵심은 아닌지 의심스러웠다.
　접수증을 받아든 여자는 이번에는 좀전보다 차분해진 목소리로
볼펜을 달라고 말했다. 우영우가 책상 위의 연필꽂이에서 모나미
볼펜을 꺼내 건넸고 여자는 서류와 볼펜을 받아들고 돌아섰다. 그
리고 점토 인형처럼 미동도 없이 대기석 옆에 서 있는 남자의 옆
에 앉았다. 여자는 남자를 한번 흘겨보더니 자판기에서 설탕커피
를 뽑아 건넸다. 남자가 그걸 받아 미음처럼 목구멍으로 천천히
넘겼다.
　여자는 볼펜심을 꼭꼭 눌러가며 칸을 채웠다. 간혹 남자 쪽으로
고개를 홱 돌리고 앙칼진 목소리로 뭔가를 물었다. 화가 나서는
아니었고 원래 그런 식으로 대화를 하는 모양이었다. 남자는 꺼져
가는 난로에 연료를 부어넣듯 종이컵 커피를 간간이 목구멍으로
흘려넣으며 멍한 시선을 티브이에 고정시켰다. 그리고 여자의 앙

칼진 목소리와 어울리지 않는 김빠진 낮은 목소리로 느리게 대답을 했다.

여자는 고개를 끄덕이면서 공들여 글씨를 쓰기 시작했다.

○ 손가락 근육 기능 상실

또하나의 증상을 떠올리는 동안 여자는 칸을 다 채우고 우영우에게 서류를 갖다주었다.

우영우는 접수한 서류를 확인하다가 몇 가지 이상한 점을 발견했다. 그중에서 가장 두드러진 것은 실종 시간이 잘못 기록되어 있다는 점이었다. 서류의 실종 시간과 아래 비고란에 적힌 시간이 달랐다.

정확한 시간이 언제인지 묻자 여자는 화부터 냈다. 자기는 분명하게 기억하고 있으니 적어놓은 시간이 틀릴 리가 없다는 것이다. 그런 식으로 엉뚱한 시비를 걸어온다면 자기는 수사에 협조할 수 없다고도 했다. 나는 여자가 상황을 완전히 잘못 이해했다는 것을 알았다. 그러니까 그녀는 우영우가 자신을 의심한다고 여기는 듯했는데, 사실을 말하자면 우영우는 그 실종 신고 건에 대해 그 정도로 관심을 갖고 있지 않았다. 서류상의 사실 관계 확인에 관한 것은 서류 접수에서 지켜야 할 기본적인 사항일 뿐이었다. 곤란하게도 여자는 사태를 완전히 확대 해석하고 있었다. 우영우는 다시 한번 아이가 사라진 시간을 물었고 여자는 다시 대답했다.

　나는 부부를 의심하기 시작했는데 그것은 여자가 시간을 정확히 말하는 도중 실종 날짜를 혼동했기 때문이다. 물론 그런 일들은 허다하다. 나 또한 실수와 실언을 한다. 하지만 여자는 이번에는 날짜를 틀리게 말했고 그걸 우영우가 다시 지적했을 때 불같이 화를 내면서 상소리를 했다.

　우영우는 당장은 그 진술서를 수정하지 않는 것이 낫겠다고 판단했다. 대부분의 피해자들은 감정적으로 격해 있는 상황이고 그들에게 이성적인 반응을 원한다는 것은 말도 안 되는 일임을 잘 알고 있었다. 한 시간도 지나지 않아 그녀가 스스로 화를 누그러뜨리고 좀전의 태도에 대해 사과할 가능성이 높았다.

　그 외 몇 가지 의문 사항이 있다며 내일 다시 경찰서를 방문해줄 것을 요구하자 여자는 옆에 있는—거의 아무 역할도 하지 않은—남자와 간단히 의논을 하고 나더니—그가 아이의 아버지가 아니라는 것이 거의 확실했다—우영우에게 시간을 내기 어려우니 자기가 일하는 공장 근처로 와줄 수 있는지 물었다.

　부부는 서둘러 서를 나갔다. 들어올 때는 몰랐는데 남편은 양팔의 길이가 조금 달랐다. 오른팔이 오에서 칠 센티미터 정도 짧았다. 만일 여전히 내 감각이 살아 있다면 분명 칠 센티미터를 넘지는 않을 것이다. 남자는 걸을 때마다 어깨가 기울면서 오른쪽으로 넘어질 듯 휘청거렸다. 여자가 남자 옆에 달라붙어서 귀에 대고 뭐라고 종알거렸다. 그 목소리가 다시 귀에 거슬렸다.

남자는 대답 대신 뒷짐을 졌다. 손에 낀 장갑이—여자의 것은 실로 짠 벙어리장갑이었고 남자의 것은 등산용으로 보이는 합성 피혁 제품이었다—유난히 두드러져 보였다.

나는 그들 부부가 감염되었을 거라고, 확신할 수는 없지만 적어도 D 전염병 보균자일지 모른다고 추측했다.

이틀 뒤 저녁 다섯시경에 그들이 다시 찾아왔다. 둘은 같은 공장에서 일하고 있었는데 일이 끝나는 시간이 밤 열한시였고 중간에 틈을 내기도 쉽지 않은 모양이었지만 접수증의 내용이 사실과 달라 다시 방문해달라고 요청했다. 애초에 그 일은 우영우의 업무였으나 그가 병가를 낸 부부를 만나는 일이 내 몫이 되었다.

부부는 그날도 눅눅한 공기를 몰고 나타났다. 지친 걸음걸이는 내가 마땅히 그들을 도와야 한다는 생각이 들게 했다. 겨우 이틀이 지났을 뿐인데 두 사람은 전혀 다른 사람처럼 보였다. 나이가 훨씬 더 들어 보였다. 이틀 전보다 행색이 더 초라했다. 그나마 이틀 전에는 신경을 써서 단장을 했던 모양이었는데, 오늘은 그럴 여유가 없었던 것 같다. 그리고 뭔가 어떤 분명한 이유 때문인 것으로 보였는데, 나와 좀 떨어져 앉았다.

검게 흐르는 하천을 앞에 두고 우리 세 사람은 아이의 실종에 대해 이야기했다. 대개는 아내 쪽이 적극적으로 설명을 했고 가끔 남편이 끼어들었다. 아내의 이야기의 어떤 부분을 바로잡아주려는 의도인 것 같았는데 의혹을 불러일으키는 진술이 대부분이었다. 마치 일부러 아내의 진술에 훼방을 놓으려는 것이 아닌가 싶을 만큼 앞뒤가 맞지 않았던 것이다.

그러면 아내 쪽에서 성을 내면서 내가 그 자리에 있다는 걸 잠시 잊은 듯 두 사람 사이에 있었던 지난 실책들을 끄집어내 싸움을 만들었다. 나는 곤혹스러웠다. 전날도 밤을 새웠기 때문에 피로가 몰려왔다.

"당신이 하는 일은 매번 그런 식이요. 제대로 기억하는 거가 아무것도 없으니 차라리 여기 없는 게 재구를 찾는 데 더 빠를 거란 말이지."

여자가 씩씩댔다. 내가 보기에 여자는 숨을 내쉬어야 할 때 들이쉬면서 심하게 과호흡을 하고 있었다. 남편 쪽은 핀잔을 주면서 여자의 화를 더 돋웠고 그러자 여자는 씩씩대면서 알고 있는 것이 없는 당신은 그만 가보는 게 좋겠다고 남편의 등을 떠밀었다. 남자 쪽이 여자의 팔을 내치며 늦게 온 주제에 기세는 등등해가지고, 라고 얼버무렸다.

"늦게 오다니 누가 늦게 와?"

"당신 늦는 바람에 형사님이 도대체 몇 분을 더 기다렸는지 몰라서 이려?"

"이 양반이 어쩌자고 또 없는 말을 꾸며내는지 몰라. 이제 거짓

말이 아주 혀에 붙었어. 혀에 붙어서 거짓말을 아무렇지도 않게 한다니."

나는 그 표현을 지침이 적혀 있던 서류에서 읽었다. 전날 조사실 캐비닛에서 자료집을 찾아 밤새 읽은 덕에 서류의 한 페이지가 머릿속에 통째로 남아 있었고 그 페이지의 중간쯤에 쓰여 있던 구절이 정확히 되살아났다.

○ 가벼운 건망 증세

상세 설명까지 선명히 떠올랐다.

비교적 가까운 시일 내에 있었던 일에 대해 기억이 없으며 그 부분의 기억을 다른 기억으로 대체하고 있기 때문에 자각이 없음. 거짓말이 혀에 붙은 허언증 환자로 오인되는 사례 발생. 사실을 번복하여 말하고 매번 확신에 차 있는 경우.

나는 이틀 전 다시 출두를 요청하려고 전화를 걸었을 때 남자가 내게 화를 냈던 것, 그것이 과하고 연극적이라고 느꼈던 순간을 되새겼다. 연극이 아니라 남자는 진짜 내게 화가 나 있었던 것이다. 자신이 사실을 번복한 것을 기억하지 못하고 내가 불필요한 딴지를 거는 것으로 느꼈을 것이다. 나는 머릿속에 진단표를 띄우고 부부의 행동들을 떠올리며 질문에 답을 채워나갔다. 마지막 문항의 답을 풀었을 때 어깨에 힘이 탁 풀렸다.

그들은 다기조 감염자였다.

다기조

다기조라는 것은 '다기'와 '이조'라는 두 단어를 합성해서 만든 말로, 피부가 하얗게 말라붙는다고 해서 다기(daggi, 동물의 보호용 껍질), 발병한 뒤 병증이 진행되고 말기 증상까지 이겨낸다고 해도 다른 사람에게 옮긴 뒤에야 완치가 된다고 해서 이조(izo, 스스로 소멸되지 않고 이동함으로써 숙주를 떠나는 전염의 방식)라는 이름이 붙었다. 사람들이 이 병을 꺼림칙하게 여기는 것은 물론 피부가 보기 싫은 모양으로 변질되어 떨어져나가는 것에 대한 공포 때문이기도 하지만 이러한 전염의 방식 때문이기도 했다. 단지 타인에게 옮겨간 후에야 바이러스가 사라진다는 것만 발표되었을 뿐 어떠한 경로를 통해서 전염되는지는 아직 밝혀지지 않았다.

다기조에 대한 이야기는 병이 나돌기 시작한 초여름 이후로 심심찮게 들려왔고 사진으로는 수십 장도 넘게 보아왔지만 실제로 병을 앓고 있는 사람을 만난 적도, 나무처럼 말라붙은 환부를 본 적도 없었다. 하지만 교육 자료집 뒤에 별첨으로 붙어 있는 이십여 장의 사진 자료들은 그 병을 두려워하기에 충분하리만큼 끔찍했다. 손바닥이나 피부 한 곳에 비듬처럼 각질이 일기 시작하여 이윽고 손 전체가 말라붙고 손목 부근까지 괴사가 진행된다. 안쪽의 근육이 말라붙는 동안 피부의 표피층은 회백색의 얇은 껍질처럼 딱딱해지는데 이윽고 뼈마디가 부스러지면서 마치 식물의 병든 잎이 떨어져나가듯이 손목이 떨어져나가고 나서야 병은 끝이 났다. 끝이 났다는 표현은 정확하지 않다. 손의 각질이 다른 사람의 손에 들러붙으면서 손목이 떨어져나가기 때문이다. 손목에서 떨어져나간 각질 덩어리가 다른 손으로 옮겨붙어 언제 포자화— 병균이 옮아가고 난 뒤 손목에서 손이 떨어져나가는 증상을 그렇게 불렀다—가 일어날지 모르는 환자들을 격리하는 방침을 한창 준비중이었다. 아직 방침이 완비되지 않은 상태였기 때문에 다기조병 환자들은 딱히 어떤 조치도 없이 식구들과 함께 생활하고 직장에 다니고 주말에는 시내를 활보했다.

공식적으로 보도가 되지는 않았지만 사람들 사이에서 소문이 퍼지기 시작했다. 요즘 유행하는 습진에 이런 음식들이 좋더라고 정보를 주고받는 걸로 시작해서 어떻게 하면 그 병을 고칠 수 있는지 치료법이 유행하기도 했고 그 병의 전문가라는 사람들이 광고 전단을 만들어 돌리기도 했다. 청결 상태와는 딱히 관련이 없는데도 손 세척제나 손 씻는 법 같은 것들이 유행을 했다.

한겨울이어서 많은 사람들이 장갑을 끼고 있었는데도, 장갑을 낀 사람들은 일단 의심을 받았다. '다기조'는 손바닥에 가장 많이 나타나는 증상이었지만 살이 연하고 통각이 많이 분포된 다른 부위에도 발생할 가능성이 있었는데 유독 사람들은 손을 살폈다. 아마 손이 가장 쉽게 관찰할 수 있는 부위였기 때문에 그런 식으로 전염병을 예방할 수 있을 거라는 가벼운 희망을 얻고자 했을 것이다. 인간이란 평소에는 회의나 염세로 자신을 치장하기도 하지만 극한 상황이 되면 어떤 식으로라도 희망을 만들어내 연명하려 들기 마련이니까.

다기조병은 사람들 사이에서 처음에는 비듬병, 눈송이같이 흰색을 연상하는 사물들을 대치시킨 이름으로 불리다가 올해 초 정부에서 공식적으로 발표하면서 그 이름이 통일되었다. 우리들이 특별 교육을 통해 학습한 전염병 D의 학명이 바로 다기조였다.

L시의 경찰서에서 근무하는 이들을 대상으로 사흘에 걸쳐 교육이 진행되었다. 오전에 중앙경찰청으로 출근해 세 시간 교육을 받고 오후에 자기 지부로 출근했고 간부들은 남아서 2차 교육을 받았다. 전체 교육이 끝난 후에는 각 지구마다 감염 관련 사건을 전담하게 될 특수 경관이 이 주간에 걸쳐 특별 교육을 받았다. 나는 동부지구 지청에 속한 경관들 중 관련 사건 전담반으로 지목

되어 1월 10일부터 24일까지 중앙청의 교육을 받았다.

이 교육의 핵심은 시민들에게 공표될 사항과 다기조병에 관한 실제 정보였다. 다기조병은 감염되는 것이 아니라, 태어날 때부터 부모에게서 물려받은 유전자에 내재되어 있는 바이러스의 발현으로 인한 것이고, 격리 치료가 이루어지는 이유는 감염자들의 치료에 그쪽이 더 효과적이기 때문이라는 것이었다. 하지만 평직 근무자들이 돌아가고 난 뒤 간부들에게 전달된 내용은 그렇지 않았다. 1부에서 소책자 브로마이드 형식으로 배포된 내용과 정반대되는 내용이 두꺼운 자료집에 낱낱이 적혀 있었다. 그 책에서 다기조는 엄연한 전염병이었다. 하지만 신경정신의학계와 사회심리학계의 전문가들이 일 년여의 시간 동안 사례 조사와 연구, 토론 끝에 밝혀낸 사실은 이 전염병의 발발은 신체적인 피해 사례를 넘어설 것이라는 사실이었다.

"이 도시는 다기조를 이겨내지 못할 것입니다. 그게 우리가 이 도시에 거짓 홍보를 해야 하는 유일한 이유입니다."

중앙경찰청장인 이만희가 교육 기간 첫날에 연단에 서서 처음으로 한 말이었다. 그는 사십대 후반의 나이에도 잔주름 하나 없이 팽팽하게 잡아당긴 랩 같은 피부를 갖고 있었다. 자료집을 들춰보던 이들이 술렁이기 시작했다. 이만희가 연단을 탁탁탁, 마치 재판장이 판결을 내리듯이 세 번 두드렸다.

"또하나의 확정된, 그리고 이미 실행된 사실을 말씀드리자면,

L시는 어제부로 완전 봉쇄되었습니다."

교육관이 일시에 술렁이기 시작했다. 나는 팔을 뻗어 테이블 위에 있는 과자를 집어들었다. 비닐을 벗겨내고 화투장만한 크기의 납작한 과자를 꺼내 입안에 넣었다. 계피향이 나는 달콤한 과자 부스러기가 혓바닥 위를 굴러다니자 곧 기분이 나아졌다.

정확한 내용은 밝혀지지 않았지만 L시가 다기조병의 감염 원인 지역으로 확인되었고, 마땅한 치료법이 개발되지 않은 지금으로서는 봉쇄 외에 다른 해결 방안을 찾지 못했다고 했다. 물론 봉쇄는 L시 쪽에는 불리한 방침임이 분명하다. L시의 운명은, 어쩌면 다기조 감염자의 운명과 마찬가지일 수도 있다고 했다.

"그러니까, 결국 이 도시 전체가 떨어져나가는 수도 있다는 뜻입니다. 감염된 부위가 신체에서 떨어져나가듯이 이 도시 전체가 멸망하는 겁니다."

뒤쪽 테이블에서 누군가 손을 들었다.

"질문을 하라고 한 적은 없지만 말씀해보십시오."

이만희가 고개를 오른쪽으로 삐딱하게 떨어뜨렸다. 손을 든 사람은 동부지구 쪽 중간 간부쯤 되는 것으로 보였다. 한 번 본 사람은 소속과 직위는 몰라도 인상은 잊지 않을 정도로 개성이 강한 얼굴이었다. 사내는 지금 청장이 말한 것이 이미 결정된 사실인지, 그렇다면 그게 누가 언제 결정한 것인지 알고 싶다고 했다. 우리들에게는 지시를 이행할 의무만 있을 뿐 그 방향에 대한 선택권은 없는 것입니까? 하고 물었을 때 이만희는 귀찮은 일이 생겼다는 표정으로 콧구멍에서 콧김을 내뿜었다.

"좋은 질문입니다. 설명 이전에 대답부터 드리자면 이것은 이미 결정된 사항으로 여러분에게 선택권은 없습니다. 이건 이미 이렇게 되기로 정해진 사실입니다. 일 년간 논의해왔고 확정된 건 지난주 월요일이었습니다."

다시 교육관 안이 술렁거렸다. 나는 과자를 하나 더 집어들고 비닐을 벗겼다. 아주 얇은 비닐이 찢어지는 느낌은 얼음 바닥을 스치는 스케이트 날을 연상시켰다. 나는 이 도시가 실제로 봉쇄되었다는 지난주 월요일을 떠올렸다. 벌써 반년이 지났는데도 아내와 함께 사는 걸로 착각하고 주방과 화장실을 찾아다녔던 것, 현실로 돌아왔을 때의 선명한 느낌, 소화제를 먹고 다시 잠이 들었다가 깨어난 것, 소화제를 사러 나갔다가 부옇게 낀 먼지바람 속에서 내가 뭘 하려고 했는지 기억해내느라고 잠시 서 있었던 것이 마치 다른 사람의 기억처럼, 그러니까 그 장면들에 속해 있는 나 자신도 포함하여 떠올랐다. 그 순간에는 내가 볼 수 없었던 것들이 잠결에 자연스럽게 몸을 뒤집듯 모습과 방향을 조금씩 뒤바꾼 채 선명하게 떠올랐다. 우리들이 자신도 모른 채 영원히 L시에 갇혀버리는 순간이었고, 동시에 L시가 이 나라에서 떨어져나와 별개의 독립 구역이 되는 순간이었다.

청장은 다음 교육을 진행했다.

다기조병의 증상 초기 진행 과정이었다. 그는 마치 중고등학교 시절의 역사 선생님들이 세계대전이나 공화국의 발전 단계를 설명할 때와 같은 건조한 목소리로 초기 증상들을 하나씩 읽어나가기 시작했다.

ㄱ. 불규칙적인 과호흡

ㄴ. 가벼운 건망 증세

ㄷ. 갈증

ㄹ. 기침

ㅁ. 단기 기억상실

ㅂ. 허언증

ㅅ. 이상 음성

ㅇ. 신체 말단 부위의 근육 소실증

ㅈ. 청색증

ㅊ. 자기 인식 불능

ㅋ. 신체 말단 부위의 각질화

각개의 증상으로 보이지만 증상들 사이에는 연관성이 있었다. 이를테면 본인만 인지할 수 있는 징후인 갈증이 심해지면 기침처럼 타인도 인식할 수 있게 되고 그다음에는 이상 음성으로 인해 같은 장소에 있지 않더라도 환자의 징후가 노출된다. 건망 증세나

호흡기 상태도 마찬가지로 점차 근육이 소실되다가 하얗게 말라붙으면서 눈에 띄고 만다.

각 시기별 특징에 대해 상세히 설명한 뒤 소그룹 토론이 이어졌다. 각자가 경험한 다기조병에 관한 이야기들이 테이블마다 왁자지껄하게 쏟아져나왔다. 토론이 지루하고 식상할 것이라고 생각했는데 다들 열을 올리는 바람에 점심시간까지 이어졌다. 지하 식당으로 이동해서 식판의 밥을 게걸스럽게 비우면서 제가 보고 들은 이야기들을 주고받았다. 대부분은 딱히 정보랄 것이 없는 헛소문들이었다.

누군가는 다기조병의 증상과 예후에 대해서 제가 알고 있는 모든 정보를 떠들고 난 뒤 상기된 얼굴로 그 병이 신에게 저주받은 결과라고 했다. 신의 저주라는 말에 나머지 사람들이 소리내어 웃자 그는 당황하는 것 같았다. 그는 자기가 전염병과 관련된 책이라면 가리지 않고 읽어서 알고 있는데 최근 남본 공업단지에서 나타나는 모든 현상들이 기원전 2세기에 멸망한 도시인 파르피타Parpita에서 나타났던 현상들과 거의 흡사하다고 주장했다. 그 도시는 현대와 버금가는 발전을 이루었지만 전염병으로 멸망했다고 했다.

대부분은 주변 사람들이 나타내는 징후에 대한 이야기였는데 비슷한 사례들이 반복될 즈음 누군가 심드렁한 말투로 자기가 보기에 이 병은 심리적인 데서 연유한다고 말해 눈길을 끌었다. 막상 사람들의 이목이 집중되자 그는 목소리에 자신감을 잃었고 그저 그런 생각이 언뜻 들었을 뿐이라고 얼버무려서 그 의견은 곧 잊혔다.

심드렁한 얼굴로 천천히 식판을 비우던 사람도 기억난다. 그는 적어도 초기 증상의 경우에는 마땅히 병이라고 하기 어렵다고 했다. 자기가 알기로는 이 도시 거주자 중 80퍼센트 이상이 호흡기 질환과 건망 증세, 그리고 가벼운 천식을 앓고 있는데 이 증상만으로 초기에 다기조병의 감염 여부를 판단하기는 어렵다고 했다. 그 말에는 일리가 있었다. 다기조병 감염자가 아니더라도 우리 모두는 어떤 병을 앓고 있었다. 다만 그 병이 친숙할 정도로 알려진 경우에 그게 불필요한 두려움이나 위협 없이 낫게 되는 것일 뿐이었다.

다기조가 L시를 열병 같은 흥분 상태로 몰아간 것은 그 병의 이물스러움 때문이었다. 그 병은 낯설었다. 특히 증상이 그랬다. 이전에는 아무도 신체의 일부가 피부가 아닌 다른 상태로 변하는 일을 당하지 않았다. 불의의 사고를 당하지 않는 한 신체의 일부가 떨어져나가는 일은 없었다.

토론이 끝나고 오후에는 다시 교육이 진행되었다. "일전의 보도 내용을 모두 보았겠지요?"라고 물으며 청장이 교육생들을 천천히 둘러보았다.

"다음은 감염자 사례 1입니다."

청장이 리모컨 버튼을 누르자 칠판 위쪽에 설치된 프로젝터 스크린이 천천히 내려왔다.

"제오스 그룹의 회장에게 지병이 있었다는 것을 다들 알고 있을 겁니다. 그 병이 바로 다기조였습니다. 그는 성형외과 쪽의 도움을 받아 각질을 제거하고 새로운 피부를 이식받고, 온갖 영양소를 주입해서 새살을 만들어내려고 했죠. 유전공학 쪽의 도움도 받았을 겁니다. 그룹 계열사인 제오스 제약에서 피부 재생 관련 실험 분야에 투자했던 것은 사회 윤리 의식이라기보다 회장 개인의 치료에 대한 열망이었다고 보는 쪽이 더 정확할 겁니다. 경과를 말씀드리자면, 처음에는 효과를 상당히 보았습니다. 회장은 일시적으로 전보다 건강해지고 오히려 젊어진 듯 보였습니다. 당시 일간지에 실린 회장의 사진입니다."

청장이 스틱 끝으로 스크린에 투영된 회장의 모습을 가리켰다. 그의 뒤에는 H 지역에 새로 올린 대형 아파트 건물이 하늘을 향해 치솟고 있었는데 주변 건물과의 조화를 깨고 하늘 위로 솟구쳐 오른 그 건물들은 기이해 보이기까지 했다. 아파트 건물들을 호화스러운 무늬가 깔린 병풍처럼 배경으로 두른 채 회장은 노란 띠를 두른 하얀 안전모를 쓰고 색색의 테이프를 끊기 위해 가위질을 하고 있었다. 회장의 얼굴에는 기쁨이 서려 있었고 붉은 입술의 양 끝은 치켜올라가 있었다.

그 옆 사진엔 사망 직전 회장의 모습이 담겨 있었는데 사진 아래쪽에 고 김구일이라고 쓰여 있지 않았다면 그게 누군지 알 수 없었을 것이다. 사진 속의 인물은 침대에 누운 상태였는데 마치 시신 위에 눈이 쌓인 것처럼 머리끝부터 발끝까지 흰 가루로 뒤덮여 있었다.

"신체들이 떨어져나가기 직전 고인의 모습입니다."

청장이 리모컨을 눌렀다. 화면이 바뀌며 하얗게 굳어버린 신체의 각 부위들이 확대된 사진들이 이어졌다. 살점이 모두 흰 가루가 되어 부서지기 직전의 것을 촬영한 모양이었다. 첫줄에는 양손이 찍혀 있었는데 흰털로 덮인 거미를 연상시켰다. 오른손 새끼손가락의 일부는 부서져버렸지만 그것은 분명 사람의 손이었다. 나는 방금 전에 가위를 든 채 붉은 리본을 자르던 회장의 손을 떠올려보려고 애썼다. 건물과 득의양양한 표정을 주시하느라 회장의 손을 보지 못했지만, 대개 그런 행사에서 사람들은 손에 흰 장갑을 끼기 마련이니 회장도 손에 흰 면장갑을 끼고 있었으리라. 그리고 단정한 흰 장갑의 안쪽에서는 살점이 하얗게 말라 부스러지고 있었으리라.

"다음 장면입니다."

청장이 버튼을 눌렀을 때 누군가 소리를 질렀고, 소름이 끼쳤다. 아니면 그 반대였는지도 모른다. 먼저 소름이 끼쳤고 그리고 그 일이 일어났을지도 모른다.

뒤쪽 테이블에 앉아 있던 몇 명이 일시에 자리에서 일어났다. 그 사이로 얼핏 무언가 보였다. 둥그스름한 물체가 테이블 위를 굴러 바닥으로 떨어졌다. 그것은 떨어지면서 제 형태를 유지하지 못하고 산산이 바스라졌다. 테이블 밑으로 떨어진 그것은 망가진 화약이 폭발할 때처럼 시시한 먼지바람을 피워올렸다. 아무 소리도 들리지 않았지만 나는 귀가 먹먹해졌다.

테이블 밑으로 굴러떨어진 그것은 사람의 손이었다. 테이블에 앉아 있던 경찰은 근육질의 사내로 노란 피부였지만 책상 위로 떨어진 손은 앙상하게 말라붙어 있었다. 그가 왼손으로 오른손 손목을 감쌌다. 손가락 사이로 붉은 피가 배어나왔다. 누군가 휴지 한 뭉텅이를 그 손에 쥐여주었고 노을의 붉은빛이 보랏빛 하늘에 서서히 퍼져나가듯이 휴지에 빨간 물이 번져나왔다. 휴지 뭉텅이가 완전히 빨간 물로 젖어 축축해졌을 때, 완전히 개화한 붉은 꽃잎들처럼 바닥으로 툭 떨어졌을 때에야 지금 내 눈앞에서 무슨 일이 일어났는지 실감할 수 있었다.

교육관에 있던 우리들 중 감염자가 있었던 것이다. 같은 지구에서 근무하는 것으로 보이는 경관 하나가 그를 들쳐업고 나갔다. 다른 한 사람은 그의 등과 엉덩이를 받치고 따라 나갔다.

세 사람이 나간 빈 공간에는 하얗게 말라붙은 손 하나가 덩그러니 떨어져 있었다. 청장이 구두 소리를 내며 걸어갔다. 그리고 허리를 굽혀 그것을 집어들었는데 자신에게 향한 사람들의 시선을 의식한 것인지 혼잣말인지 접촉으로 인해서 전염되지 않는다는 사실은 거의 확실하니까, 라고 중얼거렸다.

청장은 석화된 손을 교육관 뒤쪽의 분리수거통에 버렸다. 수거통에 떨어지면서 말라붙은 손은 부서졌다. 수거통 위로 잠깐 하얀 안개 같은 먼지구름이 올라왔고 이내 가라앉았다. 그는 눈도 깜짝하지 않았다. 다만 조금 귀찮아 보이는 기색이었다.

"만약에 저 사람이 제대로 걸을 수 없었다면 그건 순전히 심리적인 이유 때문일 겁니다. 쇼큽니다. 그건 다기조병의 주요 증상이 아니에요. 손이 떨어져나간 것 때문에 일시적으로 타격을 받은 것뿐입니다."

청장이 유리창을 통해 복도를 지나가는 교육생 세 사람을 마치 가설에 정확히 맞아떨어지는 실험 결과물들을 바라보듯 하며 중얼거렸다.

손이 떨어져나갔다는 것은 어딘가로 바이러스가 이동했다는 뜻이고, 그래서 교육생들은 사색이 되었다. 교육관에 입장할 때 최소한의 검사만 했었어도 이런 위험을 겪지 않아도 되었다는 것이 교육생들의 불만이었다.

또 어떤 이들은 그의 양심에 문제가 있다고 했다. 본인이 경찰공무원인데 감염 사실을 숨기고 교육관에 입관해서 안정과 질서를 흐린 이가 서에 돌아가 맡은 역할을 제대로 수행할 리 만무하다며 징계가 필요하다고 주장했다.

감염 사실을 모두의 앞에서 전시한 그 경찰 때문에 남아 있는 교육생들 사이에서는 잠시 분란이 일었다. 대개는 비슷비슷한 말의 반복이었다. 그는 분명 전염을 통해 자기가 치유될 수 있다고 생각했을 것이다. 또다른 누군가가 그런 생각을 가지고 우리들 사이에 끼어 있지 않을 리 없다. 애초에 입장할 때 검진을 제대로 했어야 했다는 등의 감정적인 발언이었다. 오가는 말들은 그저 헛되다고 느껴졌는데 이곳을 나간다고 해도 역시 똑같은 상황에 처해 있기 때문이다. 우리들은 이미 갇혀 있다고 청장이 분명히 말했다. 이곳이 위험하다는 것은 더이상 의미가 없다. 이곳의 바깥은 없다. 우리들에게는 L시가 세계의 전부다.

두 사람이 교육관을 나가고 나자 청장이 다시 연단을 탁탁탁, 하고 세 번 두드렸다.

"예상하지 못한 일은 아닙니다. 현재 발병률은 0.2퍼센트, 우리들 중 두셋은 감염되었을 가능성이 있었으니까요."

청장은 그다음 페이지로 넘어가겠다고 말했다. 아직 흥분을 가라앉히지 못하고 웅성이는 교육생들과 달리 아무런 정서적 타격을 받지 않은 것으로 보였다. 나는 다시 바구니를 향해 팔을 뻗었지만 바구니는 비어 있었다. 가느다랗게 손가락이 떨렸다. 나는 어떤 일에 정서적으로 반응하지 않는 사람을 신뢰하지 않았다. 그것이 제대로 된 반응이 아닐지라도. 물론 청장의 마음속 깊숙한 곳에서 일어나는 일들에 대해서 내가 꿰뚫어보고 하는 말은 아니지만 교육관의 술렁임에 대해서, 청장은 무슨 말이든 했어야 했다. 내가 생각하는 지도자란 그렇다. 하지만 청장은 그 점에 대해서 아무 말도 하지 않았다.

　손의 석화에 이어 팔과 다리, 얼굴, 몸통순으로 사진들이 이어졌다. 건드리면 당장에 부서져버릴 것 같은 그 말라비틀어진 살점들을 쳐다보다가 나는 갑자기 좀전까지 혀 위를 굴러다니던 과자 부스러기를 연상했다. 낱낱이 부서진 까끌까끌한 질감이 갑자기 구역질을 일으켰다. 가슴 한가운데를 천천히 쓸기 시작했으나 청장의 목소리는 점점 멀어지는 것 같았다. 청장의 입은 어항 속 물고기의 입처럼 연신 뻥긋거리고 있었지만 아무 소리도 들리지 않았고 양쪽 귀가 막힌 듯한 느낌에 이어 어디선가 해독을 기다리며 애타는 마음으로 보내는 전파 송신음처럼 이명이 들려오기 시작했다. 나는 숨을 고르며 상황에서 벗어나보려다가 더이상 참지 못하고 손을 들었다. 굳이 사유를 설명할 필요 없다는 듯이 청장이 눈을 살짝 감았다. 나도 고개를 살짝 숙여 청장에게 사인을 보낸 뒤에 교육관 밖으로 나왔다.

　교육관 내부의 열기 탓인지 여름인데도 복도는 쌀쌀하다고 느껴질 만큼 공기가 차가웠다. 등줄기에 소름이 올라왔다. 이마에 땀이 맺혀 있었다. 나는 땀을 닦을 여유가 없었다. 가슴을 천천히 쓸어내리며 겨우 창가로 걸어나갔다. 창밖으로는 운동장이 펼쳐져 있었다. 가장자리는 울창하게 푸른 잎으로 뒤덮인 나무들이 둘러서 있었지만 운동장에는 거짓말처럼 아무도 없었다. 꽤 넓은 부지여서 한 사람의 움직임도 없이 펼쳐진 공간이 기묘한 느낌을 주었다. 깊게 숨을 들이마시고 운동장으로 나갔다.

운동장의 흙바닥을 만지작거리자 조금 안정이 되었다. 축축하게 젖은 짙은 색의 흙덩어리가 마음을 안정시켰다. 언젠가 잡지에서 피부병을 앓던 도시인이 이주해 흙을 만지며 농사를 짓자 병이 말끔하게 사라졌더라는 기사를 읽은 적이 있다. 이주농의 얼굴이 제법 선명하게 떠올랐다. 깊게 팬 주름과 갈빛으로 그을은 피부, 키가 크고 마른 축이었는데 도시에 살 때는 스페인 요리주점을 경영했다고 했다. 그리고 지금은 그쪽에 식재료를 공급하고 있다고 한다.

흙바닥을 만지작거리던 손에 뭔가 잡혔다.

흙속에 묻혀 있던 것들은 시커먼 덩어리였는데 하얀 점들이 박혀 있었다. 곰팡이일 거라고 생각했다. 급히 손을 떼고 들여다보았을 때 하얀 점들이 내가 좀전에 교육실에서 본 그것들이라는 것을 알았다. 시커먼 덩어리는 언뜻 보기에는 동물의 뼈 같았다. 쥐 혹은 새, 꼬리나 날개는 보이지 않았고 몸통뿐이었다. 말단 부위는 이미 떨어져나간 뒤였는지도 몰랐다. 황급히 흙을 덮어 사체를 묻었다. 그리고 보건실을 향해 달리기 시작했다. 그동안 내 속이 급속도로 썩어들어가고 석화되어 떨어져나갈 듯한 두려움에 전력을 다해 뛰었으나 삼층의 보건실 앞에 도착했을 때는 열린 문틈 사이로 농담을 나누고 있는 보건사와 경관의 모습을 잠시 바라보다가 좀더 신중해야 한다고 생각했다.

나는 화장실로 갔다. 손 세척제를 거의 반통 손에 부어 씻기 시작했다. 손바닥, 손등, 손가락 사이사이, 손톱 끝까지 문질러 닦은 뒤에 물을 받아 열댓 번은 헹구어냈다. 차가운 물 때문에 손이 얼어붙는 것 같았다. 발갛게 피부가 부어오르기 시작했다. 그것은 아마 혈관이 수축되며 일시적으로 나타난 현상이었겠지만 당시에 나는 그것이 다기조 바이러스의 감염 증상은 아닌가 하여 불안감에 어쩔 줄 몰랐다. 분명 교육받은 증상의 내용에는 피부색의 변화 같은 것은 없었다. 더군다나 좀전에 내가 손을 씻은 과정을 미루어 짐작컨대 피부가 자극을 받은 일 때문에 일어난 결과라는 것이 거의 분명한데도, 머릿속에서는 물컹한 살점 위에 덮인 하얀 가루들이 떠나질 않았고, 부어오르는 손을 보면서 그다음에 떠오른 것은 그 하얀 가루가 내 얼굴이든 목이든 걷어붙인 팔 어딘가에든 들러붙었을지도 모른다는 두려움이었다.

나는 옷을 벗고 싶었다. 화장실 맨 끝 칸에 샤워실이 있었고 거기서 온몸을 다 헹구어내고 싶었다. 보이지 않는 그 하얀 가루를 떨구어내고 싶었다. 하지만 그다음에는 더 큰 두려움에 시달릴 거라는 걸 알았다. 손을 씻고 난 뒤에 외부에 노출된 부위가 걱정되었듯이 온몸을 씻고 난 뒤에 겪게 될 두려움을 상상하고 싶지 않았다. 붉게 언 손을 좀 녹이고 나서 다시 교육실로 들어가 앉았다.

뒷문을 열었을 때 2분단 앞쪽에 내 자리가 비어 있는 것이 보였다. 그 순간에도 머릿속에는 흙속에서 발견된 말라붙은 근육과 피부의 딱딱한 덩어리가 하얀 가루로 뒤덮여 있었지만 내 사정을 모르는 동료들의 무심함과, 거만한 태도로 강의를 계속하고 있는 청장, 그리고 그들이 내가 앉아 있던 의자를 여전히 비워두고 있었다는 것, 아무도 앉아 있지 않은, 그래서 거기에 앉을 수 있는 의자가 눈물이 날 정도로 고맙게 느껴졌다. 나는 천천히 걸어가서—다리가 후들거렸지만 똑바로 내디딜 정도의 정신은 남아 있었다—의자에 앉았다.

"새로운 병이 나타났다는 것은 새 시대가 출현했다는 것과 동일한 뜻이오."

그게 그날 강연에서 청장의 마지막 말이었다. 당장에는 전염병으로 인한 혼란 때문에 온갖 해석이 쏟아져나오겠지만, 다기조가 뜻하는 것은 단지 세대가 달라졌다는 것, 새로운 물결이 시작되었다는 것일 뿐이라고 청장은 말했다. 그러므로 새 시대에 맞는 새로운 가치관이 이 도시의 시민들에게 필요할 것이라고 했다.

"그 새로운 시작이라는 것이 바로 여러분들의 손에 달려 있다는 겁니다."

흰개들

희라를 다시 만난 날에는 아침부터 가는 비가 내렸다. 우산을 가지고 나오지 않아서 주차장까지 뛰었고 물웅덩이에 발을 잘못 딛는 바람에 바지가 좀 젖었다. 비가 만드는 물웅덩이는 뿌연 회백색이었다. 바짓단에 묻은 하얀 얼룩을 물티슈로 떼어내고 곧 출발했다. 도로 위에서 흰색 빗방울들이 튀어 창문에 들러붙으면 앞이 잘 보이지 않았다. 와이퍼를 쉴새없이 움직여 창을 닦았다. 창밖으로 보이는 회백색 도시는 이상하게 들릴지 모르겠지만 아름다워 보였다.

도시는 창백했고 황량했다. 그리고 이 도시가 가지고 있는 그 거대한 황량함이 내 안에도 있었다. 나는 딸을 잃은 아버지였고 아내를 잃은 남편이었고 또 더이상 아무것도 꿈꾸지 않는 인간이었다. 나는 사람들이 대화할 때 표정이 조금도 변하지 않는 것을 보았는데 그것은 나 자신의 모습이기도 했다. 폐허가 되어가고 있는 도시가 단지 피폐해 보이지만은 않았던 이유는 이곳이 나를 닮아 있었기 때문이다. 내가 이 도시를 닮아 있었기 때문이다. 추한 부모가 자신을 닮은 추한 아이의 얼굴을 바라볼 때의 사랑스러움으로 나는 L시를 사랑하고 있었다.

차량용 티브이를 틀자 아침 뉴스에서 R빌라에서 일어난 일을 보도하고 있었다. 자고 일어나보니 손이 잘린 사람에 관한 이야기였다. 다음날 아침이라고 생각했지만 그가 깨어난 것은 저녁 무렵이었고 마취가 덜 풀린 상태였다. 무슨 영문인지 그는 몰랐다. 확실히 알 수 있었던 것은 자신의 손이 없어져버렸다는 사실뿐이었다. 이불은 흥건하게 피에 젖어 있었고 손목 아래로는 아무것도 없었다. 절단된 부위는 거즈로 싸여 있었고 일말의 양심은 남았는지 응급조치는 대충 해놓은 모양이었지만 구급차를 타고 응급실로 실려간 그 사람은 다섯 시간에 걸쳐 의수 접합 수술을 받았다.

의학계에서는 최근 이러한 사고와 다기조병이 뇌에 미치는 영향과의 연결 지점에 대해서도 연구하고 있다고 했다. 원인 관계라고 규정할 수는 없지만 상당한 영향이 있다는 것이다.

"이 병의 특징은 자신의 신체에 대해서도 결합을 거부하고 떨어져나가려는 속성을 가지고 있다는 점입니다. 타인과의 관계에 대해서도 마찬가지여서 감염자들은 상대가 나와 같은 인간이라는 인식, 감정이입 능력이 철저하게 떨어지는 것으로 드러났습니다. 물론 모든 다기조병 환자들이 타인에게 피해를 입히는 것은 아닙니다. 그럴 가능성을 높인다는 뜻입니다."

나이든 의사의 표정은 주름이 많은 동물처럼 늘어진 피부 거죽 때문에 잘 알아볼 수 없었다. 목소리는 건조했고 눈꺼풀은 내려앉았으며 피부는 바싹 말라 있었다. 나는 어떤 흉악한 범죄 소식을 들었을 때보다 심한 무기력증을 느꼈다. 아마 앞으로 L시에서는 룸메이트를 찾는 일이 급격히 줄어들 것이다.

TV에서는 몇 년째 다기조에 관한 방송만 흘러나왔다. 마치 우리가 그 병에 포위되었다는 것을 세뇌시키기라도 할 작정인 듯했다. 가장 인기를 끄는 것은 병의 치료와 관련한 온갖 잡다한 지식들로 구성된 교육 프로그램이었다. L시에서 건강에 대한 관심은 다른 도시와 비교할 수 없을 만큼 높았고 실제로 거리를 지나다보면 대부분의 사람들은 혈색이 좋아 보였다. 공식적으로 발표된 방법 외에 다양한 치료법들이 나돌았고 그런 것들이 일시적으로 좋은 효과를 나타내기도 했다. 그러나 내가 근무하는 부서의 민원은 30퍼센트 이상이 사기 관련으로, 주로 치료를 받던 쪽에서 부작용을 겪거나 돈을 떼인 사례가 대부분이었다. 저가로 피부 이식을 받다가 사망한 사건도 있었는데, 수술을 집행한 사람은 의학 전공자도 아니었고 미용 관련 사업 종사자였다. 자격증까지 위조한 것으로 드러났다.

지난 삼 년 동안 L시에서는 전에 없던 여러 가지 사건들이 발생했다. 전염병보다 그 병의 두려움이 이 도시를 진짜 큰 혼돈으로 몰아갈 거라는 사회학자들의 예상이 맞았다. 시민들은 자신의 거죽이 각질화되지 않기 위해서라면 뭐든지 할 준비가 되어 있었다. 장기를 떼어내 피부에 이식하라면 그렇게라도 할 태세였다.

이러한 처지를 비관하고 미래를 두려워하는 마음이 당시의 L시에는 팽배해 있었고 그런 마음은 쉽게 다른 사람 쪽으로 향했다. L시의 범죄율은 높아졌고 대개는 저항할 길도 없이 당할 수밖에 없는 약자들에게 향했다. 걸인이나 아이들, 동물 관련 범죄율이 높아졌고 범행은 더 잔인해졌다. 사람들은 뉴스를 보면서도 정말 나와 함께 거리를 누비는 저들 중 누군가가 그런 일을 저질렀다는 걸 믿을 수 없었다. 그것이 결국 자신을 향한 감정이라는 것을 그들은 알려고 하지 않았다. L시의 문제는 그것이었다. L시의 시민들에게 일말의 감수성이 남아 있다면 그것은 오로지 자신에 대한 애정뿐이었다.

다기조 감염자 모임인 '흰개들'은 유언비어를 퍼뜨렸다. 그들에 의하면 다기조는 L시의 문제가 아니라고 했다. 우리 도시는 희생양 역할을 전담받았을 뿐이고 이곳이 봉쇄될 이유 같은 건 없다고 했다. L시는 중앙국가에서 기획한 폐기 도시이며 그들의 말에 의하면 다기조병은 그리 위험한 병도 아니었다. 사람의 신체 부위가 뚝뚝 떨어져나가는 것이 심각하지 않은 병이라니 그들의 주장은 기발한 데가 있었다.

단순히 다기조병 때문이 아니라 봉쇄 자체가 주는 스트레스가 L시를 점점 더 피폐하게 만들고 있었다. 아침에 창을 열면 건물의 옥상마다 얇게 떨어져내리는 흰 먼지의 도시. 마치 트여 있는 공중의 세계마저도 L시에는 허락되지 않은 듯 공기는 정체되어 있고 허공에는 늘 뿌연 먼지 가루를 닮은 각질 부스러기가 떠도는 것이다. 그러니 우리들에게 건강한 마음이나 희망을 가지라는 말들은 허황되고 또 허황된 것이었다. 회백색을 보고 사는 사람들의 마음은 회백색을 띠었다. 일 년 동안 뿌연 세상에 살았을 뿐인데 원색의 세상이 좀처럼 기억나지 않았다. 이를테면 붉은 노을 같은 것, 또 초록의 산. 그런 것들이 원시시대의 주문처럼 낯설어졌고 우리들은 얇고 짧게 호흡하면서 서서히 온기와 활력을 잃어갔다.

흰개들의 무리 또한 별반 다르지 않았다. 그들의 허황됨은 L시의 뿌연 공기를 닮아 있었다. 그들에게 미스터리한 점이 있긴 했다. 그들은 L시의 다른 시민들과는 달리 열성적이었다. 흰개들의 적극성, 낙천성, 열의, 의욕, 그런 것들이 대체 어디서 오는지 나는 늘 궁금했다. 그들을 만나는 것은 물론 내 업무 중 하나이고 귀찮고 따분한 일이었지만 한편으로는 알 수 없는 기쁨을 주었다. 내게는 거의 소멸된 거나 마찬가지인 감정을, 호기심이라는 죽은 감정 중 하나를, 그들이 깨우고 자극했던 것이다. 흰개들은 어떻게 L시가 달라질 수 있다고 말하는 것일까? 어떻게 L시가 다기조에서 탈출할 수 있다고 말하는 것일까? 그들의 뇌 구조가 나와는 전혀 다르고 내게 억압된 호르몬이 그들에게는 다량으로 쏟아지고 있는 게 분명했다.

L시에 대해서 명쾌하게 보고 있는 듯 떠드는 나 역시 예외는 아니다. 처음에 다기조병이 발발하고 그에 대한 두려움으로 세상이 온통 끔찍해 보이기만 했을 때와는 달리 나는 이 도시에 점차 적응해나갔다. 내가 나 자신에게 익숙해지고 그로부터 벗어나기 어려운 것처럼 이 도시의 생리에, 또 다기조에 익숙해졌던 것이다. 나는 더이상 무기력감에서 벗어나려고도 하지 않았고 때로 그것을 즐겼다. 조율할 시기가 지난 악기의 현처럼 내 머릿속과 근육들은 조금 늘어나 있었고 그런데도 움직이고 일하고 말하는 데 큰 지장은 없었다.

앨범을 들여다보면 그것이 정말 내가 맞나 싶을 정도로 에너제틱한 모습을 찾아볼 수 있었지만, 거울을 들여다보면 거칠고 건조한 피부는 마치 말라버린 고무 같고 표정을 짓지 않아 굳어버린 듯 딱딱한 얼굴을 하고 있는 어떤 사람이 퀭한 눈을 반짝인다. 그것은 좀 이상한 일이기도 했는데 검은 동공이 서서히 회백색으로 변해가는 다른 시민들과는 달리 두 눈은 점점 더 빛났고, 어떤 사람들에게는 그게 총기로 보인 반면 또 어떤 사람들에게는 살기로 보여 시선을 피하는 사람들도 많았다. 공무를 맡고 있는 사람으로

서 반길 일은 아니었기 때문에 나는 색이 들어간 안경을 하나 맞추었다. 햇빛을 가리려는 용도도 아니고—당연했다. L시에는 햇빛이 들지 않았으니까—다만 그렇게라도 내 눈빛을 가려보려는 것이었다. 이 방법은 확실한 효과가 있었다. 더이상 누구도 내 눈빛을 가지고 왈가왈부하지 않았다. 다만 조도가 낮은 L시보다 더 어두운 세상을 보아야 한다는 점이 다소 불편했다.

지난주에는 억울한 인사이동을 당했다. 월말마다 평가 점수를 합산해 연말에 마이너스 점수를 받은 사람들에게 일어나는 그 일이 나에게 일어났다. 공무수행 부적합자가 바로 나였다. 동부지구에서 경계 교역소로 전출당한 그날 나는 다시 안경을 벗었다.

교역소는 L시의 경계에 위치해 있고 총 스물한 개다. 이곳을 통해 교역이 이루어졌다. 식량이라든가 생필품은 들어올 수 있었지만 반출이 허락되는 것은 아무것도 없었다. 입수는 교역소라는 플랫폼에서 이루어졌는데 교역소에서 대기하고 있던 운전자가 차량을 통째로 인수받고 외부 운전자는 교역소 앞에서 다시 돌아갔다. 이 도시의 아무것도 밖으로 나가서는 안 되었던 것이다. 내가 맡은 일은 L시로 들어오는 물품들을 검수하는 일이었다. 그것은 사실 거의 아무 일도 아니었다. 실제로 트럭 안에 실려 있는 물건들은 포장 상자에 들어 있었고 아무도 내게 그것들을 일일이 열어볼 것을 요구하지 않았다. 하지만 업무량은 동부지구에 있을 때보다 훨씬 많았다. 나는 수많은 서류들을 받아서 인트라넷에 정보를 입력하고 그것을 결산하는 일을 맡았는데 거의 쓸모가 없는 것처럼 보이는 그 일들은 마치 시간을 잡아먹기 위해서 어떤 천재가 개발해낸 양 많은 시간을 잡아먹었다. 나는 인트라넷의 공란에 물품 관련 정보들을 넣느라 하루종일 기진맥진해 있었다. 그러다보면 L시의 사람들이 왜 이렇게 많은 음식을 먹는지, 많은 위생용품을 사용하는지 의문스러워졌고 이 와중에 의류 수입이 점점 늘어가는 것이라든가 L시의 경제 상황과는 어울리지 않는 사치품들이 도대체 누구의 손으로 들어가는 것인지 궁금해지기도 했다.

L시는 점점 바래가고 있었다. 마치 이 나라에서 L시를 기억하지 않고 그 때문에 점점 더 이 도시가 희미해지고 있다는 듯이. 무기력증이 한동안 계속되다가도 나는 가끔 내가 이 도시에서 대단한 역할을 수행하고 있다고 느꼈는데 바깥세계가 L시를 기억하게 하는 방법은 오로지 물품의 수입뿐이었기 때문이다. 물론 이것은 물품 교역소에 근무하고 있는 11급 교역원이 바라본 협소한 L시의 모습일 뿐이다.

그나저나 흰개들이 이번에 공식적으로 제기한 문제는 외부에서 처리되지 못한 악성 폐기물들이 L시로 반입되고 있다는 것이다. 그들에 의하면 우리 도시가 돈을 주고 폐기물을 샀다는 것이었는데 물론 말도 안 되는 억측이었다. 내가 놀란 것은 쓰레기를 사들인다는 발상 자체였다. 그들이 상상력을 다른 데 이용한다면 L시를 종말로부터 구원해줄 수도 있었으리라. 도시는 어떤 물품도, 건물

외벽이나 실내 인테리어도, 의상도 차량도 흰색을 더이상 이용하지 않았다. 흰색이 들어간 것은 곧 감염을 뜻했다. 감염자들은 감염 사실을 밝히지 않았는데, 흰개들은 자기네들이 감염된 사실을 당당히 밝혔고 그 이유는 그 병에 감염된 것이 부끄럽지 않기 때문이라고 했다. 그러니까 그들은 자기네들이 환자라는 점에 대해 제대로 인식조차 못하고 있는 셈이다. 그들은 흰 개들을 데리고 다녔고, 병과 관련된 규정들에 대한 불만을 끊임없이 지껄여댔는데 그래서 서에서는 그들의 청원이 들어왔을 때 '흰개 짖는다'라는 말을 사용했다. 일단 흰개들이 달려들면 문제는 골치 아파졌다. 그들은 한번 문 것은 놓지 않았다. 저희들의 이빨이 부러지거나 문 것이 부스러지거나 둘 중 하나가 될 때까지 싸웠다. 감염자들의 그런 에너지는 병에 걸린 것이 고통스럽지만은 않은가보다는 생각을 하게 했다. 하지만 이제와 생각해보면 그 생각은 잘못된 데가 있다.

왜 고통스러운 자들의 힘이 약하다고 생각했을까? 고통스러운 자들은 힘이 세다. 그들은 질긴 근육을 가졌다. 그 끈질김은 넌덜머리가 날 정도다.

교역소에 도착하자 입구에서 헬멧을 받아 착용했다. 저멀리서 소장이 오른손을 들어 알은체를 했다. 소장은 애초에 교역소에 지원했던 15급 요원이므로 나를 늘 딱하게 생각했다. 그가 베풀어주는 친절에 대해서 나는 감사한 마음을 갖고 있었고 되도록 예의를 갖추려고 노력했다.

"번거롭게 만들어 죄송합니다."

소장은 흰개들이 벌써 아침 일찍 도착했고 저희들끼리 작은 회견을 열어 입장문까지 발표했다고 했다. 소장은 흰색 서류 한 장을 내게 건네고 나서는 고개를 젓고 생각하고 싶지도 않다는 듯한 표정을 지었다.

"이게 그들의 입장문이라는 겁니다."

흰개들의 성명서는 언제나 첫줄에 '흰개들은 다기조병 감염자임을 밝힙니다. 감염자는 죄인이 아니며 특수한 상황에 처해 있을 뿐 다른 시민들과 동등한 대우를 받아야 합니다'라고 쓰여 있었고 그 문장의 끝에는 자신들의 상징인 W 표시가 그려져 있었다. 그것이 송곳니를 뜻한다는 사람도 있었고 말 그대로 'White dogs'의 약자라는 말도 있었다. 그게 무슨 뜻인지 나는 궁금하지 않았다.

성명서를 다 읽고 나서 쓰레기통에 버렸다. 그들의 요구 사항은 이미 알고 있었기 때문에 굳이 읽어볼 필요는 없었지만 흰개들 측의 새 대표가 선출되고 첫 성명서였기 때문에 일독하는 것도 나쁘지 않다고 생각했다. 지나치게 관념적인 성명서였다. 일을 쓸데없이 복잡하게 만들고 있었다. 갑자기 화가 치밀어올랐다. 협상을 하기 위해 흰개들의 대표들이 이미 자리에 착석해 있었고 내가 좀 늦게 나타난 것에 대해서 그들은 굳은 표정으로 불만을 표시했다.

열등감에 시달리는 다른 사람들이 흔히 그러는 것처럼 일상의 사소한 결점들이나 실수도 무조건 감염자에 대한 차별이라고 받아들이는 것 같았다. 나는 죄송합니다, 라고 사과의 말을 전하고 자리에 앉았다.

제일 왼쪽에 앉아 있는 자가 흰개들의 새로운 대표인 모양이었다. 그들은 분기마다 번갈아가면서 대표직을 맡았는데 6월 초순이었기 때문에 새 대표의 첫 협상인 셈이었다. 협상의 결과는 감염자의 권익뿐만 아니라 그들의 사기에도 큰 영향을 미칠 테니까 만만하게 물러설 리 없겠지, 생각하면서 테이블 위 강화유리에 비친 그의 모습을 재빨리 훑었다.

아직 십대로밖에 보이지 않는 젊은이였다. 키는 백육십 정도, 몸무게는 많이 나가야 오십 킬로가 조금 넘을 것이다. 체격은 아주 작은 편이었지만 어깨는 넓었고 다부진 인상을 주었다. 붉은 머리카락은 귀밑을 스치는 짧은 단발이었다. 그녀가 눈을 아래로 깔았다. 유리 안에서 그녀의 눈과 나의 눈이 마주쳤다.

"새 대표 정희라입니다."

나는 그녀와 눈이 마주쳤을 때보다 더 놀랐는데 그녀의 목소리를 어디선가 들어본 적이 있었기 때문이다. 이름은 잊어버렸지만 목소리만은 정확하게 기억하고 있었다. 우리는 언젠가 만난 적이 있었다.

나는 다시 그녀의 얼굴을 찬찬히 살폈다. 그녀의 나이로 미루어

보아. 그녀가 과거에 나를 만났다면 지금의 모습과는 꽤 다른 용모를 하고 있었을 것이다. 키도 더 작았을 것이고 체구도 그렇고, 더군다나 사람의 분위기라는 것은 환경에 따라 거의 못 알아볼 정도로 달라지기도 하니까.

"조정팀장 이동휘입니다."

그녀의 눈빛이 천천히 흔들렸다. 자신감으로 반짝이던 눈빛이 순식간에 허물어지는 것을 보고 더 당황한 것은 나였다. 그녀 역시도 내 목소리를 알고 있었던 것이다.

잠시 침묵이 흘렀다. 나는 소장이 준비한 서류 뭉치를 그녀에게 넘겼다.

"교역되고 있는 물품에 대해서 문제 제기를 했다고 들었습니다."

그녀가 서류를 받아들었다.

"L시가 폐기물을 사들이고 있다는 의혹을 제기하셨는데 이 자료가 그에 대한 충분한 답변이 되리라고 봅니다."

"저희에게 지금 이 종이에 쓰여 있는 것들을 믿으라는 겁니까? 교역소 내부를 점검할 수 있는 권한을 주십시오."

"그건 일반 시민에게 허락되지 않습니다."

"저희는 일반 시민이 아니라 관계자들입니다."

그들은 또 한번 자신의 병력을 무기로 허튼 주장을 내세웠다. 그들을 어떻게 달랠 수 있을까. 화가 난 병든 개들을.

"지금 저와 함께 나가서 교역소를 통과한 차량들이 어떤 물품들을 싣고 있는지 함께 확인하시지요."

"사진을 찍고 그걸 홍보에 이용하시게요? 그러려면 저희에게 모델료라도 지급하시는 게 좋겠어요."

"요구한 대로 점검 권한을 줄 수는 없습니다. 이건 시의 기밀 사항입니다."

"아니요. 기밀이 아니라 그냥 잘못된 처사일 뿐이지요. 잘못을 바로잡기 위해서 이러는 겁니다."

협상은 좀처럼 이루어지지 않았다.

1차 협상이 끝난 뒤 화장실에 갈 때 나는 그녀의 뒷모습을 보았는데, 그때 알 수 있었다. 그 걸음걸이. 어떤 상황에서도 굽히지 않고 두려워하지 않겠다는 의지로 단단한 그 등. 철거 구역을 향해 씩씩하게 걸어들어가던 그 여자아이가 바로 그녀였다.

쉬는 시간에 복도로 나왔을 때 그녀가 내 뒤를 따라 나왔다. 그녀는 물러섬이 없었다. 그녀가 왜 그러는지 나는 알 수 없었다. 그녀는 자기 앞에 펼쳐진 모든 것의 냄새를 맡고 모든 것의 색깔을 확인하고 모든 것을 혀로 핥겠다는 무모함으로 내게 물었다.

"당신이 누군지 기억났어요."

나는 고개를 저었다.

"모습이 많이 변했네요. L시의 모습처럼요."

눈앞이 흐려졌다. 모든 것이 흐리게 보이는 이 도시의 경관을 나는 사랑했다. 나는 그녀의 말을 임의적으로 바꾸어 받아들였다.

그리고 고개를 들어 그녀에게 말했다.

"그따위 거짓말을 지어내서 무얼 어쩔 셈입니까?"

"L시의 누명을 벗기고 해방시킬 거예요."

그녀는 그게 이미 일어난 일이라는 듯 당당하게 말했다. 그리고 흰 개들을 몰고 눈앞에서 천천히 사라졌다. 이 세상을 떠나는 것처럼 뿌연 안개 너머로 가버렸다. 그 모습이 하나의 상징처럼 보인다고 생각했을 때 어디선가 누런 개 한 마리가 나타나 천천히 내 눈앞을 가로질렀다. 개의 오른쪽 앞발 끄트머리가 하얗게 빛나고 있었다.

고요를 닮은 아이

아내 말로는 요즘 동네에 나타나는 어떤 여자아이 하나가 있는데, 그 아이가 고요를 꼭 닮았다고 했다. 나는 아내에게 그 아이에 대해서 묻지 않았다. 고요를 잊지 못하는 마음이 고요와 비슷한 여자아이를 보게 하는 거라고 생각했다.

나도 한동안 거리에서 아버지를 보았던 적이 있다. 돌아가시고 난 뒤 한동안 거리에서 마주치는 모든 노년의 남성들에게서 아버지를 보았다. 키가 작거나 크고 취향이 어떻고 하는 것은 아무 상관이 없었다. 그저 그 사람의 연령대가 돌아가신 그해 아버지의 나이와 비슷하기만 하면 그 사람에게서 아버지와 연관된 무엇인가를 반드시 찾아낼 수 있었다. 마치 최면에 걸린 것처럼 다른 모든 풍경들에는 무심했고 눈앞의 모든 것이 오로지 아버지와 관련

된 것들로 보였다. 은발, 무릎을 약간 벌리고 걷는 보폭이 좁은 걸음걸이, 약간 기울어진 몸과 그래서 늘 왼쪽이 흘러내렸던 외투 재킷, 또 바지를 허리 아래로 살짝 내리고 단단하게 잡아맨 허리띠, 혹은 즐겨 입으시던 갈색 양복바지나 유행이 지난 둥근 코 가죽구두, 성대를 거칠게 통과한 듯 뜨겁고 탁한 목소리, 눈을 살짝 찡그리며 말하는 버릇처럼 아버지를 조금이라도 닮은 구석이 있으면 그 사람에게 오랫동안 눈길을 빼앗겼다. 그리고 아버지를 닮지 않은 다른 모든 부분에도 불구하고 그 한 가지 때문에 그 사람이 아버지와 닮았다는 생각을 했다.

"나는 당신이 이제 슬슬 사람들도 만나고 일도 시작하면 어떨까 생각하는데."

아내는 그러겠다고, 그러지 않아도 그럴 생각이었다고 말했으나 창밖을 물끄러미 바라보는 아내의 시선은 허공에 머물 뿐 그 바깥으로 향하지 않았다. 창밖 풍경은 아내에게 그림액자와 같았다. 아내는 그 너머에서 자기가 갈 곳을 찾지 못했다. 나는 그렇게 흐르지 못하고 고여 있는 우물 같은 아내의 마음을 절반 정도밖에 이해하지 못했고, 아내가 고요를 닮은 아이를 보는 일은 내가 과거에 아버지를 떠나지 못했던 마음과는 조금 달라서 아내는 오직 한 사람에게서만 고요를 보았다.

일주일쯤 후에 아내는 고요를 닮은 그 여자애가 자기에게 말을 걸었다고 했다. 낮에 은행에 다녀오는 길에 또다시 그 여자애를 만났는데 그애가 집 근처를 돌아다니다가 자기에게 뭔가 물어보았다는 것이다.

"그애가 당신한테 뭘 물어봤는데?"

"길을 알려달라고 했어."

"길을 알려달라고?"

"응. 럭키 마트를 찾고 있는데 어떻게 가면 되느냐고."

아내의 동공은 크게 열려 있었다. 그녀는 아이가 가게 가는 길을 알려달라고 했다는 그 평범한 한 구절의 질문에 자신을 안심시키고 행복에 젖게 하고 흥분하게 하는 이 세상의 온갖 좋은 말들이 다 담겨 있었다는 듯 들떠 있었다.

"그래서 난 그애를 럭키 마트까지 데려다주었고."

아내가 그 말을 끝내고 슬그머니 미소를 지었다. 아내의 미소를 본 것이 얼마만일까. 길에서 만난 아이를 마트에 데려다준 일이 아내를 그토록 행복하게 했다는 것이 과연 좋은 일이었는지는 잘 모르겠지만 그렇게 웃는 아내의 미소를 보자 나도 모르게 긴장의 끈이 풀리고 말았다. 아내가 아이에게 나쁜 일을 하는 것도 아니었으니까. 마주치는 것만으로도 마음을 달랠 수 있고 스쳐지나가는 대화로도 기쁨을 느낄 수 있다면 그게 꼭 적당치 않은 반응이기만 할까. 처음에 시큰둥했던 반응과는 달리 아이가 가끔 이 동네에 놀러와 아내의 눈에 띄어준다면 어떨까 싶었다. 기꺼운 마음으로 타인과 대화를 나누는 경험이 마음이 닫혀 있던 아내에게 좋은 영향을 미칠 것 같았다.

이후에도 아이는 종종 럭키 마트에 나타났다. 아내의 말로는 럭키 마트 주인과 꽤 친밀한 관계인 것 같다고 했다. 그렇다면 조카가 아닐까, 가까운 친척일지도 모르지, 대꾸했더니 그런 것 같지는 않다고 했다.

"뭐랄까, 공생관계를 연상하게 해."

"공생관계?"

나는 아내의 표현이 재미있어서 웃음을 터뜨렸다. 공생관계라면 나에게는 누구나 알 만큼 흔한 지식밖에 없었다. 꽃이 벌에게 꿀을 주고 벌이 꽃의 수정을 도와준다는 정도였다. 인간에게도 분명 공생관계가 있겠지만 어쩐지 그 단어가 인간에게는 잘 어울리지 않고 동물들의 세계에서나 가능한 게 아닐까 잠시 생각했다.

"그런데 그 아이 고요 또래라고 하지 않았나?"

아내는 그렇다고 고개를 끄덕였다. 마트의 주인과 어린아이가 공생관계라면 아이가 군것질을 하고 주인은 돈을 버는 것 외에 어떤 교류가 가능한지 쉽게 떠올릴 수 없었다. 그것 말고 아이가 마트 주인한테 무슨 도움을 줄 수 있을까.

아내 말로는 아이에게 아이 같은 구석은 별로 없다고 했다. 마트 주인도 아이를 어린애 취급하는 것 같지 않고 동년배 친구처럼 친밀하게 대화를 나누었다고 했다. 무슨 얘기를 나누더냐고 물었더니 가게 이전에 대한 것이라고 했다.

럭키 마트는 우리 동네에서 가장 오래된 가게였다. 편의점이 생겨도 고요는 그 가게에서 과자나 음료수 같은 것들을 사는 게 좋다고 했다. 거기가 왜 좋은지 물었더니 가게 이름이 마음에 든다고 했다. 이름 때문에? 라고 다시 물으며 아내가 우스운 이유라는 표정을 짓자 고요는 편의점 때문에 작은 가게들이 없어지는 것은 안타까운 일이라고 말했다. 그 말을 하는 고요에게도 우리가 생각하는 아이 같은 구석은 없이 단호하고 쓸쓸해 보였다.

"오늘 수업 시간에 배운 거야?"

아내가 물었을 때 고요의 얼굴이 붉어졌다. 그렇지는 않다고 했다. 왜 그렇게 생각하는지에 대해서는 이야기하지 않았다. 우리 부부도 더 묻지 않았다. 고요는 꾸준히 럭키 마트를 들락거렸다. 나는 실제로 어떤 점 때문에 그 가게에 끌렸는지, 그것은 고요조차 정확히 알지 못할 거라고 생각했다. 우리들 대부분은 실은 자기가 왜 그러는지 모르는 채로 무언가를 좋아하거나 그것에 빠져들고 기꺼이 마음을 주며 공을 들이고 시간을 보내고 있는 거라고.

럭키 마트가 사라진다는 이야기를 들은 것은 두 달 전쯤의 일이다. 한 떼거리의 덩치들이 몰려와 행패를 부린 것이 몇 차례나 되었지만 주인 쪽에서도 그냥 당할 수 없다며 대항했다. 그렇게 실랑이가 반복되다가 결국에는 떠나겠지, 하는 마음으로 관조했는데 주인은 끝까지 싸웠다. 결국엔 계약 연장까지 했다는 이야기가 들렸다. 도와주는 사람들이 꽤 있었던 모양인지 장사를 계속하게 되었다면서 그들과 작은 파티 같은 것도 벌였다.

놀러온 사람들 중에는 악기를 들고 온 사람도 꽤 되었다. 젊은 이들이 가게 앞에 작은 책상을 내놓고 그 위에 스테이플러를 찍어 만든 작은 소책자를 쌓아두고 나눠주기도 했다. 아마 아이는 그들 중 누군가와 아는 사이일 것이다.

"그러고 보면 럭키 마트를 좋아하는 것까지 고요를 닮았지?"

아내는 진지했다.

"여튼 그렇게 마주치게 돼서 이번에는 꽤 길게 이런저런 이야기도 나누었고."

"그 여자애가 먼저 말을 걸었어?"

아내는 샐쭉 웃고 나서 사실은 자기가 먼저 말을 걸었노라고 고백했다. 나이를 묻고 이 동네에 사는지도 물어봤더니 정말 고요와 나이가 같더라, 하지만 이 동네에 사는 아이는 아니고 친구를 만나러 놀러왔다고 대답했다는 것이다.

"친구가 이 동네에 사나봐."

하지만 친구로 보이는 다른 아이와 같이 있는 것을 본 일은 한 번도 없었다고 했다.

한 달쯤 뒤에 아내는 그 여자애를 집에 데리고 왔다. 퇴근하고 나서 현관문을 열고 들어왔을 때 나는 집안 공기가 예전과 사뭇 다른 것을 느꼈다. 현관에 서 있는 아내의 얼굴이 상기되어 있었다. 누군가 다른 사람이 안에 있었다. 아주 오랜만에 있는 일이었다.

아내의 어깨는 멋을 부린 블라우스의 끄트머리처럼 살짝 올라가 있었다.

"친구가 놀러와 있어."

거실에 있던 아내의 친구가 아내의 옆에 와서 섰다.

하지만 그동안 내가 들었던 아내의 이야기와는 사정이 좀 달라 보였다.

아이가 전혀 고요를 닮지 않았던 것이다. 아내 말대로 키도 비슷하고, 머리 스타일이나 체형 같은 것들도 비슷했다. 그러나 그애가 딱히 고요를 닮았다고 볼 수는 없었다. 이목구비가 얼핏 비슷해 보였지만 아이의 주변을 둘러싼 분위기는 고요와 완전히 달랐다. 나는 조금 당황해서 아이와 어색한 인사를 나누었다. 아이는 내가 자신을 달갑게 여기지 않는다는 사실을 알아차렸다. 아내는 본래 예민하고 다른 사람의 마음을 잘 살피는 사람이었지만 그 순간은 아이에게 완전히 집중하고 있었기 때문에 내가 당황했다는 사실을 전혀 인지하지 못했다.

내 불편한 마음을 눈치챈 것은 아이 쪽이었다. 그애는 이제 시간이 늦었으니 집에 가보겠다고 했다. 아내는 어차피 시간이 이렇게 되었는데 저녁을 먹고 가면 어떻겠느냐고 했다. 나는 내 선택이 우리 세 사람의 이후 관계를 결정하게 되리라고 생각했다.

나는 아이를 집에 데려다주겠다고 말했다. 아이도 아내도 나쁘지 않은 생각이라고 여기는 것 같았다.

아이를 배웅하는 아내의 얼굴은 여전히 밝았지만 나를 따라나오는 아이는 약간 주눅이 든 것 같았다. 나는 어떤 장면을 연상할 수밖에 없었는데, 그건 고요를 레슨에 데려다줄 때였다. 그애는 집밖에 나갈 때면 약간 주눅이 든 얼굴이었다. 좁은 공간을 싫어했고, 밝은 데에서 긴장했고, 고소공포증이 약간 있었다. 엘리베이터를 타면 한 손을 주머니에 넣고 다른 한 손으로는 옷깃을 잡았다. 긴장했다는 뜻이었다.

아이가 엘리베이터에 먼저 올라탔다. 나도 아내처럼 그애가 고요라고 믿어버리고 싶은 마음이 없지 않았다. 하지만 그애는 폐쇄된 공간에 대해 아무런 두려움을 느끼지 않는 것 같았다. 그 아이는 고요가 아니었으니까. 아내에게는 굳이 말할 필요가 없겠지만, 이라고 생각하면서 나는 아이와 함께 주차장 안으로 들어섰다.

아이는 모래마을 23구역에 살고 있었다. 주소를 불러달라고 한 뒤 내비게이션 입력창에 그걸 써넣으면서 23구역의 위치를 떠올리려고 애썼지만 잘 되지 않았다. 모래마을은 철거가 진행되고 있었고, 내 기억에 23구역은 이미 주민들이 이주를 마치고 철거 작업에 들어간 곳이었기 때문이다.

그곳은 분쟁 구역이었다. 마을 입구에서부터 해안가의 주택지까지 천막 농성이 일 년 넘게 계속되고 있었다. 일반인의 출입은 통제되어 있었기 때문에 마을에 들어갈 때는 경찰에게 사유서를 제출하고 허가를 받아야 했다.

모래마을 주민측의 민원을 받고 주민 의견 조사차 마을에 들어간 적이 있었다. 입구부터 본격적으로 관리를 한 탓에 마을에는 주민들을 제외하면 오가는 사람이 거의 없었다. 오직 누런 개들만이 혀를 빼물고 바닥에 두서넛씩 누워 있었다. 바닥에 지나치게 널브러져 누운 탓에 개들은 얼핏 죽은 것처럼 보였다. 사람이 가까이 가도 꿈쩍하지 않았다. 분홍빛이 도는 아랫배가 천천히 꿀렁이는 것을 보고서야 비로소 그들이 살아 있다는 것을 알 수 있었다. 햇볕은 너무 따가웠고 그래서 개들이 그런 방식으로 저항을 하는 것처럼 보이기도 했다.

모래마을에서 많은 사람들을 만났다. 집집마다 문을 두드리고 동사무소에서 나왔다고 인사를 한 뒤 대여섯 개의 질문이 담긴 설문지를 돌렸다. 시 소속의 공무원에게 적대적일 거라고 생각했는데 사람들의 모습에서 여유와 느긋함이 느껴졌다. 나는 그들에게 감정 이입을 하게 될까봐 일부러 얼굴을 자세히 쳐다보지 않았다. 최대한 목소리에 예의를 갖추었더니, 되돌아오는 목소리에도 명랑함과 온기가 담겨 있었다. 애써 노력한 결과로 나는 모래마을 사람들의 얼굴을 전혀 기억하지 못한다. 다만 개들만이, 뜨거운 바닥에 누워 다시 일어나지 않을 것 같던 누런 개들만이 선명하게 기억에 남아 있었다.

모래마을은 완전한 폐쇄 상태였다. 정부는 합의가 이루어질 때까지 마을 내에 있는 주민센터를 임시 학교로 운영해 그 지역 아이들을 따로 교육시키겠다는 대책을 세웠다. 아마 아이도 주민센터에서 수업을 받고 있을 것이다.

"학교는 재미있니?"

아이는 창밖을 바라보다가 고개를 돌렸다. 차창 밖에서 불어오는 바람이 아이의 짧은 단발머리를 흩뜨렸다.

"전 학교에 안 다녀요."

주민센터는 학교가 아니라고 생각하는 모양이었다. 아니면 정말 아무 교육도 받지 않고 있을지도 모른다. 아이의 오른팔이 문에 달린 팔걸이에 조심스럽게 얹혀 있었다. 좀전에 집에서 봤을 때와는 달리 아이는 고요보다 체구가 작아 보였다. 마치 아내가 마술을 부려 그 아이를 잠시 고요와 비슷하게 보이도록 만들었던 것처럼. 이제 그 아이는 고요와 별개로, 자기 본연의 모습으로 돌아왔다. 고요보다 마른 편이었고 자세히 보면 체형도 딴판이었다.

이제 나는 출입증을 갖고 있지 않았고 폴리스 라인을 넘을 수 없었다. 서에서 허락한 것도 아니고 주민들도 수락할 리 없었다. 아이를 집 앞까지 데려다주고 싶었지만 입구에서 정차했다.

마을의 입구는 멀리서 보면 몰락한 성 같았다. 가까이 가자 그 오래된 성은 마을 사람들이 되는 대로 막아놓은 폐선의 조각들이

나 폐쇄되었다는 학교의 책걸상 같은 것들로 세워져 있어, 그중 하나만 흔들리면 순식간에 무너질 태세였다. 입구를 지키고 있는 몇몇 사람들은 안전모를 쓰고 있을 뿐 딱히 보호 장치도 없이 언제 무너질지 모르는 성을 지키고 있는 신세였다. 아슬아슬하게 쌓아올린 바리케이드 위로 마치 여인의 한복 고름처럼 얌전히 PC천이 내려앉아 있었다. PC천 위에 쓰인 글씨의 서체를 보면서 나는 이번 마을 행사 포스터에 쓰면 좋겠다는 생각을 했다.

나는 혹시 아이가 부끄러워할까봐 일부러 아무렇지 않은 척했다. 하지만 전혀 그럴 필요가 없었다. 아이는 자기네 동네가 L시에서는 골칫거리 취급을 하는 구역이라는 것에 대해 별다른 생각이 없어 보였다. 마치 고무줄놀이를 하다가 그만 엄마가 차려준 저녁을 먹으러 집에 돌아가는 여느 아이들과 똑같이, 이마 부근에 난 잔머리와 콧등이 땀에 살짝 젖은 채, 조금 더 놀고 싶은데 지금 들어가는 것이 아쉽다는 표정으로 손을 흔들었다.

그리고 마치 거기 있는 모든 것들이 내 눈에 보이는 것과 전혀 다르다는 듯 마을 안으로 아무렇지 않게 들어갔다. 나는 그 아이가 거기서 다시 나오지 못하는 것은 아닌가 하고 근거 없이 두려운 마음이 일었다. 마치 멀미를 하듯이 나는 잠깐 몸을 웅크렸다.

정확한 이유는 알 수 없지만 그날 이후 아이는 우리 동네에 나타나지 않았다. 아내는 그 점에 대해서 아무 말도 하지 않았다. 아내는 회사에 복귀했고, 동료들과 전보다 더 많은 시간을 보내는 것 같았다. 몸이 예전 같지 않다고 몇 번 불평하더니 저녁에 배드민턴을 시작했다. 아내는 배드민턴 클럽에서 이제 자기 나이와 맞는 새 친구들을 사귀었다. 그리고 거기서 만난 새 친구들에 대해서 많은 이야기를 했다. 친구들이 중요하게 여기는 것들에 아내도 관심을 갖게 되었다. 꾸준히 운동을 해서 건강한 몸을 만들고, 유기농 식단을 꾸리고, 정기적으로 인문학 강연을 들어 마음을 살찌웠다. 관심을 보이지 않던 액세서리들을 모았고 이웃 돕기 기금을 모으기 위해서 바자회 같은 것도 열었다.

동네를 얼씬거리는 아이들에게는 더이상 관심을 두지 않았다. 그래도 나는 아내가 여전히 마음에 걸렸다. 아내는 이제 전과는 정반대로, 아이들이 자기 눈에 전혀 보이지 않는 것처럼 행동했다.

우리 부부가 아이들을 그저 아이들로 보는 날이 과연 올 수 있을지 나는 궁금했다. 하지만 어린아이를 친구로 여기는 아내보다 배드민턴 대회를 준비하는 아내 쪽이 더 건강하다고 생각했다. 지금은 잘 모르겠다. 인문학이든 배드민턴이든, 아내가 오른손에 뭘 쥐고 있든 그 모습을 편안히 지켜볼 수 없었다.

고요를 닮은 그 아이를 다시 만나게 되었을 때 우리 두 사람의 모습은 예전과 많이 달라져 있었다. 다시 만난 아이는 이제 열여덟 살이었고 키가 이십 센티미터 정도나 더 커버렸고 어깨가 넓고 탄탄해졌다. 투지와 의욕이 넘쳐 보였고 쉽게 꺾이지 않을 강인한 생명력을 발산하고 있었다.

　그사이 나는 아내와 헤어졌고, 이제 고요에 대해서는 거의 생각
하지 않게 되었다.

아내의 손

아침에 일어나서 창을 열어 환기를 시키면 차가운 공기가 얼굴에 들러붙는 것처럼 우리 두 사람 사이의 관계에도 어떠한 변화가 생길지 모른다고. 창을 여는 것처럼 단순한 행동만으로 어쩌면 우리 사이에 흐르는 기류를 바꿀 수 있을지도 모른다고 믿었다. 아내는 딱히 여행을 가고 싶은 기색은 아니었지만 나의 노력에 호응해준다는 의미 정도로 따라나선 듯했다.

근교에 강을 끼고 있는 산중턱의 별장을 알게 되었는데 그곳으로 결정하자고 좀더 강하게 의견을 피력한 쪽은 나였다. 나는 바다를 좋아했고 아내는 산을 좋아했는데 바다로 가게 된다면 아내가 떠나버릴지도 모른다고 생각했기 때문이었다. 바다를 견디는 것을 나를 견디는 것으로 착각하게 될까봐 거의 모든 조건을 아내의 입장에서 생각했다.

산길도 산책할 수 있을뿐더러 아침에 일어나 오 킬로미터쯤 차를 타고 나가면 잔잔한 물결 위에 둥둥 떠다니는 낚싯배들을 볼 수도 있었다. 나는 작은 배들을 보는 걸 좋아했다. 색색깔의 배들이 물길을 가로지르는 걸 보면 일이 진행되던 방향과 다른 각도로 꺾어지는 일이 삶에서 간혹 일어난다는 사실을 경쾌하게 떠올릴 수 있었다. 나는 우리의 여행이 변화의 시작이 되리라는 것을 전혀 의심하지 않았다.

지금 생각해보면 내가 그토록 희망을 붙들고 있었던 이유는 그것 외에, 단지 잘될 것이라고 스스로에게 주문을 거는 것 외에 실제로 할 수 있는 일이라는 게 거의 없었기 때문일 것이었지만 그래도 그 희망이란 언제나 더 갈 길이 없는 이들에게는 놓을 수 없는 위력을 갖고 있었으니까.

여행은 실제로 우리 두 사람에게 분명한 영향력을—비록 내가 전혀 예상하지 못한 각도로 꺾어지기는 했으나—발휘했다.

최근 그녀는 기계처럼 움직였다. 출근하지 않아도 늦잠을 자는 일이 없었다. 새벽마다 집 앞 노천공원을 달렸고 내가 자는 동안 이미 아침식사를 마치고 책을 읽거나 음악을 듣거나 뉴스를 보았다. 그리고 내가 깨어나면 몇 시간 동안 있었던 일들에 대해 조잘댔다. 아내의 회복이 너무 빨랐다고만 생각했을 뿐 별다른 의미를 부여하지 않았다. 새로 사귄 친구가 그녀에게 엄청난 에너지를 전해주는 모양이었다. 나는 아내의 새 친구들이 딱히 마음에 들지는 않았지만 어떤 방식으로든 아내가 다시 일어설 수 있다면 지지를 보내는 게 좋겠다고 생각했다.

여행을 제안했을 때 아내가 망설인 이유 중 하나가 그동안 그들을 만나지 못할 게 두려워서라는 것을 나는 알고 있었다. 겨우 이주뿐인데도 아내는 그 일로 제법 진지하게 고민했다.

첫날에는 늦은 저녁에야 도착했다. 저녁을 먹으러 나갈 때 옆 좌석에서 선글라스를 쓰고 있는 아내는 약간 기운이 없어 보였다. 부드럽고 가라앉고 침착해 보이는 얼굴이었다. 담장이 낮은 집들이나 자전거를 타고 길을 지나는 여자들, 멀리서 반짝이는 물결 같은 것에 시선을 주면서 아내는 자기도 모르게 입가에 미소를 지었다. 내 눈에는 그 미소가 우리 둘이 회복할 수 있다는 징조로 보였다.

나는 아내를 끔찍하게 여기면서도 그녀를 도저히 놓아줄 수가 없었다. 서로가 마치 자기 자신 같아서, 스스로를 포기할 수 없다는 마음으로 우리는 서로를 붙들었다.

시내로 가는 길에 배를 예약하기 위해 잠시 선착장에 들렀다. 아내는 찬바람이 싫다고 차에 있겠다고 해서, 나만 내려서 자판기에서 율무차를 한 잔 뽑아 마시며 하굿둑에 서 있었다. 갯강구들이 우르르 나타나 내 주변을 완전히 정복해버리듯 둘러쌌다. 한 걸음 딛자 갯강구들은 다시 우르르 물러났다. 어떤 이유에서인지

나는 몇 걸음을 더, 이번에는 제법 소리까지 크게 내면서 앞으로 나아갔다.

갯강구들이 멀어지는 속도가 더 빨라졌다. 멀어지는 갯강구떼를 보고 있을 때 한 남자가 역시, 종이컵을 들고 내 옆에 와서 섰다. 말을 걸어보려고 고개를 돌렸다. 그러나 그의 표정이 마치 나에게 아무 말도 시키지 마시오, 그럴 기분이 아니니까, 라고 말하는 것 같아서 그만두었다.

남자의 얼굴은 그을려 있었고 그가 짓는 미소는 낚시가 그들에게 대단한 쾌락을 주고 있다는 것을 충분히 짐작케 하고도 남았다. 하지만 그처럼 되고 싶은 생각은 없었다. 나는 그가 매주 이곳에 온다는 것을, 나머지 요일에는 여기 오는 날만을 기다리고 있다는 것을, 뭔가에 빠져 있는 중독적 경험의 강렬한 쾌감을 알고 있었지만, 다시 그렇게 되고 싶지는 않았다. 가능하다면 나는 좀더 여유롭고 느슨해지고 싶었다. 아내를 위해 여행지를 고르고, 천천히 식사시간을 즐기고, 무심한 표정으로 세상을 멀리서 보기를 원했다. 누구보다 나 자신에게, 내 삶에 너무 가까이 가는 것을 원치 않았다.

그런 생각을 하는 사이에 옆에 서 있던 사내는 자리를 떠났다. 낚시하는 사람들의 무리에서 그를 찾아보려고 했지만 알 수 없었다. 거기 있는 모두가 좀전에 내 옆에 있던 사내와 비슷했다. 너무 멀리 떨어져 있는 탓이었겠지만 모두가 엇비슷한 체구에 엇비슷한 옷차림, 엇비슷한 자세로 바다를 향하고 있었다.

사무실 건물을 향해 몸을 틀었다. 걸음걸이가 어쩐지 씩씩해져 있었다. 기분좋게 휴양을 온 서울 사람처럼 경쾌한 마음가짐을 가지려고 노력해보았다. 그렇게 마음을 먹는 것은 실제로 종종 도움이 되었다. 나를 다른 사람이라고 생각하는 것 말이다. 나이가 한두 살 정도 많거나 적다고 상상하거나 다른 지역 출신이라고 생각하거나 다른 직업을 가지고 있다고만 생각해도 정말 다른 사람이 된 것처럼 발걸음이 달라진다.

앞머리를 일자로 자르고 머리카락을 하나로 묶은 중키의 여자가 사무실을 지키고 있었다.

"민물낚시 하시게요?"

여자가 장부를 내밀며 시큰둥하게 물었다. 아담한 체형이었는데 약간 쉬고 거친 목소리를 냈다.

"한 시간에서 열두 시간까지 빌릴 수 있고, 일인용, 이인용, 육인용 중 고르실 수 있어요."

"이인용으로 부탁합니다. 두 시간이면 충분할 테고, 그리고, 혹시 만약에 그럴 수 있다면 좀 좋은 배를 잡아주셨으면 해요. 웃돈을 얹어드리겠습니다."

"좋은 배라는 게 뭐죠?"

"아내와 낚시를 할 건데, 안전하고, 분위기가 좋은 그런 배를 생각하고 있어요."

"안전 수칙에 어긋나는 배는 빌려드리지 않아요. 분위기가 좋은 배라는 게 뭐죠?"

여자가 그렇게 물으니까 나도 내가 뭘 말하고 있는 건지 몰랐다. 분위기가 좋은 배?

"깔끔한 거요? 아니면 배 색깔 같은 것을 말씀하시나요?"

"둘 다요. 깔끔하고, 색상도 환한 것이면 좋지요."

여자가 장부를 들춰보더니 고개를 끄덕였다.

"있어요."

간단히 대답했지만 나는 그 배가 진짜 분위기가 좋은 배여서, 우리 둘 사이를 가깝게 해주는 효과가 있을 것처럼 느껴졌다. 이곳에 오길 잘했다. 낚시를 생각한 것도 훌륭하다. 나는 아내를 배에 태우고 그녀에게 낚시를 가르쳐주고, 그녀가 서툴게 물고기를 낚아올리고, 팔딱이는 물고기를 보며 어떤 가능성과 활력을 배울 수 있게 되리라고 생각했다.

나는 여자에게 점심을 먹고 햇볕이 좀 누그러지는 네시쯤에 다시 오겠다고 말하고 사무실을 나왔다. 발걸음이 빨라져 있었다. 가슴이 두근거렸다. 그러나 그 들뜸은 부드럽고 따뜻한 종류의 것이 아니었다.

아내는 차 안에서 잠에 들어 있었다. 나의 조급함은 쓸데없는 걱정이었다.

시동을 걸면서 손가락에서 피가 흐르고 있다는 것을 알았다. 집게손가락의 끝마디에 오 밀리미터 정도의 상처가 생겨 있었는데 언제 긁힌 것인지 생각해낼 수 없었다.

아내가 잠에서 깼길래 잠깐 갖고 있으라면서 예약표를 건넸다.

"오리호래. 다른 동물들도 있었는데 마음에 들어?"

아내는 왼팔을 뻗었다가 표를 잡지 못하고 팔을 스르르 떨어뜨렸다. 나는 차 바닥에 떨어진 표를 주워 주머니에 넣었다.

"잠이 덜 깬 모양이야. 식당이 좀 떨어진 곳이니까 좀더 자둬."

가슴이 뛰기 시작했다.

나는 아내가 요즘 배드민턴 수업을 종종 빼먹고 사우나에 들렀다가 오는 것을 알고 있었다. 아내는 배드민턴이 예전처럼 재미가 없다고 말했다. 채를 들고 있는 일 자체가 쉽지 않다는 것이다. 배드민턴을 시작한 지 벌써 팔 개월이 지났는데 이제 와 채가 무겁다고 하는 것은 핑계라고 생각했다. 슬슬 지루해지기 시작한 거라고 여겼는데 아까 아내의 팔이 떨어질 때, 마치 나무가 부러지듯이 힘없이 팔이 아래로 떨어질 때 나는 아내가 전에 했던 말을 떠올렸다.

"갑자기 긴장이 풀어져서 그럴 거야. 며칠 지내다보면 기운이 생길 테고."

아내는 고개를 끄덕였다. 하지만 아내는 자기가 감염되었다는 사실을 이미 알고 있는 것 같았다.

"배드민턴을 너무 무리하게 했나봐."

아내가 웃으며 차창 밖으로 시선을 던졌다.

나는 뭐라고 대답할까 잠시 망설였다.

"당분간 운동을 쉬는 것도 나쁘지 않겠네."

식당에서 아내의 팔은 또다시 떨어져내렸다. 물잔을 들고 손목을 꺾어 기울일 때 잔이 테이블 위로 쨍 소리를 내면서 떨어졌다. 테이블 위로 물길이 번져 흥건히 젖었다.

"컵이 좀 미끄러웠지? 나도 아까 떨어뜨릴 뻔했어."

아내는 천천히 고개를 끄덕였다. 대답은 하지 않았다.

콩조림을 몇 개 집어먹더니 그녀는 다시 입을 열었다.

"사실 요즘 배드민턴 수업에 나가고 있지 않아."

아침에 일어났을 때 아내는 침대에 없었다. 근처에 산책을 나갔다고 여기고 시장에서 산 재료들로 아침식사를 만들기 시작했다. 계란프라이를 부치고, 시금치를 넣어 된장국을 끓이고 레토르트 밥을 데웠다. 식탁을 차려놓고 십 분 정도 지났을 때 아내는 조금 상기된 얼굴로 나타났다.

그녀는 붉어진 얼굴을 손수건으로 닦으며 화장실에 들어갔다. 나는 오전에 시장에서 사온 쌀이랑 양파를 씻으며 그녀가 나오기를 기다렸다. 화장실에서 나온 그녀는 얼굴에 물을 적신 그대로 뭔가에 홀린 사람처럼 천천히 걸어나와 소파에 앉았다. 등이 풀잎처럼 둥글게 말려 있었고 마치 그 끝에 거대한 이슬이 맺힌 것처럼 그녀의 얼굴이 있었다. 아무 표정이 없는 얼굴이었다.

어디에 다녀왔느냐고 물으니 아내는 멀거니 내 얼굴만 들여다보았다.

"침실."

아내가 일부러 거짓말을 하는 건 아닌 것 같았다.

그날은 배를 예약해둔 날이어서 우리는 식사를 마친 뒤 강가로 나갔다. 예약해둔 배는 선착장에 나와 있었다. 오리호 023. 그 배는 새로 페인트칠을 해서 새것처럼 보였다. 붉은색과 검정, 파랑 선이 선체를 가로지르고 있었고 뱃머리에 오리의 머리 형상이ー 노란 부리의 모양은 과장된 형태로 튀어나와 있었다. 강둑을 걸어가자 양옆에서 갯강구들이 삽시간에 흩어졌다. 아내가 반걸음 정도 앞서 걸었다. 양볼에는 홍조가 돌았다.

"이거다, 오리배."

강을 향해 뻗은 둑의 끄트머리에 작은 보트가 매여 있었다. 배의 앞머리에 둥그렇고 흰 구 형태의 조각이 새겨져 있었다.

"오리가 아니라 다른 새 같은데."

아내 말대로 오리의 주둥이 끝부분이 떨어져나가 끝이 점점 더 뾰족해졌고 그래서 오리를 연상케 하지는 않았다. 하지만 배의 옆 부분에는 오리호라고 새로 페인트로 써놓았다. 아내가 둥그스름하고 하얀 조각을 천천히 쓰다듬었다.

나는 배 위에 먼저 올라타 아내가 안전하게 건너올 수 있도록 손을 뻗었다. 아내가 그 위에 손을 얹었다. 나는 깜짝 놀랐는데 아내의 손이 너무 건조했기 때문이었다. 로션을 바르지 않았거나 일시적으로 수분이 부족한 것이 아니라 그 손은 말라붙어가고 있는 게 분명했다. 어제까지만 해도 아내의 손은 이렇지 않았다.

내가 놀란 것을 아내도 눈치챈 모양이었다. 배를 타려던 아내는 내디디려던 발을 다시 거두어 갔다.

"잠깐만. 화장실에 다녀오는 게 좋겠어."

아내와 나 사이는 고작 일 미터도 떨어져 있지 않았다. 하지만 우리 두 사람은 다른 세계에 속한 것처럼 서로를 멀리 바라보았다.

"다녀와."

내가 말했다. 간명한 그 말이 다리가 되어 다시 우리 두 사람의 세계를 연결해줄 것이라고 믿고 싶었다.

아내의 등을 보자 다시 불안증이 일었다.

"올 때 커피 한 잔만 뽑아다 줘."

나는 아내를 향해 소리쳤다. 아내가 뒤를 돌더니 고개를 끄덕였다.

커피를 마시고 싶었던 것은 아니었다. 그녀에게 어떤 역할이라도 주어서 꼭 이리로 다시 오게 하고 싶었기 때문이었다.

아내의 뒷모습은 나를 조급하게 만들었다. 마치 어린 시절 학교에 갈 때 어머니와 떨어지기 싫었던 것처럼 아내의 뒷모습을 보고 있는 것이 힘들었다. 아내와의 거리가 멀어지면서 아내의 몸이 점점 더 작게 보이는 것이 싫었다. 사무실 건물 안으로 들어가버려 결국 아주 보이지 않게 되자 두려움이 밀려왔다.

이번에는 내 불안감이 맞았다. 아내는 돌아오지 않았다. 어디에 있었던 걸까. 아내는 저녁 시간이 훌쩍 지난 아홉시쯤에 별장에 돌아왔다. 돌아온 아내는 나와 배를 타러 갔던 것을 기억하지 못했다.

연락도 하지 않고 귀가 시간이 늦어버린 것에 대해서는 미안해 했지만 자기가 왜 배를 타려다가 화장실에 가려고 했고 그다음에는 돌아오지 않게 된 건지에 대해서는 설명하지 않았다.

"당신은 종일 뭘 했어?"

아내는 오늘은 각자의 일정대로 섬을 돌아다녔다고 생각하고 있는 모양이었다.

"배를 탔어."

"배?"

역시나 처음 듣는 이야기라는 반응이다.

"오리배. 저기 저쪽 선착장에 배를 빌려주는 곳이 있어서."

"그래? 어땠어? 위험하지는 않았고?"

아내는 정말 궁금하다는 듯이 묻고, 나는 아내를 떠보기 위해서 선착장의 풍경을 거짓말로 꾸며보았다. 사람들이 꽤 붐비는 곳이어서 길게 선 줄을 기다리는 데만 세 시간이 넘게 걸렸다고.

"난 기다리는 건 질색이니까 타지 말아야겠다."

나는 아내가 오전에 있었던 일을 죄다 잊어버렸다는 것, 자기가 사라졌던 순간뿐만 아니라 오늘 아침 선착장에서 있었던 일들이 그녀의 머릿속에서 통째로 삭제되어버렸다는 것을 알았다.

별장에서 일주일 정도를 보낸 뒤 나는 아내가 다기조에 감염되었다는 것을 알게 되었다. 우리 두 사람이 식사를 하고 있던 중에 아내의 손이 식탁 위에 떨어졌던 것이다. 더이상 판단을 미루어서는 안 된다는 듯이 그녀의 손이 툭 떨어져나갔다.

뭔가 바닥으로 떨어져내리는 걸 얼핏 보았다. 아내가 바닥에 휴지 뭉치를 흘렸다고 생각하고 휴지통에 버릴 요량으로 그걸 집어들었다. 하지만 휴지를 집었을 때 내가 휴지라고 생각한 그것은 손 안으로 들어오는 대신 표피가 부스러지면서 떨어져내렸다. 작은 가루 먼지가 일었다.

나는 그것을 들여다보았다. 얼굴을 가까이 가져가 들여다보자 흰 먼지 덩어리가 딱딱하게 굳어 있었다. 그것은 손의 모양을 하고 있었다. 그것은 아내의 손이었으니까. 아내는 손이 떨어져나간 팔목을 다른 손으로 쥐고 있었다. 잠시 핏물이 고였다가 말라붙었다.

그 일은 삽시간에 일어났다. 나는 교육을 받을 때 손이 떨어져나간 사람을 본 적이 있었다. 그도 그렇게 삽시간에 손이 떨어져나갔을까? 천천히 말단 부위에서부터 말라비틀어져가는 것이라고 상상했었다. 아내의 화장대 위에 놓여 있던 약품들이 말라가는 증상을 숨겨주었을지도 모르겠다.

아내는 손목을 붙들고 그 자리에 쓰러졌다. 그 순간에 내 머릿속에 떠오른 것은 청장의 말이었다.

"그건 다기조 증상이 아닙니다. 다만 환자 개인의 성격적인 특성 때문에 여러 가지 심리적인 문제, 그러니까 쇼크 같은 것을 충분히 일으킬 수가 있지요."

나는 수건을 물에 적셔 아내의 얼굴과 몸을 닦았다. 하지만 아내는 깨어나지 않았다. 나는 아내의 뺨을 세게 때렸다. 흰 피부가 빨갛게 달아오르며 아내가 눈을 떴다.

"이게 무슨 일이야?"

나는 수건으로 아내의 오른쪽 손목을 감쌌다.

"손이 떨어져나간 거야?"

아내는 상체를 들어 테이블 위에 시선을 던졌다.

일단 진정을 하는 게 우선이라고 나는 아내에게 설명했다. 하지만 아내는 막무가내였다. 손이 떨어져나가면서 무언가 함께 아내에게서 떨어져나간 것 같았다. 자제력이랄까. 침착함이랄까. 예전의 차분하고 다소 냉정했던 아내는 상황을 받아들이지 못하고 흥분했다.

아내는 어린아이처럼 오래 울고 나더니 지쳐서 잠들어버렸다. 나는 멀거니 아내가 잠든 옆에 앉아 칼로 날카롭게 자른 듯한 손목의 단면을 보았다. 마치 그것이 새로 태어난 무엇이라는 듯이. 손이 떨어져나간 것이 아니라 단면이 생겨난 것이라는 듯이.

사무소에 찾아오는 많은 다기조 환자들을 보았지만 그들은 내 가족이 아니었다. 나는 참을 수 없는 고통을 느꼈다. 왜 우리에게 이런 일이 일어나야 하는가 하고, 마치 그 일을 처음 겪은 사람처럼 물었다.

51번 접수자

"손이 잘린 남자야 물론 살아남겠죠. 그런데 내가 궁금한 건 그 사람 손입니다. 잘린 손도 아직 살아 있을까요?"

천막 포장을 세 개째 뜯어내 내용물을 잔디 위에 끄집어내던 재희가 고개를 들고 나를 흘끗 쳐다봤다. 재희는 잘린 손, 이라고 말하면서 표정 하나 변하지 않았다. 잘린 손의 이미지든 잘린 손이라는 단어든 이제 L시에서는 더이상 어떤 감정도 불러일으키지 않는 모양이었다. 그건 더이상 흉물도 아니었고 미용실 바닥에 한움큼 떨어져 있는 잘린 머리카락처럼 흔한 것이었으므로 바닥에 수북이 쌓여 있다고 해도 누구 하나 들여다보지 않을 것이다.

"그 손이야 이제 다른 사람 손에 붙어 있지 않겠습니까?"

나는 잔디 위에서 천막 천을 집어 끄트머리를 양손으로 잡고 팽팽하게 당긴 뒤 허공에 대고 탁, 소리가 나게 털었다. 천막은 허공에서 잔디 쪽으로 떨어져내리면서 큰 새가 날개를 퍼덕이는 듯한 소리를 냈다. 어제 저녁 와인을 마시고 잠든 탓에 부옇고 혼탁했던 머릿속이 일시에 맑아졌다가 다시 천천히 흐려졌다. 나는 그것이 내게 가져다줄 효과를 기대하면서 다시 한번 천막을 소리나게 털었다.

그러나 다시 머릿속이 맑아지는 것 같지는 않았다. 재희는 망치로 흙바닥에 못을 고정시키고 있었다. 나는 천의 모서리에 알루미늄 고리를 끼운 뒤 못 위에 걸었다.

아침 뉴스에서 손이 잘린 여자 이야기가 방영되었던 탓이다. 아침에 일어나보니 손목이 절단된 채 거즈 붕대로 지혈되어 있었다고 했다. 밤새 무슨 일이 일어났는지 알게 된 여자는 비명도 지르지 못했다. 누군들 아침에 일어났을 때 자기 손목이 날아가 있을 거라고 생각할 수 있을까. 혼절했다가 다시 일어난 여자는 연인에게 전화해 그 일을 알렸다. 그가 경찰서에 신고했고 곧 경찰들이 여자의 집에 찾아왔다. 범인을 알아내기 위해 집안 구석구석 지문을 채취하고 여자를 병원으로 이송했다.

손이 잘린 여자의 의수 접합 수술은 성공했다. 다행히 목숨에는 지장이 없었다. 하지만 그건 그 여자의 개인적인 불행이 아니었다. 그 여자가 재수없게 당한 특수한 사건이 아니었다는 말이다. 그런 일은 앞으로도 계속해서 일어날 것이다.

하늘에는 회색 구름들이 낮게 떠 있었고 눅눅한 공기가 보이지 않는 가는 거미줄처럼 얼굴에 자꾸만 들러붙으려고 했다. 재희의 말은 내일 분명히 비가 올 거라고 말하는 것처럼 평범하게 들렸다.

"몇시에요?"

재희가 물었다. 그는 오 분 전, 그러니까 아홉시 사십분경에도 내게 시간을 물었었다. 나는 그가 가벼운 불안증을 느끼고 있다는 걸 눈치챘다.

"열시 십오 분 전이에요."

나는 되도록 다정한 말투로 대답했다. 재희가 입을 벌려 더운 숨을 내쉬었다. 이마에 땀이 맺혀 있었다. 셔츠의 목뒤가 축축이 젖어 있었다.

"땀이 이렇게 끈끈하게 느껴지는 건 처음이에요. 근데 오늘 사람들이 얼마나 올까요?"

"가장 근접하게 맞히는 사람에게 점심 사기 어떻습니까?"

"어째서 무슨 업무든 내기로 귀결될까요?"

"결국 밥 먹자고 하는 짓이라서가 아니겠어요?"

재희는 서서히 내려앉고 있는 것처럼 보이는 묵직한 하늘을 쳐다보면서 그런데 비는 오지 않을 거 같아요. 그냥 이렇게 묵직하게 점점 더 아래로 내려앉을 것 같은데요, 라고 중얼거렸다. 그의 눈빛이 조금씩 흐려지고 있었다.

"잘 안 들려. 몇 명이라고?"

나는 부러 명랑한 말투로 물었다.

"기껏해야 서른 정도가 아닐까요? 천막을 다섯 개나 설치하는
건 오버라고요."

서른이라고 말한 것은 진담은 아니고 자신의 예상을 대폭 줄인
숫자일 것이다. 그는 거의 모든 일에 투덜거리는 것을 기본 정조
로 하고 있었다. 하지만 그 투덜거림은 습관일 뿐 불만스러운 말
투나 제스처가 딱히 밉게 보이지는 않았다. 일종의 애교처럼 느껴
졌던 것이다.

환한 봄 햇살 아래 잔디밭에 이제까지 교역소를 찾아온 사람들
중 가장 많은 인파가 몰릴 것으로 예상되었다. 오늘은 다기조 감
염자 신고일이었고 기간 내에 접수한 이들에 한해 소정의 복지 기
금이 일 년간 제공될 예정이었다.

"저기 누가 옵니다!"

재희가 소리쳤다. 그의 입가에 반가운 미소가 번졌다.

천막을 쳐서 다섯 군데의 접수 공간을 만들고 기다리는 사람들
이 질서정연하게 줄을 설 수 있도록 스틱을 꽂았다. 색색깔의 스
틱을 꽂고 있으니 접수하는 내용과는 별개로 축제라도 준비하듯
약간 기분이 들떴다. 그날은 신입사원인 재희가 행사를 주관한 날
이기도 해서 응원해주려는 의도로 다들 화기애애한 분위기를 연
출하려고 노력하는 기색이 보였다. 초록의 잔디 위에 둥글게 둘러

앉아 철심을 연결하고 천막을 씌우면서 농담을 나누었고 플래카드를 뒤집어 붙이는 바람에 웃기도 하면서. 접수를 준비하는 일들이 마치 소풍처럼 느껴졌다. 햇살이 환했고 잔디가 푸르고 우리들은 웃고 있었다. 그리고 곧 죄책감이 밀려들었다.

더이상 다기조는 낯설고 두려운 것이 아니었다. 그 병은 이제 L시의 중핵처럼 작용하고 있었다. 이 도시의 모든 일상이 다기조와 관련되어 있었고 더이상은 그 병을 아무도 이상하게 여기지 않았다. 처음 다기조병에 대한 교육을 받았을 때 말라붙은 흰 손을 보고 구역질을 했던 나 자신을 떠올렸다. 불과 삼 년 전의 일이었는데 실감이 없다. 누군가 다기조병에 걸렸다는 이야길 들으면 조치 방법과 혜택을 되도록 많이 받을 수 있는 절차를 소개하지 더이상 감정적으로 동요하는 일은 없었다.

이상해 보이는 것은 오히려 그 병에 걸리지 않은 사람이었다. 이를테면 부서장 말이다. 그는 내가 회사에 들어올 때 면접관이었다. 천막을 칠 때 나는 부서장과 한 조였는데 사실 면접을 볼 때부터 그는 내가 한 눈에 마음에 들었다고 했지만 나는 그가 어딘가 이상하다고 느꼈다. 정확히 어떤 점이라고 꼬집어 말할 수는 없었는데 마음에 내키지 않았다. 그와 한 조가 된 것이 부담스러웠다.

그가 건네는 철심들을 손에서 손으로 이어받으면서 그를 경계하게 했던 이유가 뭐였는지 알았다. 그의 손이 다른 사람들에 비해 꽤나 통통했기 때문이었다.

처음에 거리에 떨어진 손은 사람들을 경악케 했다. 다기조가 만연해 있고 그게 그 전염병에 걸린 손의 마지막 모습이라는 것을 다들 알고 있었는데도, 아직 졸음이 가시지 않은 채로 아침 식탁에 앉았다가 테이블 한가운데 놓여 있는 오물을, 자기가 알지 못하는 이가 자기가 알지 못하는 이유로 벌여놓은 악의를 발견한 사람처럼 사람들은 그걸 어떻게 해야 할지 몰랐다. 쓰레기통에 버릴 수도 있고 보도블록의 끄트머리로 밀어낼 수도 있었다. 다른 쓰레기를 치울 때처럼 할 수도 있었지만 아무도 그렇게 하지 않았다. 주민센터 직원이 손을 수거해 갈 때까지 사람들은 꼼짝도 못하고 거리에 그대로 얼어붙어 있었다.

거리 곳곳에 덩그러니 떨어진 손들은 마치 나머지 육체가 땅 밑에 파묻히고 한 손만을 겨우 땅 위로 뻗어올린 시체처럼 보였다. 그런 식으로 손들이 시민들을 자극한 건 겨우 한 달 반 정도였다.

이제 L시에서 통통한 손을 가진 사람을 만나는 것은 거의 보기 드문 일이었다.

다기조는 흔한 일이 되었다. 이제 오십 년 전에 사람들이 흔하게 걸렸던 가벼운 질병들, 감기나 비염, 가벼운 피부염 정도의 실감을 줄 뿐이었다. 말라붙어가는 손을 보면 처음에는 이물감을 느끼기도 하고 기이하다는 기분을 지울 수 없어 눈을 돌렸지만 이제 그건 그냥 손이었다. 병에 걸린 손이라고 인지할 수 없는 평범한 사람의 손일 뿐이었다. 처음에야 손이 없는 것을 어찌됐든 드러내지 않으려는 온갖 노력을 했지만 시 인구의 절반 정도가 감염자이고 그중 80퍼센트의 손이 떨어져나가 바닥에 떨어진 것을 이제는 가을에 떨어지는 낙엽처럼 흔하게 볼 수 있었다. 거리에 떨어진 손을 수거하는 일을 어느 부서에서 맡을 것인지를 두고 회의한 결과 복지과에서 전담하기로 했다.

포자화된 손들은 특수한 종류의 분리 쓰레기로 취급되었다. 사람들은 그게 어디에 떨어져 있건 눈 깜짝하지 않고 지나칠 수도 있었고 심지어 집어서 수거통에 넣을 수도 있게 되었다. 10킬로그램이 채워지면 수거해 갔으므로 가끔씩은 얼른 통이 비워지기 위해서 누가 손을 떨궈주었으면 하는 생각까지 했다.

떨어져나간 손들은 중앙으로 보내졌다. 그 손들을 L시에서 자체 폐기하지 말고 중앙으로 보내라는 명령이 내려진 것은 좀 의외였다. 왜냐하면 다기조와 관련한 대부분의 폐기물 처리장은 L시에 있었기 때문이다. 심지어 외부에서 발생한 처리물조차도 L시로 보내졌다. 하지만 손들만은 예외였고 한 트럭 실린 손 무더기는 교역소의 문을 통과해 사라졌다. 나는 가끔 문을 빠져나가는 트럭들을 바라보면서 L시를 떠나는 것이 손뿐일까 생각했다. 그 손과 함께 무언가, 사람들이 가지고 있는, 가지고 있어야 할 핵심적인 것이 L시를 떠나는 것 같아 트럭이 사라질 때까지 오래 눈을 떼지 못했다.

부서장의 손은 L시의 손이 아니었다. 피부가 부드럽고 붉은 혈색이 돌고 마디가 통통한 그 손은 그야말로 건강한 손이었다. 불과 오 년 전만 해도 평범하게 볼 수 있었던 손이었겠지만 더이상은 아니었다. 그 멀쩡한 손이, 건강한 손이 이제는 구역질날 정도로 이물스러워 보였다. 그 이물감은 맨 처음 다기조로 말라붙은 손을 봤을 때와 비슷한 강도로 몹시 신경에 거슬렸다. 그것이 병으로 보였다. 건강하지 않은 것으로 보였다.

노인들과 부부, 어린아이들과 학생들, 아직도 점퍼를 입은 사내와 반팔 셔츠를 입은 여자, 군것질을 하거나 책을 읽거나 오락을 즐기는 사람들. 그들은 한 시간에서 세 시간 동안 기다려서 매달 약간의 치료 보조비와 정부에서 제공하는 혜택을 받을 수 있었다. 나는 길게 늘어서 S자 모양으로 휘어진 대열을 보며 광장에 모여 있는 이들의 세 시간에 대해서 생각해보았다. 그 많은 사람들의 세 시간이 물질로 변하여 눈앞에 펼쳐진 기분이었다. 만 명의 사람들이었으므로 삼만 시간이었고 그것은 한 사람의 삼 년이 훨씬 넘는 시간이었다.

삼 년, 그것은 이 도시가 다기조에게 먹혀버린 시간과도 같았다. 그것은 어떤 형태를 이루고 있는 것처럼 보였고 그러나 그 형태가 좀처럼 떠오르지 않았다. 대열은 아주 조금씩 꾸물꾸물 움직였다. 설명할 수 없는 감정이 밀려들어왔다. 그동안 너무나 많은 것들이 변했다. 그리고 다시 이전으로 돌아갈 수 없게 되어버렸다.

마당을 가득 메운 손을 잃은 사람들의 무리는 나를 감상에 젖게 만들었다. 마치 놀이기구를 기다리듯 약간은 흥분되어 보이는 사람들 틈에서 전처를 만나기 전의 일이었다.

51번 접수자가 테이블에 앉았을 때 나는 고개를 들어 접수자의 얼굴을 보지 못했다. 좀전에 접수대를 떠난 50번의 서류를 검토하는 사이 다음 접수자가 들어와 앉는 것을 힐끗 확인하다가 앞에 앉은 사람이 앉아 있는 모양새에 문득 눈길이 갔다. 대놓고 쳐다보지는 못했지만, 그리고 접수 서류 쪽으로 얼굴을 향하고 있어서 정면을 보지는 못했지만 그녀가 내가 전에 알고 있던 사람이라는 것은 거의 확실했다. 오른쪽 다리 위에 왼다리를 올리고 그 사이에 손가락을 살짝 끼워넣는 것은 전처가 의자에 앉을 때의 습관이었다. 약간 앞으로 구부정하게 기울인 상체도 그랬다. 고개를 들어 얼굴을 확인하지는 못했지만 나는 확신할 수 있었다.

나는 접수증 위에 붉은 사인펜으로 'no.51'이라고 적었다. 고개를 들 수 없었다.

"이름이요."

심장이 두근거리기 시작했다. 생수병에 담긴 물을 한 모금 마셨다.

"오미연입니다."

그것은 전처의 이름이고 또 전처의 목소리였다. 하지만 나는 그 목소리의 주인이 나를 알아보지 못한다는 것을 알 수 있었다. 목소리에는 아무런 감정이 담겨 있지 않았다. 질량이 담기지 않은 듯 문자를 전달한다는 목적에만 충실한 목소리가 떨어질 곳을 알지 못하고 허공을 가로지르는 별처럼 아내와 나 사이를 무심하게 가로질렀다. 가늘게 쓴 고딕체 글씨나 단순화된 도안을 연상케 하는 건조한 목소리였다. 전처가 그런 식으로 말할 때를 알고 있었다. 가전제품의 고장 신고를 위해 목소리를 녹음할 때와 같았다.

나는 접수증을 전처에게 건네고 안내서 위에 '오미연'이라고 적었다. 고작 그 세 글자를 적는 일이 마치 세 개의 봉우리를 넘는 일처럼 느껴졌다. 차라리 전처가 나를 모르는 척하는 것이었다면 나았을 것이다. 나와 지낸 과거에 대해 차갑고 쌀쌀맞은 반응을 보이는 것이라면 마음이 편했을 것이다.

전처의 다기조 증상은 중기를 넘어선 모양이었다. 그녀는 내 얼굴을 전혀 알아보지 못했다. 거기에는 약간의 내 문제도, 내 얼굴이 너무 많이 변한 탓도 있었을지 모르겠지만 그녀가 기억하지 못하는 것은 내 얼굴뿐만이 아니었다. 나와 함께 산 기억 전부가 사라져버린 듯했다.

전처가 고개를 살짝 숙인 채 접수증의 공란을 하나씩 채우기 시작했다. 그녀가 입술을 달싹이고 있었다. 나에게 무슨 말인가 하려는 줄 알고 고개를 가까이 가져갔으나 입술 사이로 흘러나온 것은 나를 향한 말은 아니었다. 전처는 뭔가 흥얼거리고 있었다. 그것은 곡조였다.

드뷔시였다. 드뷔시의 〈달빛〉. 전처와 내가 자주 듣던 음악이었다. 그녀가 그 곡을 흥얼거린다는 것이 그 순간 나에게는 대단히 위로가 되었다. 의식적으로는 나를 기억하지 못하지만 그녀의 마음 저 아래에서는 나를 알아본 것이 아닐까 생각했다. 그래서 그 음악을 떠오르게 한 것이라고.

접수증을 채워나가는 그 여자의 얼굴을 천천히 확인해보았다. 이마는 여전히 주름살 하나 없이 둥글었고 반들거렸다. 이마가 그리는 부드러운 곡선이, 미끄러질 듯 떨어져내리는 둥근 각도를 바라보며 그녀의 과거에서 내가 완전히 미끄러져내려갔다고 생각하니 가슴이 아팠다.

나는 그녀가 접수증을 다 써내려갈 때까지 그냥 가만히 보고 있었다. 그렇게 쳐다봐도 될까 스스로에게 되물어보면서.

접수증을 다 채우고 그녀가 나를 봤다. 내가 자기를 쳐다보고 있었다는 것을 눈치채고 나를 경계의 눈빛으로 바라봤다. 그녀는 의자 등받이에 몸을 더 기대고 팔짱을 끼고 다리를 꼬았다. 나는 모니터를 향해 고개를 돌렸다. 그리고 그녀가 앞으로 일 년간 정부로부터 받게 될 혜택에 대해서 읽기 시작했다.

1. 3개월에 1회 검진
2. 다기조와 관련한 5가지 증상 중 택 2에 한하여 치료
3. 교통비 일정 금액 지원

4. 마을센터의 보건소 이용권 5회

5. 기기 대여 월 1회

6. 방문 서비스 월 1회

그 사람은 내가 과거에 사랑했던 사람, 함께 공간을 공유하고 그날 있었던 일에 대해 배에 긴장을 풀고 대화를 나누던 사람이었다. 극복하지 못한 상처를 공유했다는 이유로 더이상 서로를 보는 것이 어려워진 내 아내였다. 하지만 그것은 과거의 일이었다. 지금 나는 접수를 받는 교역소의 직원이고 그녀는 환자였다.

전처가 왼손으로 접수증을 내밀었다.

오른 손목 아래는 비어 있었기 때문이다.

왼손으로 글쓰기 연습을 한 지 꽤 오래된 듯 글자체가 발랐다. 증상의 정도에 그녀가 중간 항목에 V 표시를 하자 굉장한 안도감을 느꼈다. 나는 그것을 받아들고 모니터에 그녀에 관한 정보를 채워넣었다.

프린터에서 증명서를 출력해 전처에게 건넸다. 그때 우리 두 사람의 눈이 마주쳤다. 나는 뭐라고 말해야 할지 전혀 떠올릴 수 없을 정도로 머릿속이 새하얘졌는데, 그녀는 당황하지도 않았고 아무런 고민 없이 입을 열었다.

"감사합니다. 잘 처리해주세요."

전처의 목소리는 상냥했고 그 상냥함은 상당한 거리를 둔 이에게 향하는 예의 이상의 아무것도 담고 있지 않았다. 나는 제대로 대답하지 못하고 그녀를 돌려보냈다.

그녀가 떠나고 다음 사람이 의자에 앉았는데도 멍하니 있다가 옆자리의 동료에게 핀잔을 들었다. 나는 황급히 접수증을 건넸다. 이번에 의자에 앉은 사람은 열일곱 정도의 남학생이었다. 하지만 내 머릿속 의자에는 여전히 전처가 앉아 있었다.

거기에 앉아서 나를 향해 아무런 사인을 보내지 않고 그저 접수증을 채우고 있었다. 나를 무시하고 드뷔시의 〈달빛〉을 흥얼거리고 있었다. 내 눈을 들여다보면서, 마치 모르는 이에게 그러듯이 감사하다는 말을 했다.

전처는 나를 알아보지 못했다. 나를 잊었다. 그러나 그런 일은 L시에서는 흔했으므로 그 일에 대해서 놀라거나 감정을 쏟을 필요가 없었다. 관계를 맺었던 사람과의 과거를 잊는다는 것은 L시에서 매시간 일어나는 일이었다. 누군가가 매일 누군가를 잊어버렸다. 그 대상이 나와 전처라고 해서 달라질 것은 없었다.

"갑자기 번지수가 생각이 안 나요."

접수증을 채우다가 뒷머리를 긁적이며 학생이 곤란하다는 표정을 지었다.

"괜찮아요. 일단 아무 숫자나 넣어요. 나중에 교역처 사이트에 접속해서 회원 정보를 변경하면 됩니다."

그가 망설였다.

"아무 번호나 적어요."

무엇이 그를 당황하게 했는지 모르겠지만, 그 학생은 자기 주소를 기억해내지 못할 뿐만 아니라 0부터 9, 그 열 가지 숫자 중 하나를 정하고 세 가지 경우의 조합을 만드는 단순한 일조차 하지 못하고 있었다.

"214."

내가 불렀고 그가 적었다. 그가 다행이라는 듯 한숨을 내쉬었다. 나도 마음이 놓였다. 하지만 다음 칸으로 학생의 오른손이 움직이고 손가락 근육이 볼펜의 끝을 세웠을 때 다시 그의 얼굴이 굳어졌고 나를 향해, 마치 내가 자기를 이곳으로 불러들였으며 왜 자기를 이곳에 불러왔는지 그 책임을 모두 내가 져야 한다는 듯한 억울한 얼굴로 말했다.

"전화번호도 기억나지 않아요."

"일단 여덟 자리 숫자 아무것이나 집어넣어요."

그는 이번에도 역시 하지 못했다.

"비워두십시오."

"죄송합니다."

학생의 얼굴이 붉게 달아올랐다.

"모두 적어왔어요. 그런데 그 노트를 두고 온 겁니다. 준비를 하지 않은 것은 아니에요."

"괜찮습니다."

그가 어깨를 떨면서 나머지 공란을 채우기 시작했다.

"따뜻한 물 한잔 드릴까요?"

종이컵을 받아들고 그가 물을 넘겼다. 그의 목젖이 꿈틀거리는 것을 바라보자 아무것도 포기해서는 안 된다는 생각이 들었다. 만약에 무엇인가, 우리들이 손과 함께 잃어버린 것이 있다면 그것을 꼭 되찾아야 한다고.

그는 다시 펜을 들고 글자를 적기 시작했다. 물을 마시자 긴장으로 꿈틀거렸던 어깨가 좀전보다 가라앉은 것 같았다. 이번에는 진짜로 기억을 해냈는지 아니면 내가 일러준 대로 일단 아무것이나 공란을 채우고 있는지는 구분할 수 없었다. 그래도 좀전보다는 얼굴빛이 나아졌다.

저 학생, 영특해 보이는 저 어린 남학생 또한 어린 시절 함께 놀던 친구들을 모조리 잊었을 것이고 처음으로 좋아했던 여자아이의 얼굴을 기억하지 못하며 자기가 괴롭혔거나 자기를 괴롭혔던 이를 모른다.

손 없는 자들에게는 죄가 없다

"다기조 감염자들은 공동체의 일원으로서 자신을 생각하는 능력이 현저히 떨어집니다. 그들은 오로지 자신들이 낱낱의 개개인일 뿐이라고 느낍니다. 느낀다는 것은 아주 중요한 일이죠. 그렇게 느낀다면 그렇게 행동합니다. 할 수 없다고 생각하는 일은 결국 할 수 없게 돼요. 인간의 능력은 대단합니다. 하지만 아무도 믿지 않죠. 믿지 않는데 이루어지는 일은 없고요. 그렇다면 그렇게 되는 겁니다. 인간들이 함께할 수 있는 일은 아무것도 없어질 겁니다. 모래 낱알이 되고 마는 거죠. 다기조는 그 시작입니다. 더 무서운 일들이 일어날 거예요."

흰개들의 인터뷰가 정오 뉴스에서 방송되고 있었다. 모래마을로 들어가던 작은 어깨의 소녀가 이제 성인이 되어 있었다. 그때

나 지금이나 그녀의 얼굴을 보면 이상하다는 생각이 든다. 그녀에게는 나에게 없는 무언가가 있었다. 그게 뭔지 모르겠지만 우리가 같은 종이라는 생각은 좀처럼 들지 않는다.

송영이 리모컨으로 티브이를 껐다.

"점심은? 아직도 안 왔어?"

직원들은 교역소의 미래가 어찌될지 모르는 상황에서 마땅한 대응 방안을 찾지 못했다. 흰개들이 교역소를 대상으로 소송을 건 것이다. 그들은 교역소가 공공기관으로 위장하고 있으면서 실제로는 L시를 희생 도시로 전락시키고 결국 이곳을 거대한 폐기장으로 만드는 데 일조하고 있다고 주장하고 있었다.

"우리가 L시의 엑스맨이라도 된다는 건가?"

재희가 고개를 절레절레 흔들었다.

화면은 중앙광장에서 일어나는 시위대의 모습을 보여주고 있었다.

티브이에서의 긴박감과 사무실의 느슨한 공기는 대조적이었다. 화면의 일들이 다른 시간 다른 장소에서 일어나는 일인 듯 이곳은 지루하다 싶을 정도로 조용했다. 배달 음식이 아직 도착하지 않아 불만스러웠다. 오전 청소를 빼먹었기 때문인지 공기가 탁하다고 느꼈다. 가습기에서 수증기가 피어오르는 것을 바라보면서 과연 어떤 것이 현실인가, 하고 물었다. 저들의 꿈틀거리는 거대한 분노가 현실인지, 아니면 이곳의 익숙하고 정돈된 일상이 현실인지.

항상 나는 취해 있다고 느꼈다. 그리고 상대방 역시 마찬가지였다. 깔깔 웃는 사람들이 나는 무서웠다. 토해내는 듯한 웃음소리가 두려웠고 그리고 좀 이상하게 들릴지 모르겠지만, 사람들의 얼굴에 더이상 개성이라는 것이 없다고 느꼈다. 그것은 어떤 형태에 불과했다. 단지 감각기관일 뿐 거기에서 어떤 인격이나 성격이 묻어나지 않았다. 실제로 개성이 담겨 있는 것은 그 사람의 손이라고, 정확하게 언제부터인지는 모르겠지만 그런 생각이 들었다. 그러므로 우리들은 절대로 손을 상실해서는 안 된다. 그것이 떨어져나가게 두어서는 안 된다. 생명력을 잃어버린 허깨비들처럼 비어 있는 손목을 들고 다니는 것이 얼마나 끔찍한 일인지에 대해서 깨달아야 한다.

그런 의미에서 나는 마음 깊은 곳으로부터는 흰개들을 응원하고 있었다. 갈망하고 있다고 해도 좋았다. 그들이 저토록 위풍당당하게 말하는 것처럼 이 도시의 비밀을 폭로하고 새로운 물결을 만들어내기를 바랐다.

또 한편으로는 강한 거부감을 느꼈다. 대체 그들이 뭘 할 수 있단 말인가. 기껏해야 소음을 만들어내는 정도가 아닌가. 교통 체증을 유발하고 시설물을 파괴하면서 도시의 평화를 깨뜨리고 있다. 가뜩이나 병들어 있는 이 도시에 불안과 공포를 조장하고 있다. 저들이 원하는 게 정말 L시를 살리는 일일까.

점심 도시락을 비우고 1층 복도에 내다놓으러 나가자 사람들이 웅성거리며 우르르 몰려들었다. 약진이 일어날 때처럼 가볍게 땅이 흔들리는 것 같았다. 나는 얼른 이층의 사무실로 올라가 창밖을 내다보았다.

그들이 들고 있는 피켓에는 '손 없는 자들에게는 죄가 없다'고 쓰여 있었다. 그들은 손이 없는 것은 L시가 부끄러워할 일이 아니고 역시 L시가 책임져야 할 일도 아니라고 했다.

L시가 폐기되는 지역으로 선정된 것은 벌써 육 년 전의 일로 다기조 바이러스가 유입된 것은 계획된 일이라고 했다. L시에 일부러 그런 짓을 했다는 것이다. 하지만 시민들의 손을 잘라 나라에 득이 될 것이 무엇이었을까.

그들은 정부가 폐기물 처리를 위해 상당량의 부지를 필요로 하고 있는데 L시가 폐기 도시로 결정되었고 그래서 일부러 사람들을 몰살시키고 있다고 했다. 비어 있는 토지가 없다면 그렇게 만들면 된다는 것이다.

"우리들에게서 손이 떨어져나간 것은 우리가 가난하기 때문입니다. L시는 이 나라에서 가장 경제적 수준이 낮은 도시지요. 우리들을 대표할 정치인은 중앙정부 쪽에 아무도 없습니다. L시의 중요한 결정들이 이루어질 때 우리들은 고려되지 않고 있어요. 우리는 없는 사람들이라는 겁니다."

"물론 우리들 또한 이 나라의 불미스러운 특성을 아주 잘 실현하고 있는 개인들이지요. 우리 몸의 세포들 또한 L시처럼 점점 더 빠르게 고립되어가고 있습니다. 하지만 그것이 단지 우리들의 책임이기만 한 것은 아닙니다. L시는 이대로 봉쇄되어서는 안 됩니다. 다기조가 L시에서 처음 나타난 것은 실험 지역으로 선택되었기 때문입니다. 우리들은 치료받아야 하며, 마땅히 구제되어야 합니다."

앰프를 통해서 그들의 연설이 들려왔다. 어떤 구절, 어떤 문장은 들리지 않고 공중에 흩어졌다. 흰개들은 간단한 의례를 진행하더니 교역소 앞에 천막을 만들기 시작했다. 천막은 모두 다섯 개였다. 나는 일전에 우리들이 교역소 앞마당에 설치했던 천막을 떠올렸다. 천막의 크기는 전혀 달랐다. 흰개들이 설치한 천막은 두서넛이 들어가면 그만인 공간으로 아마 거기서 투숙 농성에 들어갈 모양이었다.

그날 자신이 환자임을 신고하고 혜택을 받고자 했던 이들에 비하면 이번에 저 천막에 모인 사람들의 수는 얼마 되지 않았다. 그들에게는 즐거움도 설렘도 기쁨도 없었다. 하지만 내 눈에는 이상한 것이 보였는데 그것은 그들 주위를 떠돌고 있는 반짝이는 빛이었다. 일전에 보았던 꿈틀거림처럼 거대한 것은 아니었지만 마치 우주의 미스틱 마운틴처럼 하나의 작은 산이 형성되고 있었다.

"상황이 이런 식으로 진행된다면 언제 직업을 잃게 될지 모르는 일이니까"라며 송영이 간식이라도 먹자고 했다. 자극적이고 포만감을 잔뜩 느낄 수 있는 것으로! 나는 돼지고기숙주볶음을 골랐다. 청량음료도 세 병 주문했다. 휴게실에서 배달 음식을 먹으면서 우리들 복지행정과 직원들은 이제까지 일해온 자신들의 직업에 대한 소회를 나누었다.

나는 우리가 우리들이 하는 일에 대해서 너무 쉽게 혹은 극단적으로 나쁘게 말하고 있다고 느꼈다. 오가는 이야기들은 필요 이상의 평가절하였다.

"결국 언젠가 이런 일이 일어날 거라고 생각했어. 꼬리가 길면 잡힌다고. 왜 이 감시 기관을 도시 내부에서 운영하게 돼 있는 거야. 이번 일을 계기로 중앙으로 전부 옮기는 편이 어떨까. 그쪽이 낫지 않을까? 업무의 효율성 측면에서도 말이야."

한숨을 쉬면서 구영진씨가 말했을 때 나는 그것은 오버고 과장이라고 생각했다. 지나친 감상에 빠져 상황을 이상하게 만들어가지 말라고 그에게 핀잔을 주고 싶었지만 구영진씨의 어깨를 두드렸다. 오한구씨도 입사 이후 늘 일을 그만두고 싶었던 것이 사실이다. 매일 출근하는 일이 고역스러웠다, 라며 고개를 떨구었다. 이우리씨는 말없이 천장을 보았다. 오직 나만이 직업에 대해서 한탄하고 싶은 마음이 없었다. 나는 꾸역꾸역 매운 돼지고기볶음을 먹었고 혀가 얼얼해지면 숙주나물을 씹었다.

"이동휘씨는요? 이동휘씨 스트레스 받은 것을 우리가 다 봐왔는데 한마디하시고 푸십쇼. 말이라도 해야지 숨통이 트여요."

숨통이 막히는 건 그들 때문이었다. 나는 이 일을 십 년 동안 해왔고 내 삼십대를 다 바쳤다. 이제 와 이 일을 모욕할 수는 없다. 나는 그들이 내게 묻지 않기를 바랐다.

"나는 이 일이 꼭 필요했다고 생각합니다."

세 사람이 나를 쳐다봤다. 영문을 모르겠다는 듯이. 내가 모르겠는 건 그들이었다. 그렇다면 왜 진작 그만두지 않았는가? 마치 누군가 그들의 등에 총을 겨누고 그렇게 하라고 했다는 듯, 이 모든 일이 자신의 의지와는 별개의 일들이었다는 듯. 그러니까 그것이 마치 다른 사람의 생인 것처럼 이야기할 수 있을까. 내 동료들을 나는 이해할 수 없었다.

"난 이 일을 그만두지 않을 겁니다."

나는 그렇게 말하고 사무실로 돌아갔다. 물론 그들도 사무실로 돌아올 것이다. 그리고 각자의 자리에 앉아서 어제와 똑같이 자신들이 하던 일을 그대로 계속할 것이다. 그런데 왜 이 일에 대해서 불평해야 한단 말인가. 그럴 필요가 있었을까. 필요 없는 일을 할 만큼의 여유가 내게는 없었다.

나는 서류를 꺼내와 걸신이 들린 듯 입력을 시작했다. 매운 돼지고기볶음처럼 매운 정보들과 숙주나물처럼 포만한 정보들을 집어넣고 또 집어넣었다.

"동휘씨, 회피하지 말아요. 이제 현실을 받아들이세요."

언제 와 있었는지 이우리씨가 등뒤에 서 있었다.

"현실이라고 했나요?"

나는 고개를 돌렸다.

"이제 교역소는 끝장이에요. 우리도 다 끝장이라고요."

이우리씨의 말은 틀렸다. 이 주 뒤에 우리 모두는 사무실로 되돌아갔다. 소장은 흰개들의 주장대로 폐기물 수입을 중단하고 교역소의 활동 내용을 모두 밝히겠다고 발표했다. 하지만 사무실로 돌아갔을 때 바뀐 업무는 없었다.

"어쩔 생각이지?"

재희가 중얼거렸다. 대답할 수 있는 사람은 없었다. 그가 소장에게 흰개들과의 협상에 어떻게 대응할 것인지 물었다. 소장은 길게 자기 이야기를 늘어놓았다.

"어렸을 때 난 아주 심한 약골이었네. 운동을 시작한 건 서른 살부터야. 매일 세 시간씩 어떤 일이 있어도 그 시간을 빼먹지 않았지. 지금은 내 또래의 누구에게도 체력적인 면에선 뒤지지 않아. 그냥 가는 거지. 묵묵히. 누가 뭐라든."

소장은 자랑처럼 그 이야기를 했지만 재희는 받아들이지 않았다. 그렇게 넘어갈 수 있는 문제가 아니라고. 오천이라는 숫자는 L시의 10퍼센트가 넘으며 그 숫자는 점점 불어나고 있다고 말했다.

"내가 그걸 몰라서 이럴까봐."

월요일 오전 회의에서 소장은 중앙과 새로운 협의가 이루어졌다고 했다. 전면 봉쇄에서 부분 봉쇄로의 전환이 그것이었다. 더 정확하게는 중앙에서 L시로의 이주가 가능해진다는 항목 정도가 실제적으로 내용을 갖고 있었다. 나머지 부분은 현재 상황을 다른 단어로 조합해 다시 쓰기 한 것과 마찬가지였지만 협상이 가능할 수도 있었다. 게다가 그 이주라는 것이 무얼 의미하는지 당시의 우리는 알지 못했다.

L시에도 가을이 온다. 나뭇가지에 매달린 이파리들이 노랗게 물들기 시작했고 이어 바람이 불 때마다 바닥에 툭툭 떨어진다. 낙엽이 L시에서 아름다워 보이지 않는 것은 그것이 떨어지는 손목을 연상케 하기 때문이다. 나무 밑동에 우수수 떨어진 단풍잎은 더더욱 그로테스크해 보인다.

얼굴이 타는 건 봄볕이었더라 가을볕이었더라, 생각하면서 걷고 있었다. 햇살에 등이 조금씩 따뜻해지고 있었다. 건물 앞에 재희와 이우리씨가 서 있었다. 들어가지 않고 수군거리는 모양새를 보니 무슨 일인가 있는 모양이었다.

무슨 일인지 물었더니 지난밤 사무실에 사람들이 잠입해 교역소를 점거했다고 한다.

"그래서 지금 이렇게 들어가지 못하고 서 있는 겁니까?"

나는 고개를 들고 교역소 사무실이 있는 동쪽 건물을 바라보았다. 일하는 동안 애정을 갖게 된 모양이인지 햇볕을 받아 환한 빛을 반사시키고 있는 낯익은 흰 건물이 눈에 들어오자 나도 모르게 마음이 편안해졌다. 하지만 건물 옥상에 갈색 천막이 둘러져 있었고 하얀 구름 같은 무늬가 새겨져 있었다. 기다랗게 세워놓은 봉이 빛을 발하고 있었는데 실용적인 용도가 있다기보다는 표시에 가까워 보였다. 나는 어제저녁 뉴스에서 본 흰개들의 인터뷰를 떠올렸다. 초반에는 고작 오십여 명 정도였던 인원이 몇 달 사이에 삼천 명 가까이로 불어났다는 기사도 읽었다. 신문의 하단에서 가입 신청 광고를 본 적도 있다. 흰개들은 최근 더더욱 자주 매체 인터뷰를 하고 있었고 그 시간이 늘어나고 있었다. 작은 방송사를 하나 꾸린다는 소식도 들었다.

그런 몇 가지 정보들이 떠오르자 천막 위의 구름 모양이 점차 웅크리고 있는 개의 형상으로 변했다.

"흰개들이군요."

내 짐작은 틀리지 않았다. 지난주에 협상이 실패로 돌아가자 결국 점거를 선택한 모양이었다.

"뭘 어쩌자는 것이랍니까?"

"진실을 밝히라는 겁니다."

"진실이요?"

"계속해서 같은 주장입니다. L시가 다기조의 희생양이라고요. 우리가 전국에서 발생한 다기조 폐기물을 수입하고 있고 이곳은 결국 매립지가 될 거고 그 기획이 실제로 추진되기 시작했다고요. 중앙으로부터의 이주 건에 대해 반대 성명을 발표했습니다. 실제로 필요한 것은 그 반대 방향이라고요. L시에서 중앙으로요."

저들의 사고 체계는 거의 망상에 가까운 듯했다.

"상상력이 대단하군요. 그것만은 칭찬할 만하네요."

우리 세 사람은 동시에 교역소 건물로 얼굴을 돌렸다. 건물 옥상에 올라간 몇몇 사람들이 바깥을 감시하고 있었다.

"이제 우린 어떻게 되는 겁니까?"

"우리요?"

나는 그가 L시를 말하는 건지 아니면 교역소 사람들을 말하는 것인지 아니면 그 자신을 단지 복수형으로 표현한 건지 알 수 없었다.

교역소 사람들은 자존감에 상처를 입었다. L시의 공무를 수행한 것이 아니라 L시의 쓰레기가 되어버렸기 때문이었다. 그다음주에 이우리씨는 사직서를 냈다.

"다시 생각해보게."

소장이 말했다.

그렇게 하지 않겠다고 이우리씨가 대답했다. 목소리에 배어 있는 단호함 때문에 소장은 그녀를 더 말릴 필요가 없다는 것을 알았다.

"이제 뭘 할 생각인가?"

"아직 생각해보지 않았습니다."

그건 거짓말이었다. 그 다음주에 우리들이 새로 생긴 도시락집에 전화를 걸어 메뉴를 주문하고 난 뒤 티브이를 틀었을 때 화면에는 흰개들이 병원 앞에 가짜 의료 사업을 중단하라는 피켓을 들고 인터뷰를 진행하고 있었다.

"L시의 희생을 더이상 두고 보지 않겠습니다. L시가 매립지가 된다고 해서 전염병이 사라질까요. 그렇지 않습니다. 희생 도시를 만드는 것이 아니라 모두가 함께 살 수 있는 방안을 고민해야 할 때입니다."

두번째 질문은 의료계에 하고 싶은 한마디였는데 이번에 마이크를 쥔 사람이 이우리씨였다. 이 주 동안 거리에서 생활한 탓으로 그녀의 얼굴은 검게 그을려 있었다. 이목구비는 동일했지만 어딘가 인상이 달라 보였다. 그녀가 떨리는 목소리로 말했다.

"저는 얼마 전까지도 교역소에서 일하며 L시를 희생 도시로 만들었던 사람입니다."

나는 티브이를 껐다. 아무도 뭐라고 하지 않았다.

"도시락 아직도 안 왔어?"

창밖에서 오토바이 소리가 들렸다. 곧 사무실 문이 열리고 헬멧을 쓴 남자가 포장박스를 테이블 위에 올려놓은 뒤 쟁반 세 개를 꺼냈다.

"쿠폰은요?"

"아."

남자는 호주머니에서 붉은 주전자가 그려진 쿠폰을 꺼내 재희에게 건넸다. 도시락에 담긴 쌀밥을 우물거리면서 우리 세 사람은 늘 하던 대로 음식점 평가를 했다.

"별 세 개? 세 개 반?"

"자넨 늘 너무 후해. 미식가는 분명 아니라니까."

감염되다

복지과 자격 유지 테스트에서 13점을 받았다. 현재 우리 부서 사람들뿐만 아니라 역대 근무자들 중에 가장 낮은 점수였다. 복지과에서 일하기 위한 적정 점수는 60에서 70이었다. 공감 능력이 70 이상인 사람들의 경우에는 일에 너무 감정이입을 해서 효율성이 떨어지기 때문에 오히려 복지과에 배치하지 않았고 60 이하의 경우는 문제 해결 능력이 부족하다고 보았다.

부서에 들어올 때만 해도 65.2로 매우 적정한 능력을 갖고 있었다. 오 년 만에 50점 이상 능력을 상실한 셈이었다. 겉으로 보기에는 근무 태도나 성과 면에서 전과 크게 달라진 점이 없었기 때문에 부서에서는 답안지를 재확인해달라는 요청을 보냈다. 검사 프로그램이 오작동하지는 않았는지 의심했던 것이다. 그러나 인사과에서 돌아온 답변은 같았다. 13점. 연장 근무가 가능한 하한선에 한참 모자랐다. 나는 재교육을 받은 후 부서를 이동할 것을 지시받았다.

"지겨워졌나?"

소장이 창가에 서서 허리를 비스듬히 기울인 채 물었다. 그의 시선은 창밖을, 이제 막 피기 시작한 목련나무의 가지 하나를 향해 있는 듯 보였고 그래서 처음에 나는 그가 혼잣말을 하고 있는 줄 알았다. 대답이 없어서인지 그가 덧붙여 설명했다.

"자네가 일부러 답안을 엉망으로 작성한 게 아닌가 해서 말일세."

그제야 나는 그게 나에게 건넨 말이라는 것을 알았다. 내가 일부러 답안을 틀리게 작성했을 거라고 추측한 모양이었다.

"그렇지 않습니다. 지금 하고 있는 일에 딱히 불만이 있는 것도 아니고요."

"계속 이 일을 하고 싶은 마음이 들지 않았던 것은 아니고?"

소장이 내 눈을 똑바로 쳐다봤다. 눈을 바라보면서 나누는 대화에는 거짓이 섞이지 않을 거라고 생각하는 모양이었다. 그러나 내 생각에는 사람의 눈이 다른 감각기관과 딱히 다른 점은 없었다. 미소를 지으면서 거짓말을 할 수 있는 것과 마찬가지로 눈을 바라본다는 점에도 별다른 의미가 없었다.

"부서를 옮긴다는 생각을 해본 일은 없었습니다. 테스트 결과가 나오기 전에는요."

그 말은 사실이었다. 나 또한 내가 테스트에서 통과하지 못하리라고 전혀 예상하지 못했다. 그런 점수가 나온 이유를 소장이 궁금해하는 것과 마찬가지였다. 나도 궁금했다. 나에게 무슨 일이 일어나고 있는 것인지, 내가 어떤 사람이 되어 있는지, 테스트 결과지에 나온 것처럼 소통 능력이 소멸 직전이어서 시민들을 응대하는 일이 불가능하다는 것이 정말 사실인지 알고 싶었다.

소장은 나에게 물었지만 나는 누구에게 그걸 물어야 하는지 몰랐다. 물론 답은 너무도 간단했다. 나에게 묻는다. 내 문제는 내게 묻는다.

그러나 나 자신에 대해 나는 거의 아무것도 알고 있지 않았다.

소장이 바라보는 나.

사무실 의자에 앉아 있는 나.

치료비 지원을 신청한 이들의 목록을 작성하고 있는 나.

정장 바지에 스트라이프 스웨터를 입고 있는 나.

다른 사람에게 보이는 나 자신의 모습, 그 이상은 알고 있지 않았다.

그러나 소장은 내 대답을 들을 때까지 물러서지 않을 태세였다. 나는 뭐라도 대답을 해야 했다.

"제가 테스트에서 낮은 점수를 받은 게 꼭 나쁜 것은 아니지 않습니까? 저에게도 회사에게도요. 애초에 테스트를 통해서 리사이클을 만들 목적이었다고 들었습니다. 다른 쪽의 능력을 개발해보고 싶습니다. 이 일이 싫었던 것은 아니고요."

소장이 천천히 고개를 끄덕였다. 대화 능력만은 아직 정상 수준을 유지하고 있는 모양이었다.

"그런데 말이야."

소장이 걸음을 멈추고 뒤돌아섰다.

"네?"

"자네 목소리가 원래 그랬나?"

소장이 오른쪽 눈을 찌푸리며 물었다.

"제 목소리가 어떻습니까?"

"내가 듣기에는 아주 날카로워. 전엔 늘 목소리가 좋다고 생각했었는데."

소장이 잠시 뜸을 들였다가 다시 입을 열었다.

"서툴게 연주한 바이올린의 첫번째 줄처럼 아주 신경이 거슬려서 말이야."

나는 입을 다물었다.

소장과 함께 참여했던 교육 과정에서 배운 다기조의 초기 증상을 정확히 떠올릴 수 있었기 때문이다.

ㅅ. 이상 음성

나는 빠르게 다기조화되었다. 검사 결과에 나 자신을 꿰어맞추기라도 하려는 모양인가, 스스로 그렇게 생각하게 되었다. 다기조의 초기 증세 여덟 개 중 여섯 개 이상을 충족하고 있었다. 목소리가 변했고 호흡 곤란이 왔고 기억하지 못하는 일들이 차차 늘어났으며 목이 말라서 늘 물병을 들고 다녔다.

시민 대상 검진을 맡고 있는 의료 단체에 전화를 걸어 다음달환자 검진에 대해 통화를 하면서 기분이 영 이상했다. 무엇 때문인지 이유는 알 수 없었다. 손에 땀이 나는 것도 아닌데 수화기를들고 있기가 어려웠다. 나는 자꾸 상대방의 말을 놓쳤고, 그래서나중에는 형식적으로 네, 네, 대답만 겨우 할 수 있었다. 되도록빨리 전화를 끊고 싶었지만 상대는 눈치채지 못한 모양이었다. 다행인지 불행인지 알 수 없이 나는 전화를 붙들고 있었다.

전화를 끊을 때쯤 알게 된 사실은 그 여자의 목소리가 문제가아니었다는 점이었다. 전화기가 자꾸 미끄러지려고 하는 통에 통화하는 내내 불편했던 것뿐이었다. 인사까지 마치고 나서 종료 버튼을 누르려고 할 때 급기야는 전화기를 놓치고 말았다.

바닥에 떨어진 수화기 주변에는 먼지처럼 하얀 가루가 묻어 있었다. 오전에 분명 청소를 했는데 이 먼지들이 대체 뭐지? 생각하며 허리를 굽혔을 때 수화기에 묻어 있는 가루가 먼지가 아니라는 것을 알았다.

그와 비슷한 하얀 가루를 전에 본 적이 있었다. 최근의 일은 아니었고 아주 오래된 일이었다. 나와 가까운 사람, 식탁을 사이에 두고 마주앉은 누군가의 손이 떨어지면서 그 주변에 떨어져내린 하얀 먼지. 그러나 나와 마주앉은 사람이 누구였는지는 기억나지 않는다. 같이 식사를 할 정도였다면 꽤 가까운 사람이었을 것이다. 나는 좀더 기억을 떠올리려고 노력했지만 그 사람의 얼굴은 떠오르지 않았고 식탁과 그 주변 풍경, 베란다로 이어지는 넓은 통유리창만이 선명하게 떠올랐다.

결국 내가 알 수 있는 것은 전화기에 묻어난 이 하얀 먼지가 다기조의 석화 가루라는 사실이었다.

나는 수화기를 집어들려던 손을 폈다. 손바닥 위에 하얀 재가 덮여 있었다.

ㅊ. 신체 말단 부위의 각질화

이로써 나는 다기조 초기 증상 중 일곱 개 이상을 채운 셈이었다. 신고한다면 확정 진단을 받고 치료 혜택을 받을 수 있었다.

나 또한 L시의 시민으로서 다기조의 감염에 노출되어 있었다. 그런데도 나 자신이 감염될 거라는 생각을 하지 못하고 있었다.

그러니까 나는 이 도시의 운명과는 별개의 고유한 개인이 존재한다—바로 나 이동휘 말이다!—는 허황된 생각을 품고 있었던 것이다. L시야 어떻게 되든 내가 지킬 수 있는 고유한 부분이 있을 거라고 생각했다. 전염병으로 온몸이 바스러져가는 L시의 생명들을 수없이 지켜보면서 나 자신은 거기에 포함시키지 않았다. 이 세계 어느 구석인가 오염되지 않은 구역을 찾아내 나 자신만의 울타리를 만들 수 있을 거라고. L시에서 일어나는 일들과 나에게 일어나는 일, 내 집, 내 일터에서 일어나는 일이 별개라는 불가능한 생각을 하고 있었다.

그렇지 않았다.

그럴 리 없었다.

나 역시 L시의 다른 모든 감염자들과 마찬가지로 내가 누구인지 모르는 채 하얗게 부서져갈 것이다.

이 주 뒤에 나는 교역물품확인과에 발령받았다. 교확과로 이전하는 것은 기분좋은 일은 아니었다. 교확과로 전보된 사람들은 대개 퇴직을 앞둔 노령자이거나 심신의 상태가 좋지 못하거나 극심한 스트레스로 대인 관련 업무를 진행하기 어려운 경우였다.

나는 업무 부적합 판정을 받은 셈이었다.

"언젠가 책에서 읽었던 이야기가 생각나는데 들어보겠습니까? 어떤 사람이 지시된 규격에 따라 땅을 파는 작업을 했지요. 그 일이 끝나니 상관은 그걸 다시 메우라고 말했습니다. 그 사람은 규격에 맞추어 작업하느라 적어도 이틀은 더 소요해야 했는데도 말이지요. 그 사람은 자기가 판 구덩이를 다시 메웠습니다."

과장이 잠시 숨을 골랐다. 그는 말이 빨랐다. 나에게 호감이 있는 것처럼 보였는데 내색은 하지 않았고 지나가면서 가끔 그렇게 알 수 없는 이야기를 던지고는 한 층 위의 독실로 올라가버리곤 했다.

"그러자 상관은 다시 구덩이를 파라고 했습니다. 좀전과 똑같은 규격을 말해주면서, 정확하게 규격을 지키라고 했지요. 그는 다시 규격을 지키기 위해서 며칠을 더 소요했고요. 그 구덩이가 메워질 것을 알면서 그는 다시 구덩이를 파기 시작했습니다."

과장이 나를 반쯤 미심쩍은 눈빛으로 바라보았다.

"그래서 규격이 필요 없는가 하면 그렇지 않다는 겁니다."

그의 얼굴에 은근한 미소가 감돌았다.

"그 규격 때문에 그는 땅을 팔 수 있었던 건지도 모르지요. 당신이 하는 일에 대해 의문이 들 때 내가 지금 한 이야기를 잘 생각해보십시오. 현명한 사람이니 아마 내 말이 무슨 뜻인지는 이해했을 겁니다."

과장은 업무에 대한 설명 대신 알 수 없는 이야기를 늘어놓고 가버렸다.

교역물품확인과는 지하 일층의 제일 왼쪽 구석에 자리잡고 있었다. 창문이 없다는 것을 제외하면 근무 환경은 쾌적했다. 문을 열고 들어가면 정면에 마치 작은 도서관처럼 아홉 개의 책장이 늘어서 있었고 오른쪽 벽에 두 개의 책상이 나란히 놓여 있었다. 안쪽 것이 내 책상이었다. 나는 책상보다 아홉 개의 철제 책장에 더 눈이 갔다. 거기에 꽂혀 있는 수많은 서류들이 알 수 없는 안도감을 주었다.

책상은 전에 누가 쓰던 것이었지만 별다른 흠집은 없었다. 서랍 속에 들어 있는 작은 수첩은 새것이나 다름없어서 내가 사용하려고 그냥 두었다. 복지행정과에서 사용하던 컵이랑 칫솔, 연필꽂이와 필기구들을 꺼내 책상 위에 올려놓았다. 천장에 하수구가 연결되어 있는지 간헐적으로 물이 지나가는 소리가 들렸다. 마치 거인의 뱃속에 들어와 있는 기분이었다.

잠시 후에 동료인 케이가 들어왔다. 그녀는 키가 꽤 컸는데도 몸무게는 오십 킬로그램이 겨우 넘어 보일 정도로 마른 체형이었다. 숏컷에 파마를 하고 진한 화장을 하고 있었다. 간단히 인사만 나누고 자세한 이야기는 점심시간에 나누기로 하였다.

미리 듣기로 그녀 역시 나처럼 이번 테스트에서 낮은 점수를 받고 부서 이동을 한 자였다. 원래는 생활1팀 소속이라고 들었다. 지독한 일벌레인 모양인지 자리에 앉자마자 바로 컴퓨터를 켜고 인트라넷에 접속해 업무 내용을 확인하기 시작했다. 나는 따뜻한 커피를 한 잔 사오고 일하면서 들을 노래를 골랐다. 밋밋한 음식에

향신료를 뿌리듯 감미로운 조미료가 필요했던 것이다. 이어폰을 꽂자 자판 위의 손가락이 재빨리 움직이기 시작했다.

옆자리에 앉아 있지만 그녀와 나 사이에는 경계가 있어서 공기의 흐름조차 다른 것 같았다. 점심시간에 근처 중국집에서 배를 불렀다. 대체 테스트에서 몇 점을 받았기에 이쪽으로 부서 이전 당한 겁니까? 13점입니다. 마네킹처럼 굳어 있던 그녀의 얼굴에 처음으로 웃음이 깃들었다. 하지만 다음 화제로 넘어가자 다시 그녀의 얼굴은 딱딱하게 굳었다. 이런저런 이야기를 나누어보았지만 경계는 허물어지지 않았다. 분명 둘이 일하고 있는데도 혼자 있다는 느낌을 받았다. 그녀 쪽에서 어떻게 느끼는지는 알 수 없었다. 케이는 아무래도 상관없다는 표정을 하고 있었다.

교역물품확인과로의 전보는 수많은 자료들에 둘러싸이는 일이었다. 물품뿐 아니라 시에서 관리하는 모든 정보들을 다루고 있었다. 자료 수집 부서에서 수집한 L시의 정보들을 기호와 숫자의 조합으로 변환하는 것이 내 업무였다. 간단히 말하면 그것은 효율화 작업이었다. 문자가 차지하는 불필요한 공간을 줄여 그것을 가장 적은 양의 데이터로 축소하는 것이다. 나는 대번에 내가 그 일의 부적격자라는 것을 알았다. 내가 그 일을 잘할 수 있을지, 아니 계속할 수 있을지도 미지수였다.

하지만 내가 그것 말고 무엇을 할 수 있었을까?

당시에 나는 오로지 일을 하는 것 외에는 아무것도 하지 않았다. 잠을 자고 일어나 옷을 갈아입고 교역소에 출근해 일하고 집에 돌아가 저녁을 먹고 씻고 잠들었다. 이 일마저 그만두면 나는 아무것도 아니었다. 내가 하는 효율화 작업의 방식으로 표현한다면 그냥 '0'이 되는 셈이었다.

나는 적응해보기로 했다.

일단 숫자들과 기호들의 조합에 익숙해져야 했다.

사실 나는 문자보다는 이미지나 감각을 더 잘 받아들이는 편이었기 때문에 처음에는 애를 먹겠구나 싶었고 오 년 동안 일했던 가닥으로 복지 업무를 계속 맡는 편이 더 나았을 거라고 불평했지만 첫날 인수인계를 받으면서 내가 그 일을 꽤나 빨리 배운다고 전임에게 칭찬을 받았고 둘째 날에는 적어도 일 년은 근무한 사람 정도로 수행이 빠르다는 말을 들었다.

셋째 날에 나는 교역소에 근무한 이후 처음으로 매우 편안하다는 느낌을 받았다. 일하던 중 내가 아주 편안하게 숨쉬고 있다는 사실을 깨달았다. 복지과에서는 늘 어깨와 목이 아팠는데 정보과에서는 그렇지 않았고 퇴근 시간이 되면 약간의 피로감이 기분좋게 몰려왔다. 해가 지는 바다처럼 서서히 몸이 노곤해지면 키보드에서 손을 떼고 전원 버튼을 눌렀다.

다기조에 감염되었다는 사실은 예상했던 것보다 나쁘지 않았다. 오히려 어떤 평화와 더 가까워지는 느낌이었다.

중기 증상이 시작될 무렵에는 사람의 얼굴을 거의 인식하지 못했다. 점점 부옇게 흐려져가던 얼굴이 이제는 완전히 무너져내렸다. 사람들의 신체기관이 흘러내리거나 솟아올랐다. 이를테면 나는 거의 발바닥 쪽에 떨어져 있는 눈을 보았다. 흘러내리는 코를 보았다. 그리고 귀 옆에 달라붙어 있는 붉은 입술을 보았다. 그래도 만약에 발밑에 있는 눈이 반짝이며 나를 향해 시선을 던진다면 적어도 그가 내게 어떤 호감을 보이고 있다는 것 정도는 알 수 있었다. 물론 저 아래서 나를 향해 반짝이는 두 눈을 발견하는 것은 딱히 기분좋은 일은 아니었다.

곧 내 주변의 사람들을 잊게 되리리라는 것을 직감했다. 나는 바탕화면에 폴더를 하나 만들고, 내가 아는 사람들의 사진을 넣어두었다. 파일명에는 그들의 이름을 적어넣었다. 어떤 사람의 얼굴은 이미 알아볼 수 없었다. 사이좋게 어깨동무를 하고 있었는데도 그가 누군지, 어디서 만나 어떤 관계를 맺었는지, 지금은 연락하는 사이인지 아닌지조차 알 수 없었다.

어떤 여자가 유독 사진에 자주 등장했다. 갈색으로 염색한 파마머리를 늘어뜨리고 내 어깨에 기댄 채 활짝 웃고 있었다. 그 여자는 거의 무방비 상태로 웃고 있었고, 사진만으로도 나를 상당히 신뢰하고 있다는 걸 알 수 있었다. 아마 그 여자와 나는 연인 관계였으리라. 아니면 함께 살았는지도 모른다. 내가 결혼을 한 적이 있었을까 궁금했다.

그다음 사진은 어떤 여자아이였는데, 그 아이는 얼핏 치타를 연상케 하는 또렷한 눈매를 가지고 있었다. 내 어깨에 기대고 있는 여자와 그 여자아이와 함께 찍은 사진을 바라보며 나는 그 두 사람이 어쩌면 어머니와 딸일지도 모르겠다고 생각했다.

그건 어쩌면 내가 그들의 남편이었고, 아버지였을 수도 있다는 뜻이었다.

빗소리에 잠이 깼다. 방안의 공기가 다른 날보다 가라앉아 있었고 물방울이 알루미늄 판자 위로 떨어지는 소리가 규칙적으로 들려왔다. 그 소리를 들으면서 몇 분 더 침대에 누워 있었다. 무슨 옷을 입을지 잠시 고민했다. 어떤 옷을 입는지에 따라서 행동이나 말이 다르게 나온다는 것을 안 뒤에는 전보다 옷차림에 신경을 쓰게 되었다. 털실로 짠 스웨터를 입으면 좀더 다정한 사람이 된 것 같았다. 합성섬유 재질의 셔츠는 마음을 가라앉히는 데 도움이 되었다. 나는 스웨터를 꺼내 입었다가 다시 셔츠로 갈아입었다.

운전을 하면서 차창으로 스쳐가는 풍경에 조금씩 기분이 가라앉았다. 건물들은 죄다 흰빛이었다. 건물들이 옥상에서부터 부식되면서 흰빛으로 변하기 시작했고 시간이 지나면 부스러져내렸다. 마치 인간의 손이 떨어져나가듯 건물의 모서리가 떨어져나가고 어느 날 모래성이 부서지는 듯한 허무한 소리를 내며 순식간에 가라앉았다.

건물이 무너지는 것 자체보다, 마치 엎질러진 물처럼 흥건하게 퍼져버린 모래 더미의 형태가 더 큰 두려움을 불러일으켰다. 부식된 건물들은 당연하게도 다기조에 감염된 인간의 모습을 연상시켰고 감염자의 마지막 모습이 그러할 것이라는 암시로 받아들여졌던 것이다. 속도를 더 내어 달렸다. 창에 바람이 부딪는 소리가 위협적으로 들려왔다.

신호에 걸려 잠시 멈췄을 때 차창을 통해 들어온 풍경이 시선을 끌었다. 무슨 사고라도 난 듯 옆얼굴이 간지러웠다.

고개를 돌려보니 인도 쪽으로 커다란 가로수 하나가 쓰러져 있었다. 가로수는 주변의 다른 나무들보다 두꺼웠고 키가 컸다. 가지가 많고 푸른 잎들이 무성한 나무였다. 마치 머리를 풀어헤치고 길가에 드러누운 거인처럼 나무는 누워 있었다. 그 나무가 쓰러질 이유는 아무것도 없어 보였다. 하지만 그 나무는 뿌리가 들린 채 도로에 쓰러져 있었다. 나는 주변을 살펴보았다. 아무것도 없었다. 그저 가는 비가 내리고 있었을 뿐이었다. 나무를 쓰러뜨릴 만한 무엇도 발견하지 못했다.

나무가 무엇에 쓰러졌을까?

수수께끼였다.

그게 내가 온전한 형태를 인식하며 바라본 L시의 마지막 장면이라는 것을 알지 못한 채 나는 그 쓰러진 나무를 지나갔다.

나는 살아 있었나?

나는 나 자신에게 물었다.

그렇지 않았다.

그렇다면 나는 죽어 있었나?

나는 다시 물었다. 그랬는지도 모르겠다. 죽어 있었는지도 모른다. 나 자신이 빠르게 다기조화되어가고 있다는 것을 알고 있었다. 사무실로 가는 동안 차창 밖으로 보이는 세계가 점점 더 사라져가고 있었던 것이다.

조금씩 조금씩 흩어지고 흐릿해지기 시작했다. 거의 다 없어지려 하고 있었다. 나는 본능적으로 창밖의 세계가 이제 곧 완전히 사라지리라는 것을 알 수 있었다.

갓길에 차를 세웠다. 일단 차분하게 케이의 얼굴을 떠올려보려고 노력했다. 저 아무것 없는 빈 공간에 그녀의 얼굴과 머리카락과 목선, 어깨와 팔, 손 같은 것들을 그려보려고 했지만 잘 되지 않았다. 다시 창밖을 힐끗 보았다. 거기에는 거의 아무것도 없었다. 흰색의 무정형 덩어리 같은 것들이 떠다니고 있었고 그것마저도 서서히 흩어지며 엷어지기 시작했다.

오로지 나밖에 남지 않았다는 느낌은 끔찍한 것이었다. 창밖이 사라지면서 머릿속도 텅 비어가기 시작했다. 어린 시절에 읽었던 동화, 따뜻하고 맛있는 음식을 떠올리면서 추위와 배고픔을 잊어보려고 했던 소녀처럼 나는 뭔가를 기억해냄으로써 그 상황을 거부하고자 했다. 무언가 형태가 있는 것을 떠올려보려고 했다. 허공에 팔을 뻗어 그녀의 얼굴을, 그게 아니더라도 무언가를, 다만 아무것도 아닌 것이 아닌 무엇을 그려보려고 했다. 그러나 내가 알고 있는 형태는 없었고 두려움에 찬 나의 신체가, 팔이 허공 위에서 무정형의 그림을 그리기 시작했다. 그것은 형태가 되지 못했다. 공포에 질린 팔의 비명일 뿐이었다. 팔이 허공을 거칠게 가로질렀다. 나는 왼손으로 오른팔을 잡으려고 했다. 그러나 오른팔은 거칠게 반항했고 뭔가를 그리려고 움직이는 시도를 멈추지 않았다. 나는 겨우 오른손을 붙들 수 있었다.

다시 오른팔이 거칠게 움직이기 시작했다. 나의 왼손은 오른손을 쥐고 있었다. 허공을 휘젓는 팔에는 손이 없었다.

어둠의 끝

떨어져나간 오른손은 천천히 말라붙어가기 시작했다.

수분이 증발되면서 하얗게 굳어가고 있었다. 내 손바닥 위에서 다른 하나의 손이 천천히 생명력을 잃어가는 모습을 가만히 지켜보았다. 마치 종이가 타들어가듯이 말랑말랑하던 표피가 몸피를 줄이기 시작했다. 그것은 본래 크기의 3분의 2 정도로 줄어들었고 수분이 다 사라지자 사물처럼 딱딱하게 고정되었다.

세상은 캄캄했다. 다기조 중기에 나타나는 증세였다. 다기조 중기 증상 목록을 찾아 손끝을 따라가며 읽어보았다.

가. 신체 말단 부위의 건조와 소실

나. 주변 인물 기억 상실

다. 선택적 주의력 결핍

라. 선택적 주의력 집중

마. 일정 기간의 시력 상실

바. 감각의 재배치

다기조의 중기 증상을 마치 그것이 내가 받게 될 선물의 목록, 축복이라도 되는 양 반복해서 읽어내려갔다. 한 자도 틀리지 않고 외울 수 있게 될 때까지 읽고 또 읽었다. 그 행위에는 효과가 있었다. 이를테면 나는 내 손목에 더이상 손이 없다는 것에 대해서, 손으로 감각하고 운동하는 능력을 상실한 것에 대해서, 무엇보다 균형을 잃은 신체에 대해서 더이상 감정적으로 반응하지 않게 되었다.

'신체 말단 부위의 건조와 소실'이라는 열두 글자로 내가 처한 상황을 전달할 수 있다는 것은 아주 이상한 일처럼 느껴졌지만, 그렇게 간단히 압축되어 전달할 수 있다는 것이 또한 이상한 위안이 되었다. 왜, 어떻게 이런 일이 발생했는지 복잡하게 생각할 것

없다. 이것은 그냥 말 그대로 신체 말단 부위의 건조와 소실이다. 그 이상도 이하도 아닌 다기조의 중기 증상이다.

네가 L시에 살고 있는 대가이자 증거이다.

손이 떨어져나간 것뿐 아니라 이후로 진행될 증상들에 대해서 이미 알고 있다는 것이 대단한 위안이 되었다. 이 어두운 세상은 지나갈 것이다. 그리고 다시 두 눈 가득 세상이 들어올 것이다.

시간이 지나자 나는 오히려 편안함을 느꼈다. 그건 진짜였다. 이 모든 끔찍한 상황이, 허공 속을 걷고 아무것도 없는 곳을 향해 홀로 외치고 있는 듯한 상황이 서서히 아무것도 아닌 게 되어버렸다. 오히려 의문스러웠던 건 내가 어떻게 그 이전에 그토록 많은 것들로 가득찬 세계 속에서 용케 살아왔는가 하는 것이었다.

이제는 그 누구도 신경쓰지 않았다. 매일 아침 출근길마다 인사하는 얼굴들이 보이지 않았고―대신 그들이 내는 구두 소리, 옆사람과 나누는 대화, 보폭에 어울리는 숨소리 같은 것들이 들려왔다―케이가 옆에서 여전히 일하고 있다는 것 또한 키보드의 마찰음을 통해서나 알 수 있었다. 타인의 존재는 희미해졌다. 마치 내가 그들을 밀어낸 것처럼 어떻게 해도 가까이 있을 수 없었다.

그즈음에는 흰개들과 교역소의 4차 협상이 진행되고 있었다. 흰개들이 교역소 앞에서 진행하는 농성을 거두는 대신에 한 달에 한 번 교역소 견제를 위한 검사를 허가하기로 했다. 흰개들은 교역소를 방문할 열 명의 대원들을 보냈고, 두 사람이 한 조가 되어 교역소를 탐색했다.

오전 열한시경에 방문한다고 한 두 사람이 십분 정도에 노크했다. 케이가 문을 열어주었고 두 사람이—하나의 둥근 빛과 길쭉한 또하나의 빛이—들어왔다.

"들어오십시오."

케이의 목소리가 떨렸다.

"흰개들에서 왔습니다."

"기다리고 있었어요."

"저희들은 정보과에서 L시의 가계도를 조작하고 있다고 추정하고 있습니다. 정보를 폐기하고 새로운 정보를 만들어내는 부서가 여기라고요."

나는 선반 쪽으로 그들을 안내했다.

"저희는 가계도 조작이 이곳에서 이루어지고 있다고 추정하고 있습니다."

"저희가 그 질문에 어떤 대답을 할지는 아마 알고 계실 테고요. 가계도 프로그램을 열어두었으니 조사 시작하시면 되겠습니다."

케이는 간결하게 정돈된 멘트를 던진 뒤 선반 뒤편에 설치된 간이 테이블로 이동했고 나는 그들에게 앉아도 좋다는 뜻으로 의자를 가리켰다. 그들은 각각 나와 케이의 자리에 앉았다.

그들은 검색란에 몇몇 사람들—아마 흰개들의 일원일 것이다—의 이름을 입력하고 준비해온 표에 기록하기 시작했다. 언뜻 보기에 성명란에 입력하는 것은 아이들의 이름 같았는데, 어떤 이름은 누락되어 있었고 어떤 이름은 다른 사람의 가계도 안에 대체되어 있었다. 그들이 표기하고 있는 서류가 채워지면서 나는 점점 마음이 궁핍해지는 것을 느꼈다. 오른손이 있다면, 하고 나는 바랐다. 내게 오른손이 있다면 그 손으로……

당시에 내 두려움은 내가 케이를 잊게 되리라는 점에 있었다. 복도에서 나를 스쳐가는 사람들처럼 움직이는 기운 정도로밖에 그녀를 인지하지 못하게 되리라는 것이 두려웠다.

그러나 케이는 낙천적인 친구였다. 자기가 진동을 통해서 음악을 듣듯이, 내가 자기를 잊지 않을 뭔가를 발견할 수 있을 거라고 했다.

그게 뭘까? 물으면 그녀의 고개가 갸우뚱―그때 이미 케이의 몸은 검은 형태로밖에 감각할 수 없었다―검은 덩어리의 제일 윗부분이 오른쪽으로 살짝 기우는 것을 보면서 나는 그녀가 짓고 있을 표정을 짐작했다. 그녀의 눈 안에는 여러 개의 별이 있었다는 것을 기억해냈고 오뚝한 콧대와 얇은 입술과 그 입술이 그리는 부드러운 곡선을 떠올리면서 그녀가 나를 향해 웃고 있을 거라고 상상했다.

무너진 형상조차 보이지 않게 되자 그 이전에 나를 괴롭히던 흐트러진 신체 기관들이 차라리 그리울 지경이었다. 제자리에 있지 않더라도 거기에 누군가가 있다는 사실을 확인하는 일조차 이제는 불가능하게 되었다. 오직 목소리, 때로는 온도, 가끔 부연 연기나 빛의 형태로 상대의 존재를 알아차릴 수 있었다. 어떤 경우에는 입체 도형이나 움직이는 선의 모습으로 나타나는 사람도 있었다. 내가 생각하기에 그것은 그들의 특성이었다. 보이는 형상에 의지해서 간단한 대화를 나누고 일을 처리할 수 있었다.

내 얘기를 들은 케이는 궁금하다고 했다.

"뭐가 궁금합니까?"

"당신, 이제 어떻게 할 건가요?"

케이의 목소리가 살짝 떨렸다. 아마 호기심에 가득찬 눈으로 나를 보고 있을 것이다. 다른 사람들이 모두 사라져가고, 과거의 사람들이 하나하나 지워지는 동안에도 다행히 케이만은 사라지지 않고 있었다. 물론 그녀의 얼굴을 볼 수 있는 것은 아니었지만 목소리의 미세한 변화를 들으면—그녀의 목소리는 아주 다양한 높낮이와 어조를 지니고 있어서 훌륭한 한 곡의 음악을 듣는 것 같았다—그녀가 짓고 있는 표정이 펼쳐졌다. 그녀는 내가 처한 상황을 상상해보려고 노력하고 있었다. 물론 경험해보지 못한 것이므로 쉽지는 않을 거였다.

"어떻게 하다뇨?"

케이가 무슨 말을 하고 있는 걸까. 어떻게 하냐니. 난 지금 이 상황에 적응하는 것조차 쉽지 않다. 사람들이 내 곁을 가까이 스쳐가도 그게 뭔지 모르고 있다. 단지 난 이렇게 생각할 뿐이다. 아, 오른쪽에서 왼쪽으로 20도 각도로 빠르게 지나갔다, 라거나 안쪽은 붉은색이고 바깥은 노란색으로 이루어진 거대한 먼지 덩어리구나, 하고 말이다. 그래, 난 그것들의 색깔과 방향 같은 것들을 보고 있지만 그게 뭔지 모른다. 그게 왜 내 주변을 지나가는지 때로는 나와 부딪칠 것처럼 아주 가까이 머물다가 사라지는지 알지 못한다.

"뭔가 대책이 필요하지 않겠나 해서요."

"그보다 난 내가 왜 여기에 있는지를 알고 싶어졌어요."

케이가 낮은 숨을 내쉬었다. 부스럭거리는 소리가 났다. 그리고 퍼져 있던 빛이 단단하고 둥글어졌다. 그녀가 둥글게 몸을 말고 있을 거라고 생각했다.

케이가 고개를 돌려 나를 본다고 느꼈다.

"혹시 당신 나를 보고 있습니까?"

"이제 보이는 거예요?"

나는 고개를 저었다.

"그럼 어떻게 알았죠?"

"느껴져요."

"느껴진다고요? 보이지 않아도요?"

"희미하게요."

케이의 웃음소리가 명쾌하게 공기를 두드렸다.

"당신은 탈출구를 찾을 수 있을지도 모른다고 생각했어요."

"당신이 어떤 표정을 짓고 있는지 알 것 같아요."

"역시, 느껴지는 거예요?"

"아니 이번에는 추측했어요. 목소리를 듣고, 예전에 당신이 지었던 표정들과 목소리를 연결해보려고 했어요. 그랬더니 떠오르는 얼굴이 하나 있었고요."

다시 케이가 웃었다. 이번에는 소리가 더 컸다. 아마 고개를 좀 더 들고 더 크게 입을 벌리고 있을 것이다.

"내가 어떤 표정을 짓고 있는지 궁금해요?"

"얼굴을 보고 싶어요. 이렇게 미루어 짐작하고 추측하는 것 말고, 보고 싶어요."

"당신이 정말 원한다면 그렇게 될 거예요."

"원해요."

"그렇다면 반드시 볼 수 있을 겁니다. 그건 확실해요."

케이의 목소리에는 확신이 들어 있었다. 그리고 그 확신은 내 심장에 전해졌다. 이제 내가 할 일은 하나였다. 그것을 간절하게 원하고 바라는 것.

무언가를 원한다는 것은 얼핏 쉬운 일처럼 느껴진다. 그러나 마음은 쉽게 타협을 택하고 만다. 무언가를 원한다는 것은 그것을 원해서 어떤 일을 실천하는 것보다 훨씬 더 어려운 일이다.

결론부터 말하자면 나는 내가 다시 세상을, L시를, 손이 떨어져 나간 사람들의 도시를 보는 것을 원하지 않았다. 처음에야 유령이라도 된 듯 허공을 떠다니는 기분이 끔찍했고, 발바닥이 바닥에 붙어 있는 게 맞는지 확인하고 싶기까지 했지만, 나중에는 그런 기분조차 느껴지지 않았다.

잘려나간 손목도 마찬가지였다. 한 달 정도 지나자 아무런 신경도 쓰이지 않았다. 그것은 불구로도 인식되지 않았다.

이제 이상한 것은 잘려나가지 않은 손이었다. 코가 하나인 것처럼 손이 하나라고 해서 잘못될 것은 없었다. 또 기억나지 않는 것은 한눈에 들어오는 세상이었다. 나는 이제 세상이 한눈에 들어온다는 것 자체가 이상한 일이라고 생각하게 되었다. 세상은 애초에 한눈에 들어올 수 없는 것이고, 세상이 한눈에 들어오면 오히려 세계를 인식하는 데 걸림돌이 된다고 말이다. 양팔의 균형을 잃음으로써 오히려 더 균형 잡힌 시선을 갖게 된 것이라고. 양손을 가지고 있는 사람들이야말로 미성숙한 자들이고, 아직 성인이 되지 않은 천둥벌거숭이들일 뿐이다. 이것은 어쩌면 일종의 진화다. 환경에 적응하기 더 적합한 방식으로 신체가 변화한 결과인 것이다.

나는 손을 더듬어 뭉툭해진 손목 끝을 만져보았다. 그것은 완성된 인간의 신체였다. 나는 그것이 정돈되어 있다고 느꼈다. 다섯 개의 촉수로 뻗어나간 왼손보다 뭉툭한 오른손이 더 아름다웠다.

그러므로 원한다면 정말 다시 세상을 볼 수 있을 거라는 케이의 말은 반쯤은 맞았다. 다기조 상태에서 벗어나는 것을 원하지 않게 되었던 것이다. 허공을 떠다니는 이 불균형한 신체를 마침내 받아들였고 사랑했고 그러므로 예전으로 돌아가는 것을 원하지 않게 되었다. 다시 손을 되찾기를 바라지 않았다. 다시 세상이 눈앞에 펼쳐지기를 원하지 않았다. 이 맹인의 상태를 마음껏 즐기게 되었다. 정지된 세상에서 유령처럼 떠돌아다니는 것도 익숙하고 편안해졌다.

그즈음에는 케이의 모습을 상상하는 것도 그만두었다. 우리 두 사람의 노력에 비해 얻을 수 있는 것이 너무 적었다.

"효율이 떨어져."

내가 그렇게 말하자 케이는 상스러운 욕설이라도 들은 듯 불쾌해했다.

"효율이라니, 적절하지 않은 단어 같은데."

나는 짜증이 났다.

그녀의 얼굴을 더이상 상상하고 싶지도 않았다. 머리가 아팠다. 그냥 곁에 머무는 부연 빛으로 두었다.

"이제 내가 더이상 궁금하지 않죠?"

나는 대답하지 않았다.

부연 빛이 점차 작아지면서 탁구공만한 크기가 되었다. 그 공이 좌우로 조금씩 튀어오르려 하고 있었다. 그녀가 뭔가 내게 메시지를 보내려 한다는 생각이 들었다. 하지만 알고 싶지 않았다.

눈을 감았다. 그리고 아무것도 떠올리지 않으려고 노력했다.

케이는 이제 교역소의 다른 사람들과 마찬가지로 고유성을 잃어버린 가스 덩어리가 되었다. 이제는 상상할 여지를 줄 만한 성질도 보이지 않았다. 내가 알 수 있는 것은 고작 그녀의 위치 정도였다. 그녀는 있거나 없는 정도로만 존재했다. 그리고 곧 내게서 잊혀갔다.

그녀가 어떻게 생각할지 모르겠지만 나는 내게 허락된 마지막 손을 놓쳐버린 느낌이었다. 두려웠다. 그것을 붙들고 싶었고 그래야만 했다. 하지만 허공에 대고 대화를 나누는 것이 쉬운 일은 아니었다. 나는 입술을 움직여보려고 했지만 입이 떨어지지 않았다.

"무슨 일이 있었어?"

소리는 분명히 들렸지만, 내 안으로 들어오지 않았다. 나는 이전에 하던 대로 케이와 있었던 장면들을 떠올리고, 그때 그녀의 표정이 어땠는지를 기억해내려고 애썼지만 그 장면에서마저 케이는 사라져버리고 그 대신, 지금 내 곁의 의자 위에는 부연 빛만이 남아 있었다.

케이의 얼굴이 있어야 할 곳에서 그 부연 빛을 발견한 순간 나는 비명을 지를 뻔했다. 타인과의 끈을 완전히 놓친 셈이었다.

나는 가만히 입을 다물었다. 그리고 모니터를 켰다. 화면 위에 하얀 페이지가 펼쳐졌고 내가 입력해야 할 공란들 위에서 커서가 깜빡거렸다. 그 깜빡임이 고맙기도 하고 또 두렵기도 했다. 마음속이 텅 비어버린 기분이었다. 뭐라도 해야 했다. 공란에 정보를 입력하는 일이 마음을 달래주었다. 그러나 오늘 분량의 정보들을 모두 압축하고 난 뒤를 생각하면 두려움은 다시 스멀거리며 기어들어왔다. 손가락이 떨리고 있었다.

내일의 작업을 미리 해두는 게 어떨까 생각했다. 하루치 작업을 더 하고 나자 밤이 지나갔다. 건물 밖으로 나가 하늘을 바라봤다. 푸른빛이 도는 새벽이었다. 이제 나는 어떻게 되는 걸까. 왼손으로 오른손이 있던 자리를 더듬어보았다. 살과 피가 흐르던 공간에 이제는 아무것도 없었다. 나는 뒤로 돌아 교역소의 로비를 바라보았다. 사람들이 오가던 복도 위를 빛과 먼지, 희부연 가스 덩어리들이 흘러가고 있었다.

내가 여러 사람의 이름을 잊었다는 사실을 깨달았다. 기억을 더듬기 시작했다. 오늘 오후에 있었던 일―그것은 환자 정보와 치료 상황의 분류 작업 A였다―그리고 어제 오전에 있었던 일―그것도 환자 정보와 치료 상황의 분류 작업 B였다―다시 일주일 전의 일을―그것 역시 환자 정보와 치료 상황의 분류 작업 C였다―또 한 달 전의 일을―환자 정보와 치료 상황의 분류 작업 D 말이다.

그런데 어찌된 일인지 그 이전의 일들은 좀처럼 떠오르지 않았다. 마치 한 달만 산 사람처럼 캄캄했다. 한평생에 걸쳐 장만한 보물을 하룻밤 사이에 도난당한 듯 그 이전의 삶이 한꺼번에 사라져버린 것이다. 장롱 속의 물건들을 잃어버린 것이 아니라 장롱 자체를 분실했다. 그 안에 들어 있지 않은 것, 내가 잃어버린 것이 무엇인지 알 수 없었다.

나는 옆자리를 돌아보았다. 퇴근한 뒤였는지 그 주변에서 아무것도 느껴지지 않았다. 그런데 그 자리에 있었던 이, 오늘 오후에, 어제 오전에, 일주일 전에, 그리고 한 달 전에 내 옆에 있었던 동료의 이름이 기억나지 않았다.

케이의 실루엣을 잊은 지도 오래였고 표정은커녕 얼굴을 떠올리는 것조차 불가능했다.

케이와 나는 물론 친밀한 관계는 아니었다. 그는 동료였고, 일 중독자였고, 실은 그 역시도 나처럼 다기조 감염자였으며, 그러므로 그 역시도 무언가 보지 못하는 이였다. 우리들의 대화는 어딘가 늘 어긋났다. 마주보고 이야기를 나눈 적도 없었다. 같이 밥을 먹어도 식탁 위로 보이지 않는 금이 그어져 있는 것 같았다. 하지만 케이는 이제 내가 알고 있는 마지막 인물이었다. 그건 대단한 의미가 되었다. 아무도 없는 것과 단 한 사람이 존재한다는 것에는 엄청난 차이가 있었다.

그리고 그마저 사라져버리자 마치 물이 없는 수조에서 헤엄을 치는 열대어가 된 기분이었다. 모든 것이 같았지만 모든 것이 달랐다. 시력은 전처럼 정상으로 돌아왔고 사물은 선명하게 보였으나 거기에는 정서가 담겨 있지 않았다. 영혼이 없는 미소와 같이 모든 것들이 거기에 있었으나 아무것도 없었다.

　창밖을 내다보았다. 부연 먼지와 빛의 덩어리로 보였던 사람들의 모습이 다시 제 형상을 되찾았다. 그러나 거기에도 무언가 빠져 있었다. 다른 사람의 눈으로 세상을 보는 것처럼 눈 안에 들어온 세상이 낯설기만 했다. 비명을 지르고 싶었지만 딱딱하게 굳어버린 턱은 벌어지지 않았다.

　바닥이 없는 곳에 서 있는 기분이었다. 당장이라도 발이 푹 빠질 것 같은 두려움 속에서 나는 벌벌 떨었다. 그러나 처음 손을 잃어버렸을 때의 끔찍함과 한 달 뒤에 익숙하고 편안해졌다는 기억을 떠올리자 들끓던 두려움이 한순간에 가라앉았다. 익숙해진다, 익숙해진다고 주문처럼 문장을 반복해 외웠다. 익숙해진다는 사실은 여전히 유효하리라. 나는 곧 이 상황을 받아들일 것이고 적응할 것이고 끝내는 아무렇지도 않을 것이다. 않을 것이다. 않을 것이다.

　나는 안도했다. 두려울 것은 없구나, 하고 생각하게 되었다.
　계속되는 고통이 없다니!
　인간은 무엇이든 받아들일 수 있는 존재라는 것을 알게 되었고, 그건 엄청난 방패를 갖게 된 것처럼 든든한 일이었다.

사라진 아이들

복지행정과 앞에 길게 줄이 늘어서 있었다. 그 줄은 계단까지 이어져 있었다. 난간에 허리를 기대고 휴대폰으로 뉴스를 검색하는 사람들, 또 어떤 이들은 아예 계단에 엉덩이를 깔고 앉아 있기도 했다. 나는 언젠가 그와 비슷한 광경을 보았다고 생각했다. 그게 언제였더라. 그게 어디였더라.

바람이 불어왔고 그래서 아이의 머리카락이 바람에 흩어졌다. 그 아이의 이름은 고요라고 했다. 나는 아내와 함께 경마장 입장권을 끊고 음료수를 사러 가는 길이었고 매표소 앞에서 그 아이를 만났다. 겨우 내 허리까지 오는 키였지만 어딘가 어른스러운 데가 있었다. 그 아이가 마치 나를 아는 것처럼 내 옆에 와서 섰다.

바람이 불었고 그래서 아이의 머리카락이 흩어졌다. 아이의 노란 원피스가 가볍게 떠올랐다가 내려앉았다. 아이가 까만 눈을 들어 나를 보았다. 그 아이의 이름이 문득 궁금해졌다.

"이름이 뭐니?"

"이고요."

"고요?"

나는 그 이름이 아이에게는 어울리지 않는다고 생각했다. 좀더 명랑하고 즐거운 이름을 지어주지 않고 왜 그렇게 조용한 이름을 붙여주었을까. 그 아이의 부모는 어떤 사람들일까.

"엄마는 어디 갔어?"

아이가 사람들이 웅성거리는 경기장 쪽을 가리켰다. 아내도 거기에 있었다. 스피커를 통해서 해설을 하는 사람이 번호를 부르기 시작했다. 아내가 나를 찾고 있다는 생각이 들었다. 빨리 아내에게 가고 싶었다. 하지만 아이가 어쩐지 나와 더 함께 있고 싶어한다는 생각이 들었다. 그리고 어쩐지 내가 모르는 어떤 이유로 그 아이와 더 있어주는 게 좋겠다는 생각이 들었다.

우리 부부 사이에는 아이가 없었다. 아내 쪽도 내 쪽도 아무 문제가 없었고 심지어 두 집안 모두 아이를 셋 이상씩 가지는 게 예사였는데도 좀처럼 아이가 생기지 않았다. 아내는 최근 그 일로 우울증을 앓고 있었다. 나는 아이를 원하지 않았고, 아내와 단둘이 시간을 보내는 쪽이 더 좋다고 여겼지만 아내는 그렇지 않은 모양이었다.

기분 전환 삼아 경기를 보러 나왔는데 나보다 아내가 더 즐거워했다. 꿈틀거리는 말의 탄탄한 근육을 넋놓고 바라보았다. 말등에 납작하게 올라탄 기수의 채찍 소리가 귀에 쟁쟁 울리는 것 같다며 즐거워했다.

하지만 나는 어쩐지 바닥에 앉아 마권을 쥐고 신문을 읽고 있는 사람들의 모습을 경계하는 눈빛으로 보게 되었고 어울리지 못하는 심정이 되어 아이스크림이나 사먹을까 걸어나오다가 이 아이를 만나게 된 것이다.

그러나 잠시 딴생각을 하는 사이에 아이는 사라졌고, 아이가 사라지고 난 뒤에 나는 그 아이의 이름, 특이하다고 생각했던 이름, 누가 왜 어떤 이유로 그런 이름을 붙여주었는지 궁금했던 그 이름을 잊어버렸음을 알았다. 그리고 인상에 깊이 남았던 아이의 얼굴은 스르르 눈이 녹듯 사라져버렸고, 마침내 뚫어지게 바라보았던 두 눈만이, 마치 커다란 두 개의 점처럼 내 마음에 남았다.

줄을 선 사람들을 보아하니 대개 삼사십대로, 이 연령층에 어떤 일이 생긴 모양이었다. 밤새 무슨 일인가가 생긴 게 분명했다.

복지행정과에 들어서자 부부가 창구에서 서류를 접수하고 있었다. 흘끗 보니 '실종 아동 신고서'라고 쓰여 있었다. 앞으로 구부정하게 숙인 상체를 보자 언젠가 그와 비슷한 일이 있었다는 게 어렴풋이 기억났다. 하지만 그 이상은 떠올릴 수 없었다.

부부가 서류를 접수하고 송영과 몇 마디 나눈 뒤 문밖으로 나갔다. 나는 송영에게 무슨 일이 일어난 건지 알려줄 수 있느냐고 물었다.

"복도에 줄 선 저 사람들은 대체 뭡니까?"

"보시다시피 아동 실종 신고예요."

"음, 저 많은 사람들이 한꺼번에 아이를 잃어버렸다는 거예요?"

그가 어깨를 으쓱했다.

"저도 영문을 모르겠어요."

뭔가 잘못된 게 분명했다.

"저 많은 사람들이 한꺼번에 아이를 잃어버렸는데 그 이유가 뭔지 아무도 모른다는 게 말이 됩니까?"

나는 창가로 걸어가서 섰다.

"나도 알고 싶어요. 무슨 일이 일어난 건지 알고 싶어요."

송영이 책상 위에 엎드렸다.

언젠가 내가 이 자리에 서서 누군가에게 말을 걸었다는 생각이 들었다. 아닐지도 모른다. 누군가 이 자리에 서서 내게 말을 걸었는지도 모른다. 창밖에는 검은 나무들이 하늘을 향해 가지를 뻗어 올리고 있었다. 마치 구조를 요청하는 듯 하늘 위로 두 손을 올리고서 조금씩 바람에 흔들리고 있었다.

나는 창밖을 바라보았다. 그것은 한낮의 평화로운 풍경이었다.

교역소의 앞마당에는 흰개들의 천막이 진을 치고 있었다. 그 천막에 관심을 갖는 사람들은 별로 없어 보였다. 농성 사십 일째, 처음에는 신경에 거슬렸는데 이제는 그저 아침에 해가 떠오르듯이 매일 거기에 있는 풍경처럼 낯이 익다. 그들이 외부로 농성을 간 날에는 어딘가 허전하기까지 했다. 귀에 거슬리던 확성기 소리도 잘 알아들을 수 있게 되었다. 복지행정과에 두고 온 컵을 찾으러 가면서 복도 유리창을 통해 흰개들의 농성을 잠시 지켜봤다. 처음에 그들의 주장에 괴로웠던 것과는 달리 이제 면역이 되었다. 교역소가 L시를 희생양으로 만드는 주역이며 내가 그 일꾼이라는 점에 대해서 받아들일 수 있게 된 것이다.

L시는 폐기될 도시로 이미 결정되었고 나는 그 결정에 힘을 실어준 바 없으며 다만 생계를 위해 일할 뿐이다. 내게 죄가 있다면 너에게도 죄가 있다. 교역소에 죄가 있다면 편의점에도 죄가 있다. L시의 모든 장소, L시의 모든 시간, L시의 모든 이에게. 죄가 있다. 모든 이에게 있으며 나에게만이 아니다. 나에게만이 아니다.

만약에 내가 이 일을 그만두어야 한다면 당신들 모두 일을 그만두어야 한다. 이 도시의 모든 시스템이 이 도시를 폐기시키고 있으므로. 우리 모두가 공범이다. 그러므로 나의 죄는 가벼워지는 셈이다. 나 또한 당신들처럼 생계를 유지하기 위해 일했을 뿐이다. 따뜻한 저녁 한 상을 차리기 위해 고단하게 하루를 바쳤다.

교역소 안으로 들어오는 사람들의 행렬이 하나둘씩 계속 이어졌다. 천막을 지나칠 때 사람들의 발걸음은 오히려 더 빨라졌다. 나는 흰개들이 사람들의 눈길을 끌지조차 못하고 있다는 게 어쩐지 화났다.

나는 천막을 넘어서 눈앞에 펼쳐진 도시의 풍경과 검고 둥근 정수리들이 모였다 흩어지고 방향을 바꾸며 바쁘게 움직이는 모습을 바라보았다. 한낮인데도 대부분의 건물에는 네온사인이 켜져 있었다. 쉴새없이 깜빡이는 불빛이 사람들을 조종하는 것처럼 보였다. 불빛이 바뀔 때 사람들이 움직이는 방향이 바뀌고, 또 불빛이 깜빡일 때 그들의 속도가 달라지는 것을 보았다.

문득 어떤 충동에 의해서 창 너머 시내를 다시 바라보았고 내가 자꾸 창밖을 바라보았던 이유를 찾았다. 의아하게 여긴 게 무엇이었는지 발견해냈다.

시내를 다니는 사람들 중 아이들이 한 명도 없었다.

나는 계속 아이들을 찾으려고 애쓰면서 송영에게 질문했다.

"혹시 아이가 있습니까?"

"저요? 저희 부부도 마찬가지예요. 쭉 둘이서만 살았어요. 아내도 굳이 아이를 갖고 싶어하지 않았고 저도 아이를 싫어해서."

"L시에 아이들이 얼마나 살고 있는지 알아요?"

송영이 오른쪽으로 고개를 떨어뜨렸다가 저었다.

"아뇨. 전 아이들에게는 별 관심이 없어서요."

"기록을 좀 찾아주시겠어요?"

"어렵지 않죠."

"가능하다면 연도별로요."

"연도별로?"

"2014년부터 지금까지 아이들의 인구수요."

송영이 다시 키보드 위에 손을 얹었다. 자판이 딸깍거리는 소리가 기분좋게 귓가에 들려왔다. 마치 연인이 내게 다가오는 발소리처럼 그 소리에 마음이 두근거렸다.

"신기하네요."

송영이 모니터를 바라보며 눈을 반짝였다. 나는 송영의 옆으로 가서 모니터를 바라봤다.

"점차 줄어들고 있어요. 원소의 반감기처럼."

송영이 고개를 갸우뚱 기울였다.

"현재 L시에 남아 있는 아이들은 전부 모래마을에 살고 있어요. 시내에는 아이들이 없어요. 단 한 명도 남지 않았어요."

교환과로 돌아오니 케이는 카스텔라와 우유를 먹고 있었다.

나는 남아 있는 아이들이 누구인지 알아내기로 했다. 그 일은 어렵지 않았는데 내가 담당하고 있는 일 중 하나가 L시의 가계도를 가장 단순한 정보로 처리하는 것이었기 때문이다. 나는 아이들의 이름과 주소를 출력했다. 모래마을의 약도를 출력해 주소지를 확인해보았다. 주소지에서는 별다른 특이사항이 보이지 않았다.

"무슨 일이에요? 늘 다른 데 마음을 두고 있는 사람처럼 심드렁하더니 어째서 두 눈에 불을 켜고 있는 겁니까?"

케이가 고개를 돌려 나를 보며 물었다.

"무슨 일이라도 있는 거예요?"

"당신, 아이가 있어요?"

"아니요. L시에서 아이가 있는 가정이 얼마나 된다고요. 난 어릴 때부터 절대 아이는 낳지 않겠다고 결심해온 터라. 남편도 마찬가지고요. 아이라뇨. 생각도 안 해봤다고요."

케이가 의자에 등을 기대고 기지개를 켰다.

좀전에 송영이 한 말과 같았다.

"동휘씨는요? 아이가 있었다고 들은 것 같은데."

나는 고개를 저었다.

"전처와 이혼한 건 아이가 안 생겼기 때문이었어요. 나도 아이들을 좋아하고 아내도 아이를 원했지만, 노력해봐도 생기질 않았습니다. 가끔 우리 둘 사이에 아이가 있었다면, 그래도 헤어졌을까 생각해요."

"지금 하는 말 진짜예요?"

나는 케이가 무엇에 대해 묻는지 알 수 없었다.

"내게 아이가 있었다고 말한 적이 있었어요. 분명 기억한다고요."

"기억은 늘 우릴 속이죠. 나도 당신이 내게 자기 아이 얘길 했던 기억이 나는데요."

우리 둘은 서로를 바라보며 고개를 으쓱했다.

"아이들이 여전히 남아 있는 구역은 모래마을뿐이에요. 아이를 가진 부모가 시내에는 단 한 명도 없다고요."

케이의 어깨가 떨렸다.

"몰랐어요. 어째서인지 모르지만 아이들이 사라졌다는 사실을 알지 못했어요."

"아이들이 전부 다 사라졌다는 걸 아무도 모르고 있어요. 학교는 비어 있고 놀이터에는 기구들이 다 녹슬었는데도요."

창밖에서 새가 세차게 울었다. 케이와 나는 밖을 내다봤다. 하지만 새는 이미 떠나버리고 난 뒤였다.

"며칠간 모래마을에 다녀와야겠어요."

"간다고 알 수 있을까요?"

"그렇더라도 어쩐지 직접 가서 내 눈으로 확인해야 한다는 생각이 들어서요."

케이가 긴 한숨을 내쉬었다.

"마침 다음달에 모래마을 분쟁 구역 가계도를 교역소에서 조사하기로 되어 있어요."

"그 일정을 좀 앞당길 수 있을까요?"

"어렵지 않아요. 해볼게요."

나는 출장신고서를 작성해서 업무지시과에서 결재를 받고 가방을 챙기기 시작했다. 편의점에서 칫솔과 비누, 속옷을 몇 벌 구입하고 모래마을로 가는 표를 예매했다. 마침 딱 한 자리가 운좋게도 비어 있었다.

"다녀올게요."

"너무 무리하지 말고요."

케이가 걱정된다는 눈빛으로 나를 바라보았다.

"한번 가보고 싶은 거예요. 그냥 그뿐이에요."

"그래요."

모래마을은 벌써 십 년째 분쟁 구역이었다. 흰개들이 집단촌을 이루어 살고 있는 마을로 독립적인 생산과 소비 체계를 유지하고 있었다. 마을의 초입에서 나는 개들이 어슬렁거리며 입구를 지키고 있는 것을 보았다. 그와 비슷한 광경을 언젠가 본 적이 있다는 생각이 들었다. 햇볕이 강하게 내리쬐었고 피부가 따가웠다. 나는 입구를 향해 천천히 걸어올라갔다. 개들은 짖거나 달려들지 않았고 나보다 더 느리게 움직였다. 나를 견제하면서 주위를 맴돌다가 다른 개들이 다가오면 물러났다.

바리케이드 앞에서 교역소의 명함을 내밀자 입구를 지키고 있던 보초병이 코웃음을 쳤다.

"여기는 L시가 아니라 독립된 구역입니다. 당신이 L시에서 뭘 했든 여기에선 통하지 않아요. 교역소 사람들도 예외는 아닙니다."

"가게 조사 나왔습니다. 들여보내주세요."

"그럴 수 없습니다."

개들이 보초병과 나의 주위를 둘러쌌다. 달려들 기세는 없었지만 개들이 우리 두 사람의 주위를 천천히 돌고 있는 것만으로 나는 위협을 느꼈다.

"무슨 일이에요?"

경쾌한 목소리가 우리 두 사람 사이의 정적을 깼다. 목소리의 주인공이 다가오면서 낯이 익은 얼굴로 변하고 있었다.

희라였다. 그녀가 내게 알은척을 했다.

"또 만났네요."

물론 나는 언제 그녀를 만났었는지 기억하지 못했지만 일단 알은척을 하면 모래마을에 들어갈 수도 있을지 모르니까 반갑게 인사를 건넸다.

"아는 사람입니까?"

보초병이 희라를 돌아보았다.

"네."

희라가 어떤 이유에서인지 나를 들여보내줄 생각인 것 같았다.

"오늘 만나기로 약속을 했는데 제가 조금 늦었어요. 미안해요, 아저씨."

"아니, 난 괜찮아. 이분께 실례를 했지 뭐야."

내가 생각해도 연기가 꽤 그럴듯했다.

보초병에게 고갯짓으로 인사를 하고 희라를 따라 안으로 들어갔다.

"근처에 식당이 있는데 거기로 가죠."

식당은 입구에서 십 킬로미터 정도 떨어진 데 있었다. 희라는 뛰어들어가더니 주방 창구에 고개를 쑥 들이밀었다.

"손님 데리고 왔어."

마치 엄마에게 시험에 백점을 맞았다고 하는 아이의 목소리처럼 들렸다.

주방에서 머리를 한데로 묶은 이십대 초반의 여자가 나왔다. 여자는 희라와 비슷한 또래로 보였다.

"여기에 아이들이 남아 있다고 해서 찾아왔습니다."

"그럴 거라고 짐작했어요. 하지만 잘못 짚었어요. 여긴 L시예요. 만약에 시내의 아이들이 죄다 사라졌다면, 여기에도 아이들은 남아 있지 않을 겁니다. 아이들은 없어요."

나는 모래마을에서 교역소의 가계도 조사를 거부했던 이유를 어렴풋하게나마 알 것 같았다.

"내가 L시에 살아남은 마지막 아이예요. 절 기억해요?"

나는 고개를 흔들었다.

"그럴 거예요. 날 기억하지 못할 거라고 생각했어요. 하지만 내가 L시에 남은 마지막 아이인 것처럼, 아저씨는 아이를 다시 기억해내는 첫 부모가 될 수도 있죠."

"될 수도 있다?"

"아저씨가 원한다면요."

나는 내가 그걸 원하는지 알 수 없었다. 나는 무얼 원하고 있을까? 내가 여기까지 찾아온 진짜 이유는 뭘까?

나는 그녀가 나를 여기까지 이끌었다는 생각을 하고 있었다. 나 자신이 스스로 찾아왔음에도 불구하고 그녀에게 모든 책임을 떠안기고 싶은 강한 충동을 느꼈다.

"잘 모르겠어요. 내가 원하는 게 뭔지. 처음에는 손이 떨어져나가고 감각들이 변화하고 기억을 잃게 되는 과정에 저항했습니다. 하지만 이젠 그것들이 전부 아무렇지도 않아요. 잘못되어 있다고도 느끼지 않습니다. 내게는 당신들이 이상해 보여요. 뭐 때문에 상황을 받아들이려고 하지 않는지, 저항하고 바꾸려고 하는 건지 그게 이해가 안 간다는 겁니다. 내가 그걸 원하냐고요? 난 모릅니다. 알지 못합니다. 내가 잊어버린 것들을 다시 기억해내고 싶은지 모르겠습니다."

"그건 아저씨 자신의 선택이에요."

"내가 뭔가를 선택할 수 있는 겁니까?"

"왜 자꾸 내게 물어요? 그건 당신의 인생인데."

주인은 상을 내왔고 희라와 나는 묵묵히 밥을 먹었다. 김이 오르는 뜨거운 밥을 입안에 넣었다. 뱃속이 따뜻해지면서 편안해졌다.

"원한다면 우린 다시 만나게 될 거예요."

모래마을에서 내가 확인한 것은 거기 남아 있는 일곱 명의 아이들이 실제로 존재하지 않는다는 사실이었다. 어떤 이유에서인지 신고가 잘못된 것인지도 모르겠지만 그들은 각각 이십대, 삼십대, 오십대의 성인이었고 자신들의 나이가 잘못 기재되어 있다는 사실조차 알지 못하고 있었다.

나이를 정정한 뒤에 다시 알게 된 것은 모래마을의 가계도가 교역소에 저장되어 있는 것과는 완전히 달랐다는 것이었다.

돌아오기 전에 나는 모래마을의 관광단지를 잠시 구경했다. 거기서 잊을 수 없는 서커스를 보았다. 서커스는 이제 동화 속에나 남아 있는 유물이라고 생각했는데 모래마을에서는 마치 일요일에 맛집으로 유명한 식당을 찾듯이 서커스를 보러 가는 모양이었다. 대단한 것은 아니고 개들이 재주를 부리고 있었다.

나는 케이에게 모래마을에도 아이들은 없었다는 이야기 대신에 서커스에 다녀온 이야기를 들려주었다.

"조련사들이 훈련시킨 개들이 쇼를 보여줬는데 그게 아주 끔찍했어요."

"나도 서커스를 좋아하진 않아요. 서커스 무대의 뒤편이 어쩐지 마음에 걸려요."

"모래마을의 서커스는 무대 위조차 그랬어요. 개들은 완전히 지쳐 있었고, 아마 자기 힘으로 걸으라면 한 걸음도 채 딛지 못할 것처럼 소진되어 있었죠. 그런데 조련사들이 움직이기 시작하니까 그동안 훈련받은 모든 재주를 부렸어요. 힘차게 달리기 시작했어요. 옆에서 조련사들이 함께 뛰니까 자기 상태가 어떤지도 잊고 일어나는 걸 보고……"

"음…… 알 것 같아요. 그런 생각이 들 때가 있어요. 나는 이미 소진되었는데 이렇게 계속 앉아서 일도 하고 사람들이랑 대화를 나누고 또 저녁엔 술도 마시고 하지만, 껍데기만이 그렇게 움직일 뿐 진짜 나 자신은 그렇지 않다고요."

모래마을에서 본 광경이 떠올랐다. 쇼를 보러 가는 길이었고, 초록 들판이 넓게 펼쳐져 있었다. 두 마리의 개가 평원을 가로지르고 있었다. 한 마리는 흰 개였고 또 한 마리는 누런 개였다. 두 마리의 개가 정반대 방향으로 느리게 걷고 있었다. 나에게는 그것이 어떤 상징처럼 느껴졌다. 흰 개는 오른쪽을 향하고 있었고 누런 개는 왼쪽을 향해 가고 있었다. 두 마리가 마침내 시야에서 사라질 때까지 나는 들판을 건너가지 못했다.

아무도 살지 않는 마을

흰개들은 매주 목요일 오전에 찾아왔다. 나와 케이는 그들이 우리 부서의 작업을 점검하는 동안 잠시 다른 일을 보았다. 그들은 한 시간가량 조사를 계속했다. 지난번과 비슷한 작업이었다. 내 자리에 앉아 있던 여자의 뒷모습을 케이가 물끄러미 바라보았다. 아는 사람이냐고 묻자 천천히 고개를 젓는데 그 모습이 어딘가 석연치 않았다.

케이가 바라보고 있는 여자는 붉은색으로 염색한 단발머리를 하고 흰 셔츠에 검은색 정장바지 차림이었다. 멋이라고는 전혀 부리지 않았고 몰두하고 있는 뒷모습이 석상처럼 단단했다.

"저 사람 아이가 오 년 전에 실종되었대요. 그러니까 요즘의 아동 실종 사건이 있기 훨씬 이전이죠. 그때 비슷한 사건이 몇 개 있었는데 혹시 기억나요?"

나는 언젠가 몹시 추웠던 겨울을 떠올렸다. 새벽에 찾아왔던 부부가 떠올랐다. 그 부부가 일하던 공장의 부지에 찾아갔었고 그들은 정확한 이유를 몰랐지만 깊은 인상을 남겼다. 그들이 내가 본 첫 다기조 감염자였다. 그때만 해도 이 병이 L시를 휩쓸기 이전이었고 그들이 내게 남긴 기이한 인상, 그날 저녁의 배경, 하천과 부연 안개, 철조망, 그리고 강둑에 앉아 멜로디언을 연주하던 한 아이가 차례대로 떠올랐다. 마치 그 순간으로 돌아간 것처럼 그 장면은 아주 생생하게 떠올랐다.

물가 가까이 바위 위에 한 아이가 무릎을 꿇고 앉아 있었다. 손을 허벅지 위에 올려놓고 있었는데 기도를 드리고 있는 것 같았다. 가까이 가서 보니 그애는 실종된 아이와 체격과 용모가 비슷했고, 기도를 드리고 있는 것이 아니라 멜로디언을 연주하고 있었다. 몸을 구부정하게 숙이고 입을 우물거리는 모습 때문에 착각을 한 것이다. 그애는 내가 가까이 가는 것도 눈치채지 못하고 연주에 열중하고 있었다. 아이의 옆에 놓인 신발주머니에는 실종된 아이가 다니던 학교의 이름이 쓰여 있었고, 심지어 반도 같았다. 그런데 아이는 같은 반 친구가 사라진 것에 대해서 그다지 충격을 받은 것처럼 보이지 않았다. 심지어 즐거워 보였다. 아이의 주변 사람들 모두가 슬픔에 잠겨 있으리라는 나의 예상이 우스운 것이었는지도 몰랐다. 친구가 사라졌다고 해서 이십사 시간 동안 눈물을 흘리고 있어야 한다는 법은 없으니까 말이다. 나는 뒷짐을 진 채 잠자코 멜로디언 소리에 귀를 기울였다.

어느새 아이가 나의 존재를, 내가 연주를 듣고 있다는 걸 눈치 챈 것 같았다. 연주에 멋을 부리기 시작했던 것이다. 특정 음을 세 게 누르거나 박자를 늘어뜨렸다. 그러다가 갑자기 다른 곡의 가락 이 끼어들었다. 예상이 어긋난 순간 나의 얼굴에는 당혹감이 스치 고 지나갔고 아이는 입에 물고 있던 호스를 놓고 까르르 웃었다. 그 웃음소리는 작은 폭죽이 간발의 차로 터지듯 이어졌는데 잠시 이 세계의 모든 일들이 명쾌하게 흘러갈 거라는 착각이 들게 할 만큼 명랑했다.

그애는 잠자코 있다가 다시 연주를 시작했다. 이번에 나는 멜 로디언의 가락을 따라 허밍을 했다. 아이의 얼굴에 미소가 스치고 지나갔다. 작은 가슴이 펴지면서 턱이 조금씩 들려올라갔다. 마침 내 연주가 끝나고 그애가 고개를 돌려 나를 바라보았을 때, 그애 의 얼굴은 기쁨으로 충만해 있었다. 이제 아이는 내 옆에 와서 붙 어앉아 다시 연주를 시작했다. 그애의 손가락은 떨리고 있었다. 너무 긴장을 한 탓에 박자가 조금씩 빨라졌고 가슴팍이 급하게 들 썩거리는 게 눈에 보일 정도였다. 점차 얼굴이 달아오르며 콧구멍 으로 뜨거운 숨이 뿜어져나왔다. 아이는 멜로디언에서 손을 떼고 목을 움츠리며 내 옆에 더 붙어앉았다.

그때 나는 멜로디언의 위쪽에서 실종된 아이의 이름을 보았다.

아이는 실종된 아이의 이름 위에 칼집을 내고 그 위에 자기 이름을 새겨넣었다. 나의 시선이 머문 데를 확인하자 아이는 눈을 천천히 깜빡였다. 그리고 잠에서 깨어나듯 서서히 두 눈망울이 또렷해졌다. 아마 그애는 그게 자기 멜로디언이 아니라는 것을 잠시 잊었던 것 같다. 멜로디언에 엄연히 다른 아이의 이름이 쓰여 있었다는 것을 내가 일깨운 것이다. 아이는 오른손으로 이름이 쓰여 있는 곳을 가렸다. 몸통을 둥글게 말고 고개를 푹 숙였다.

"내 거예요."

그 말에 자신이 더 놀란 듯 아이의 동공이 오므라들었다.

아이는 멜로디언을 연주하는 기쁨으로 들떠 있었는데 내가 아이의 기쁨을, 포화 상태의 충만함을 앗아갔다. 아이의 두 눈이 금세 사나워졌다. 아이는 멜로디언을 안고 떨고 있었다. 나를 노려보면서 왼손으로는 멜로디언을 꼭 붙잡고 있었는데 자기가 친구의 것을 훔쳤다는 사실을 들킨 것 때문이 아니라 그것을 빼앗길까봐, 내가 멜로디언을 빼앗아갈까봐 두려워하고 있는 것 같았다.

나는 아이를 안심시키기 위해 미소를 지으며 양손을 주머니에 넣었다. 그런 태도로 아이가 마음을 놓을 거라는 나의 예상은 보기 좋게 빗나갔다. 상대를 위한 배려라는 듯 여유 있는 그 꾸민 태도가 그애를 더 화나게 만든 것 같았다.

그애는 실종된 아이가 자신의 종이 멜로디언을 찢었으므로 이 멜로디언은 자기 것이라고 했다. 그렇게 말하고 나선 흡족해 보였다. 모든 것이 해결되었다는 듯 만족스러운 표정을 지었다. 이제 아이는 태연하게 멜로디언의 호스를 뽑은 뒤 허공에 대고 흔들었다. 흡입구에 괴어 있던 맑은 침이 바위 위로 떨어지면서 그림자처럼 짙고 동그란 무늬를 여러 개 만들었다. 늦은 시간이라 사물들은 채도를 잃어버렸고 내 눈에는 바위 위에 떨어진 작은 동그라미들이 붉은빛을 띠고 있는 것으로 보였다.

그앤 죽었으니까.

아이는 돌멩이를 발로 찼다. 멀리 가지는 못했고 고작 일 미터쯤 앞에서 멈췄다. 아이는 돌멩이들을 몇 개 더 주워 만지작거리다가 주머니에 넣었다.

전 그애가 죽어서 좋아요.

그 말을 증명하기 위해서인 듯 아이는 다시 호스를 멜로디언에 연결하고 건반을 누르기 시작했다. 나는 갑자기 초조한 마음이 들었다. 아이의 부모가 늦는 이유가 궁금했다. 동시에 이상한 생각이 들었는데 내가 약속 장소를 잘못 찾았고 얼른 이곳을 떠나야 하는데 이애가 멜로디언을 연주함으로써 나를 잘못된 장소에 붙들어두고자 한다는 생각이었다.

시간이 늦었는데 집에 들어가봐야지. 엄마가 기다리지 않겠니?

아이는 내가 왜 그런 우스운 소리를 하는지 알 수 없다는 표정으로 나를 빤히 쳐다봤다. 나는 그 표정의 의미를 알고 있었다. 이 동네의 아이들은 혼자 자란다. 부모의 얼굴은 밤이 되어야 볼 수 있다. 아니면 꿈속이라든가. 하지만 나는 아이가 왜 나에게 굳이 진심을 전하려고 하는지 짜증이 났다. 그저 '엄마가 기다린다는 걸 깜빡 잊었어요'라는 식의, 질문에 걸맞은 대답을 하고 그만 돌아가주기를 바랐다. 아이가 걱정되었던 게 아니고 귀찮아졌던 것이다. 잠시 마음을 달래주던 아이의 연주 소리도 이제는 신경에 거슬리는 소음에 지나지 않았다.

아이는 눈치가 빨랐다. 마지막 소절을 남겨둔 채 미련 없이 연주를 그만두었다. 멜로디언을 옆구리에 끼더니 자리에서 발딱 일어나서 종종걸음으로 하천을 빠져나갔다.

인도와 차도 사이의 낮은 울타리를 넘어선 아이가 갑자기 걸음을 멈췄다. 멜로디언을 바닥에 내려놓고 뒤로 돌더니 주머니에 든 돌멩이를 꺼내 나를 향해 던지고는 잽싸게 도망쳤다. 막상 아이가 사라지자 견디기 어려운 쪽은 나였다. 이 모든 것이, 멜로디언이니 그 위에 새겨진 다른 이름이니 하는 것들이 죄다 내가 지어낸 이야기에 불과하다는 생각이 들었다. 주변의 풍경이 달력의 사진처럼 납작해져 있었다.

나는 케이에게 그 이야기를 들려주었다.
"멜로디언에 죽은 아이의 이름이 쓰여 있었어요."
"이름이요?"
"고요. 네, 고요였어요. 멜로디언을 연주한 아이가 죽은 아이의 친구였던 것 같아요. 사람들 얼굴은 생각나지 않는데 멜로디언 케이스에, 매직으로 쓰인 검은 글씨만은 선명하게 기억나네요."

케이가 고개를 숙이며 한숨을 내쉬었다.

여자가 뒤로 돌아 케이와 나를 바라보았다.

"지금 뭐라고 하셨어요?"

"아닙니다. 죄송합니다. 작업 계속하십시오."

"그게 아니라, 지금 혹시 고요라고 하셨어요?"

"네. 오 년 전에 제가 그 아이의 실종 신고를 접수했어요. 그 애 길 했습니다만."

"제가 고요의 엄마인데요. 전 그때 신고하지 않았습니다. 당신 기억이 잘못되었어요."

여자의 얼굴이 약간 상기되었다.

"같은 이름이 있을 수 있죠. 신경쓰지 마세요."

케이가 끼어들었다.

"아, 그럴 수도 있겠네요. 죄송합니다."

여자가 고개를 돌릴 때 머리카락이 흔들렸다. 나는 문득 그 여자를 예전에 어디선가 본 적이 있을지도 모르겠다고 생각했다.

그리고 그다음에는 다시 그해 겨울, 그 겨울에 내가 있었던 풍경들이 스치고 지나갔다. 이를테면 베란다에 서서 건넛동의 거실 풍경을 훔쳐보았던 것들이. 그해 겨울 전처와 나는 유난히 자주 다투었다. 다툰 것만 생각나고 얼굴은 떠오르지 않았다. 다툰 것만 생각나고 그 이유도 생각나지 않았다.

그게 다기조 중기에 내가 경험한 세계였다. 베란다의 창에 하얗게 성에가 끼고 어깨는 딱딱하게 굳어가고 몰래 엿본 타인의 거실에서 사람들의 모습이 서서히 흐릿해져가다가 마침내 불이 꺼진다.

흰개들이 돌아가자 케이가 대놓고 나를 걱정스러운 눈빛으로 바라봤다.

"나한테 뭔가 할말 있는 얼굴인데요?"

케이가 고개를 끄덕였다.

"말해야지. 말할 거야. 다만 언제 말하면 좋을까 그걸 고민하는 중이에요."

케이가 집에서 가져온 카스텔라와 우유를 꺼내 테이블 위에 놓았다.

"뭐라도 좀 먹으면서 이야기할까요?"

"요즘 뭐 먹으면서 이야기하는 게 유행인가보죠? 다들 먹으면서 이야기하자고 하는 걸 보면."

"자기 얼굴 좀 확인하고 그런 얘길 해요. 거울을 보기나 하는 건가요?"

나는 고개를 저었다.

"몰골이 말이 아니라고요. 밥은 먹고 있긴 하는 거예요? 내가 보기엔 자기 얼굴에 석화가 진행되고 있어요. 혹시 다기조에 저항하고 있는 것은 아닌가요?"

"내가요?"

"그래요. 흰개들이랑 접선하면서 그쪽 생각에 동의하게 된 거 아닌가요?"

"그런 걱정이라면 하지 않아도 좋아요. 그럴 생각은 전혀 없으니까요."

"자신에 대해서 너무 확신하고 있는 것 같은데. 내가 보기엔 당신은 저항하고 있어요."

"그렇게 보인다니까 나쁘지 않네요."

"농담을 하는 걸 보니 여유가 있는 것 같아서 하는 얘긴데, 지금부터 내가 하는 얘기 잘 들어요."

케이가 팔짱을 끼고 사무실을 오갔다. 무엇에 집중하고 있는지 모르지만 깊이 생각에 잠겨 있느라고 테이블의 모서리에 부딪쳤다. 상체를 굽혀 무릎을 문지르면서 그녀가 말했다.

"모래마을 말인데요."

나는 지난주에 다녀온 모래마을의 해변을 떠올렸다. 하얗게 부서지는 파도, 간혹 물결 위를 떠다니는 부유물들, 그 위로 떨어지는 찬란한 햇살에 눈이 부셔서 얼굴을 찡그리고 바닷바람을 오래도록 맞았다.

"거긴 폐허예요. 이미 폐기된 구역이라고요."

나는 소리내어 웃었다.

"내가 보기에 L시의 어느 구역보다 그곳이 나아요."

"내가 그랬잖아요. 모래마을에도 아이들이 없는 건 마찬가지였다고요. 그뿐이 아니에요. 거긴 이제 사람이 살지 않아요."

케이가 위성에서 찍은 사진을 보여줬다. 마치 블랭크 처리된 것처럼 그 부분만 검은색이었다.

나는 케이를 쳐다봤다. 케이가 나를 바라보면서 천천히 고개를 끄덕였다.

"받아들여요. 당신은 다기조에 저항하고 있어요. 우리들과 다른 세계에 살고 있다고요. 거기서 나와요. 당신은 교역소 소속이지 흰개들의 일원이 아니라고요. 혹시 당신이 누군지 헷갈리고 있는 거 아니에요? 정신 차려요."

케이의 말대로 모래마을이 없다면, 내가 만난 사람들, 보초병과 희라, 식당 주인이 모두 없는 사람들이라면 내가 본 것은 무엇일까. 내가 본 모래마을 울타리를 둘러싼 단단한 경비와 입구를 지키고 있던 보초병과 개들이 가로지르던 한적한 너른 들판, 여자가 나를 안내한 밥집, 김이 나던 쌀밥과 간이 잘 배어든 반찬들과 음식들을 앞에 두고 나눈 대화들이 모조리, 나의 망상이었다는 말이었다.

"한동안은 아무 생각도 하지 말고 일에 집중하는 것이 좋겠어요."

케이가 걱정된다는 눈빛으로 나를 바라봤다.

그러나 복지행정과에 길게 늘어선 신고자들의 무리를 다시 떠올리자 나는 아찔해졌다.

"출장을 한번 더 다녀와야겠어요."

"모래마을엘 다시 가겠다고요? 아무것도 없는 그곳엘 또?"

"네. 다시 가봐야겠어요. 다시 한번 가서 거기에 정말 아무것도 없는지 내 눈으로 확인해야겠어요."

"당신 눈이 틀렸다고요. 잘못 보고 있다니까요."

"L시에서 누구의 눈이 정확할까요? 누가 맞는 것을 보겠습니까? 그러는 당신 눈은 뭘 보고 있는데요?"

케이가 힘없이 어깨를 떨어뜨렸다. 그녀는 찬장에서 다시 카스텔라와 우유를 꺼냈다. 그리고 마치 주유구에 연료를 넣듯이 빵을 먹고 있었다. 나는 그 모습을 마치 처음 보는 것처럼 여기려고 노력하면서 바라보았다. 그녀가 먹는 걸 보면서 나는 문득 케이의 말을 곧이곧대로 들을 필요는 없다는 사실을 알았다.

그녀에게는 없는 것이 나에게는 있을 수 있다. 내가 깨달은 사실은 그것이었다. L시의 시민들에게 모래마을은 이미 폐기된 장소일지언정 나에게는 그렇지 않았다. 거기에는 아직 사람들이 살고 있었다. 학교가 있고 병원이 있고 식당과 카페가 있었고 길이 나 있고 들판이 있고 그곳을 누비는 사람들이 있었다. 개들이 있었다. 그들은 병들었지만 아직 살아 있었다.

케이에게는 모래마을이 없지만 나에게는 있다.

케이는 그걸 다 먹고 나서 흐트러짐 없이 자기 자리로 걸어가 모니터 앞에 앉았다. 나는 출장신고서를 작성해 결재란에 입력했다. 몇 분 뒤에 오케이 사인을 받고 나서 다시 가방을 챙겼다. 이번에는 속옷을 두 벌 더 챙겼다.

"모래마을에 다녀올게요."

"당신은 이미 마음의 결정을 내린 것 같아요. 그렇다면 다녀와요. 꼭 그래야겠다면 해봐요."

"난 아이를 잃었고 아내를 잃었어요. 매일 밥 먹고 일하는 것 외에 아무것도 내 삶에 남아 있지 않아요. 더 말해볼까요? 난 한 손을 잃었고 최근 몇 달간의 일들 외에는 기억에 남아 있지 않아요. 아무에게도 내가 누군지 어떻게 살았는지 증명할 수 없어요. 그런데 난 모래마을에 아직 사람들이 살고 있는 걸 봤어요. 거기서 어떤 사람과 밥을 먹었고 이야기를 나누었고, 그리고 아이들이 사실은 살아 있다는 걸 알았습니다."

케이가 고개를 저었다.

"당신이 본 것들을 전부 믿지는 말아요."

"조언해줘서 고마워요."

나는 다시 뒤돌아설까봐 일부러 크게 구둣발 소리를 내고, 그
소리를 들으며 걸어나왔다.

모래마을은 여전했다. 그 주위로 선선한 바람이 불고 있었고 문
앞에서 경계를 하고 있던 개들은 전보다 조금 온순해진 것 같았
다. 햇볕이 꽤 강하게 떨어져내렸다. 눈을 찌푸리고 손차양을 만
들어 빛을 가렸다. 개들은 바닥에 누운 채로 분홍색 혀를 길게 빼
어 물고 있었다. 동물들의 얇은 혀를 보고 있으려니 기분이 이상
했다. 그 혀는 어린 시절 과학 수업 실험에 사용했던 리트머스 용
지를 떠올리게 했다. 냄새를 따라가는 그들의 촉촉한 코. 흰자위
가 보이지 않는 검은 눈을 오래 보고 있었다.
　사람의 얼굴이 낯설게 느껴질 즈음 개 한 마리가 천천히 다가와
꼬리를 흔들었다. 개를 따라 걸었다. 그 개가 나를 보초병에게 이
끌어주었다.
　나는 보초병에게 가서 정희라와 약속을 했는데 안으로 들어가
도 되느냐고 물었다.
　"그러지 않아도 그가 당신을 기다리고 있다고 했어요."
　그가 비켜서서 길을 터주었다.
　"고맙습니다."
　나는 그에게 인사하면서 그의 얼굴을 바라보았다. 거기에는 물
론 아무것도 없었다. 하지만 거기에 얼굴이 있는 것처럼 나는 그

의 얼굴을 바라보고 미소를 지어보았다.

바리케이드를 지나니 작은 마을이 펼쳐졌다. 나도 모르게 크게 숨을 들이쉬었다. 그 작은 마을, 한눈에 보기에는 거의 폐기되어가는 그 건물이, 모서리가 부서져나간 블록과 드문드문 지나가는 사람들과 사람보다 더 많은 동물들이, 그 마을의 어떤 무엇이 나의 숨통을 틔워주었다.

마을 사람들은 다기조를 받아들이지 않았다. L시의 사람들이 한 손을 잃고 다기조에 타협하면서 기억을 빼앗긴 대신 불편함 없이 생활을 유지하는 것과 대조적으로 그 마을 사람들은 기꺼이 그 병과 싸웠다. 그래서 이겼느냐 하면 그러지 못했다. 다기조는 기승을 부렸다. 모래마을에는 양손을 다 잃은 사람들이 부지기수였다. 얼굴과 목이 미라처럼 부서져내렸다. 그래도 그들은 L시의 사람들이 내어준 그것을 내어주지 않고 버텼다. 그들은 아직 자기 아이들을 키우고 있었다. 물론 그 아이들 역시 다기조 감염자였다. 만약에 그들이 한 손을 내어주고 끝냈더라면 아이들 역시 한 손을 내어주고 어쨌거나 L시에 적응하고 살아남았을 것이다. 그들은 생존을 내걸고 다기조화를 거부했다.

온몸이 부서져내리는 그 사람들 사이에 끼어들었다. 그리고 그 사이에 걸어들어갔을 때 마침내 안도감을 느꼈다. 욱신거리던 어깨가 편안하게 내려앉았다. 나는 떨어져나간 손목을 바라보았다. 단호하리만큼 정확하게 잘려나간 원형의 단면을 바라보았다. 그러자 언젠가 그와 비슷한 무언가를 본 적이 있다는 생각이 들었고 그게 무엇이었는지 기억을 되찾는다면 내 아이도, 아이의 이름도, 아이와의 추억도 다시 떠오르지 않을까 하는 희망이 솟았다.

일단 전에 희라와 갔던 식당에서 배를 좀 채우고 마을을 돌아보는 것도 나쁘지 않겠다 싶었다.

주인 여자는 자리를 비웠고 어떤 꼬마 여자아이 하나가 식당을 지키고 있었다. 엄마는 어디 가셨느냐고 물으니까, 몰라요. 시큰둥한 대답을 하더니 종아리를 흔들며 티브이만 보았다. 자리를 잡고 앉아 메뉴판을 펼치다가, 문득 지금 본 이 아이가 아이가 아닌가 하는 데 생각이 미쳤다.

아이였다.

L시에서 사라진 아이가 여기 모래마을에 살아 있다. 아이들이 모두 사라진 것이 아니다. 아이들은 살아 있다. 남아 있다. 여기에 있다. 이곳 모래마을에.

심장이 두근거리기 시작했다. 아이는 멀거니 고개를 들고 만화를 보고 있었고 손님이 있든 말든 안중에 없었다. 나는 그 광경에서 어떤 위로를 받았다. 잠시 후에 장바구니에 채소를 가득 담아 들고 주인이 나타났다. 그녀도 아이와 마찬가지로 손님이 와 있든 아니든 별 신경을 쓰지 않는 것 같았다.

"친구들은 뭐하는데 혼자 놀고 있어?"

모래마을에 그 아이 말고 다른 아이들이 더 있는지 알고 싶었다. 하지만 아이는 나를 힐끗 쳐다보더니, 자기에게 말을 걸라고 누가 허락했냐는 듯한 뿌로통한 얼굴로 티브이 시청에만 열중했다.

주인이 내온 흰쌀밥을 보자 몇 끼니 굶은 사람처럼 갑자기 허기가 졌다. 한 그릇을 뚝딱 해치우고 고개를 들었을 때는 아이도 주인도 없었다. 나는 아이가 앉아 있던 자리에 가만히 앉아 있었다. 내 아이가 여자아이였을까, 남자아이였을까 궁금했다. 그 아이가 몇 살까지 나와 함께 살았을까 또 궁금했다. 가슴이 아팠다. 그 아이가 아내를 더 많이 닮았을까, 나를 더 닮았을까.

가벼운 발소리가 들렸다. 아마 아이일 것이다. 다시 또다른 발소리가 들렸다. 또다른 아이일 것이다. 그리고 또 좀전보다는 더 큰 발소리가, 좀더 덩치가 큰 아이의 발소리가 들렸다. 아이들이다. 아이들이 여기 있다.

나는 안심이 되었다.

모래마을을 다시 찾기를 잘했다.

아이들은 사라진 것이 아니었다. 다만 부모들이 아이를 보지 못하게 된 것뿐. 나처럼 사람들의 위치와 운동성을 파악하고 나머지를 감각할 수 없게 된 사람처럼, 또 어떤 사람들은 옷차림만이 보이기도 했고 또다른 사람들은 체형을 숫자 표기로 보는 사람들도 있었다. 또 어떤 사람은 소리만이 들리는 세계에 있었고 어떤 사람에게 세상은 반짝이는 빛의 세계였다. 우리들의 공통점이라면 아이들을 볼 수 없게 되었다는 것이었다.

그리고 나는 다시 아이를 만났다.

너무 간단한 방법이었다.

모래마을에 들어오기만 하면 되었다.

케이는 보기 좋게 나를 속인 셈이었다. 내가 헛것을 보고 있다고 그는 나를 염려했지만 잘못된 것은 케이다. 케이의 눈이다. 아이들을 보지도 못하고 보려 하지도 않고 다시 L시로 불러들일 생각이 없는 그녀가 잘못했다. 모래마을에는 여전히 아이들이 살고 있었다. 케이가 틀렸다. 그리고 당신들이 틀렸다. L시의 사람들이 잘못 보았다. 보지 못했다.

아이들은 여전히 우리 곁에 있다. 아마 내 곁을 지나가기도 했을 것이고 어쩌면 그 식당에서 옆 테이블의 의자에 앉아 다리를 흔들거나 테이블 사이를 가로지르거나 밑으로 기어들어가 고양이처럼 웅크리고 있었을지도 모른다.

아이들은 살아 있다.

두고 간 성명판

　가벼운 노이로제 상태가 아슬아슬하게 계속되고 있어 진정제를 타기 위해 병원에 갔다. 유리문을 열고 접수창구에 서자 간호사가 당혹스러운 얼굴로 나를 보았다. 내게 할말이 있는 듯 보였는데 뭐라고 말을 꺼내야 할지 모르겠다는 표정이었다. 나는 뭔가 잘못되었다는 걸 눈치챘다. 간호사는 내 뒤편의 현관 쪽을 쳐다보았고 나도 따라 고개를 돌렸다. 그제야 내가 신발을 신고 있다는 걸 알았다. 현관 바로 옆에 실내화가 정리되어 있는 선반이 있고 그 앞쪽으로 다른 사람들이 벗어놓은 신발이 놓여 있었다. 문에서 접수창구까지 뭐가 있었는지 하나도 보지 못했던 것이다.

　다기조 중기의 핵심 증상은 '자기중심적 선택 인지'였다. 보고 - 보지 않는 것의 오차가 아주 커지는 증상이었다. 일상에 어긋나는 지점이 생기기 시작했다.

다시 현관으로 돌아가 신발을 벗고 선반에서 실내화를 꺼내 신고 접수창구로 갔다. 간호사가 고개를 끄덕였고 나는 그를 향해 미소를 지어 보였다.

반대의 경우도 있었다. 이를테면 사무실에서 사나흘 정도 아무 일도 하지 못했는데 책상 주변에 너무 많은 정보가 있었기 때문이다. 나는 케이에게 말을 걸기 위해 고개를 돌리려다가 눈에 보이는 서류를 처리했고 서류를 처리하고 나면 모니터에 붙여놓은 포스트잇에 적힌 메모를 읽었다. 케이를 향해 고개를 돌리는 데 한 시간이 걸렸다고 해도 과장이 아니었다.

케이가 팔짱을 낀 채 심각한 얼굴로 나를 보았다.

"과로한 탓 아닐까요? 너무 몰두해 있어요. 좀 느슨히 떨어져서 보는 것도 나쁘지 않죠."

"당신 말도 맞아요. 태도를 바꾼다면 아마 상황은 달라질 겁니다. 그건 분명하죠. 근데 내가 하려는 이야기는 이거예요. 난 이게 특별한 상황이라고 생각하지 않아요. 우리 일상이 모두 그런 식으로 작동하고 있어요. 뭔가를 선택해서 인식하고 나머지에 대해서는 완전히 둔감해져 있다고요. 그리고,"

아이들 이야기를 하려던 찰나 케이가 끼어들었다.

"지금 당신 상황이 일반적으로 보이진 않는데요."

"당신도 그런 부분이 있을 거예요. 다만 이 도시에서 문제가 되지 않을 뿐."

"모서리에 대한 감각."

케이가 중얼거렸다.

"모서리?"

"대부분 모서리에 앉는 걸 싫어하잖아요. 식탁 모서리에 먼저 앉겠다고 나서는 사람은 없죠. 근데 난 그게 별로 신경 쓰이지 않아요. 이를테면 그런 것 말이죠?"

"네. 당신도 어떤 면에 대해서는 예민하게 굴고 또 어떤 면에 대해서는 둔감할 거예요. 그리고 우리들이 그렇듯이 이 도시도 마찬가지예요. 어떤 면에서는 굉장히 발달했지만 어떤 면은 자기 몸이 썩어들어가는 줄도 모를 정도로 둔감하죠."

"그래요. 그렇다면 모서리에 대한 감각이 없는 거죠. 마찬가지로 누군가에게는 또다른 감각이 없을 수 있잖아요."

케이는 고개를 끄덕였다.

"일전에 말한 것처럼 L시에서 아이들이 사라진 건 분명해요. 실종신고가 넘쳐나고 있으니까요. 복지행정과 업무의 절반 이상이 실종 아동 접수와 진행이에요. 그런데 상황 보고를 할 때쯤이면 아무도 찾아오질 않는다고 전에 얘기했죠? 우리들은 가계도에서 구성원이 애초에 둘이었다고, 아이가 없었다고 수정해서 기록에 올리고 있고요. 아이들에 관한 정보를 모두 지우는 게 우리 두 사람이 하는 일이 되어버렸어요."

"부모들은 자식이 있었다는 걸 기억 못하는데 그 기록을 지우는 우리가 대체 뭐가 잘못되었다는 거죠?"

"아이들이 왜 사라지고 있는지 알겠어요?"

"대충. 그러니까 당신 말은 아이들이 사라지지 않았다는 거죠?"

"그래요. L시의 아이들은 당신한테 모서리 같은 겁니다. 우린 아이들을 보지 못해요. 그러면서 아이들이 실종되었다고 말하고 있고요."

"그러니까 아직 아이들이 살아 있다는 뜻인가요? 만약에, 나에게 아이가 있었다면 그 아이도 살아 있다는 뜻이에요?"

"나도 보이지 않아요. 나 역시 아이들에 대한 감각을 잃어버렸습니다. 모래마을에서 몇몇 아이들을 만났지만, 빠르게 잊혀가고 있어요. 그 느낌만을 겨우 기억하고 있습니다. 뭐랄까. 아이들을 보는 순간 졸음이 쏟아졌고요."

"당신 아이도 살아 있겠죠?"

"난 몰라요. 모릅니다. 내가 알고 있는 건 모래마을이 폐기된 구역이 아니라는 것. 아직 사람들이 살고 있다는 것. 그리고 거기에 아이들이 있었다는 것 정도예요."

케이가 천천히 고개를 끄덕였다. 나는 그녀를 설득해야 했다. 함께 움직일 사람이 필요했다.

"우리 그냥 이 정도로 시작해보면 어떨까요? 우리에게는 L시에

관한 모든 정보가 있으니까요. 물론 폐기시키는 정보들뿐이지만,
오히려 거기서 단서를 찾을 수도 있어요."

나는 사무실의 작은 도서관을 가리켰다.

"우리에게는 L시가 잊어버린 모든 기억이 있다고요."

케이가 의자에 털썩 주저앉았다. 그리고 깊은 한숨을 내쉬었다.

"아니에요."

케이가 고개를 저었다.

"난 돌아가고 싶지 않아요. 되돌아보고 싶지 않아요. 그 기억들
을 다시 찾고 싶지 않아요."

"진심입니까? 그게 정말 당신이 원하는 거예요?"

케이가 힘없이 고개를 끄덕였다.

"당신에게는 어떻게 보일지 모르지만 이게 내 삶이에요. 난 다
른 삶을 상상할 수 없어요. 그러고 싶지 않다고요. 원하지 않아
요."

"같이 해봐요. 해봅시다."

케이가 다시 고개를 흔들었다. 완강한 거부였다.

"난 이제 겨우 안정감을 찾았다고 생각했어요. 이를테면 생활을
아주 규칙적으로 만드는 거죠. 손목이 떨어져나간 이후 난 필사적
으로 규칙을 만들고 거기서 벗어나지 않으려고 노력했어요. 저기
저 테이블 위의 우유나 카스텔라처럼. 똑같은 행동을 반복하면 잘
못된 것이 끼어들 리 없다고 생각했으니까요. 그리고 이제 겨우

난 그 틀에 나 자신을 끼워넣는 데 성공했어요. 날 그냥 이대로 둬요."

케이가 나를 노려봤다. 나는 그녀가 그런 눈빛으로 나를 쳐다본다는 걸 믿을 수 없었다.

"그런데 당신이 여기 오면서부터 조금씩 내 룰이 깨져가고 있어요, 제길."

"부담이 되었나요?"

"그게 좋을 때도 있었어요. 당신이랑은 어딘가 통하는 데가 있었으니까요. 그땐 그랬어요. 하지만 이제 아니에요."

"그때와 지금의 내가 뭐가 그렇게 다른데요?"

"적당한 일탈은 기분 전환에 도움이 되죠. 일상에 다시 발붙일 수 있게 된다고요."

"더이상 내가 적당하지 않다는 뜻인가요?"

"당신은 너무 멀리 갔어요."

케이가 의자에서 일어났다. 그리고 사무실 주변을 걷기 시작했다. 그렇게 해서라도 초조한 마음을 달래려고 하는 것 같았다.

"당신은 다시 예전으로 돌아갈 수 없어요. 당신이 원한다고 해도."

그 말은 어딘가 의미심장한 데가 있었다.

"아마 테스트를 통과하지 못할 겁니다. 재교육을 받을 수 있는 최하한선에도 미치지 못할 거라고요."

나는 납득했다. 케이가 무슨 말을 하는지 알 것 같았다.

"나도 당신과 함께 다기조에서 벗어나고 싶어요. 만약에 내게 아이가 있었다면, 그 아이의 얼굴을 보고 싶어요. 하지만 그전에 교역소에서 퇴출될 거예요. 그건 분명해요."

"더이상 당신을 설득하지 않을게요."

"고마워해야 하는 건가요."

케이가 힘없이 고개를 떨어뜨렸다.

그녀는 천천히 고개를 돌려 모니터를 바라보았다. 단지 고개를 돌리는 것만으로 케이와 나의 세계는 둘로 갈라졌다.

나는 책장으로 가서 일단 분류표의 내용을 확인했다. 연도와 날짜부터 하나씩 살피고 정리를 시작했다. 내가 책장 사이를 누비는 동안 케이는 흐트러짐 없이 정보를 말소해나가고 있었다.

점심을 먹는 대신 외출하겠다고 케이에게 말했다. 케이는 아무리 일이 바빠도 식사는 챙기라고 하고는 먼저 사무실을 나갔다. 그녀의 구둣발 소리가 복도를 울리며 천천히 사라졌다. 평소보다 느리게 걷고 있었다. 다시 방향을 틀어 다시 사무실로 돌아오고 싶었던 것은 아닐까. 그 순간 나는 그렇게 생각했다. 다시 이 문을 열고 걸어들어와 나에게, 함께해보겠다고 말하고 싶어진 것은 아닐까. 나는 케이에게 그런 마음이 조금은 남아 있다고 생각했다. 하지만 그녀는 많이 지쳐 있었다. 나는 그녀가 언젠가 나에게 해준 말이 그냥 나온 말이 아니었음을 알았다.

원한다면 그렇게 할 수 있을 거예요.

이제 알 것 같았다. 케이는 자신이 원하지 않는다는 사실을 깨달은 사람이었다. 나는 다시 이우리씨를 떠올렸다. 나는 그와 죽이 잘 맞았다. 겉으로 보기에 우리 두 사람 사이에는 전혀 공통점이 없는 것처럼 보였지만 어딘가 통하는 구석이 있었던 것이다. 그리고 그녀는 회사를 떠났다.

선택해야 할 시점이 왔다는 것은 알겠다. 그런데 무엇을 선택해야 한다는 것일까?

내가 무엇을 선택할 수 있다는 것일까?

만약에 내가 내 아이를 알아볼 수 있다면 또다른 누군가도 아이들을 알아볼 수 있지 않을까.

그즈음의 나는 막연히 그런 생각을 하고 있었다.

창밖은 어두웠고 도시는 온통 흰빛이었다. 한 여자가 혼자 걷고 있었다. 또다른 남자가 혼자 걷고 있었다. 또 나란히 걷는 몇몇 사람들이 있었다. 나는 아이처럼 키가 작은 이의 뒷모습을 보았다. 그러나 그는 아이는 아니었다. 숨은 그림이 없는 숨은그림찾기를 하는 것처럼 마음이 조급해졌다. 아무리 눈을 크게 떠도 찾을 수 있는 게 없었다.

케이의 책상에 앉은 데는 별다른 의도가 없었다. 상황이 잘 풀리지 않을 때 다른 방향에서 바라보는 것이 종종 도움이 되었기 때문에, 내 자리가 아니라 케이의 의자에 한번 앉아보고 싶어졌던 것이다. 나는 나무의자에 앉는데 케이는 교정용 기능성 의자를 사용하고 있었다. 의자에 앉을 때만 해도 그저 거기에 앉아서 사무실을 한번 둘러보는 것 정도가 좋겠다고 생각했다. 하지만 앉고 나니 생각이 달라졌다. 케이가 무슨 일을 하는지 호기심이 일었던 것이다. 운이 좋은 건지 그 반대인지는 모르겠지만 케이는 성명판을 책상 위에 그대로 두고 나갔다. 성명판이 마치 나를 기다리고 있었다는 듯이 거기에 놓여 있었다.

나는 성명판을 케이의 컴퓨터 인식기에 넣었다. 부팅이 시작되었다. 타인의 컴퓨터에 접속한 것이 들통날 경우에는 퇴사였다. 그만큼 정보에 대해서는 각별히 통제했다. 무슨 배짱인지 모르지만, 아니면 들통이 나서 쫓겨나기를 바랐는지 모르겠지만 나는 시작 화면이 나타나자 죄책감이나 망설임 없이 업무 시작 버튼을 눌렀다.

각자의 컴퓨터는 업무에 맞게 세팅되어 있었는데 케이의 업무 프로그램은 크게 두 가지로 나뉘어 있었다. 흰 버튼과 검은 버튼이었는데 그 아래에는 각각 말소, 생성이라고 쓰여 있었다.

두 단어는 흰개들이 교역소 앞 농성장에 써 붙여놓은 문구들에 자주 등장했으므로 낯익었다. 흰개들은 교역소가 L시를 위장하는 역할을 한다는 주장을 하고 있었고 그러므로 교역소를 폐쇄하고 거기에 차라리 박물관을 세우는 것이 낫겠다고 말했다. 다시는 이런 일이 일어나지 않도록 두고두고 기리자는 것이었다.

　　하지만 나는 교역소 소속이었고 내가 하는 일이 그렇지 않다는 것을 누구보다 잘 알고 있었다. 나는 정보를 압축하고 있었다. 그것은 부끄러운 일이 아니었고 효율적인 일이었다. 물론 나는 공장에서 단추에 구멍을 뚫는 노동자와 마찬가지로 내가 담당한 일 외에 다른 부분에 대해서는 알지 못했다. 내가 전달받은 정보들을 어떻게 어떤 방식으로 수집하고 있는지 그리고 내가 압축한 정보들이 어떻게 보관되거나 이용되는지는 몰랐다.

　　케이의 업무 프로그램을 통해서 알게 된 것은 내가 압축한 정보들이, 그러니까 그 압축된 정보들이 언제라도 유용하게 사용될 수 있도록, 다시 문자화될 수 있도록 보관되고 있지 않다는 것이었다. 그것은 폐기되고 있었다. 케이에게 전달한 정보들은 말소되고 있었다. 쓰레기통에 버려지고 있었다는 뜻이다.

　　케이는 새로운 정보들을 만들어 L시의 새로운 지형도를 만들고 있었다. 저 책장에 보관되어 있는 많은 자료들이 다 거짓인 셈이었다.

나는 말소 프로그램에 내 이름과 주민번호를 입력했다. 000에서 131까지의 버튼이 있었고 나는 000부터 하나씩 눌러보았다.

이미 말소된 자료입니다.

계속해서 같은 알림창이 떴다. k322를 눌렀을 때 파란 버튼에 불이 들어왔다. 어떤 이유에서인지 아직 말소되지 않은 기억이 남아 있었다. 마치 다른 사람의 일기장을 훔쳐보는 기분이 되어 버튼을 눌렀다.

화면에 내 얼굴이 나왔다. 의자에 앉아 있었는데 몸이 약간 오른쪽으로 기울어 있었고 눈빛은 흐릿했다. 인터뷰를 하는 것처럼, 화면에는 보이지 않지만 누군가 앞에 앉아 있다는 것을 추측할 수 있었다. 그이에게 내 이야기를 털어놓고 있었다. 몰랐는데 말할 때 눈을 자주 깜빡거렸고 혀를 내밀기도 했다. 코를 찡그리기도 했다. 가벼운 틱 증상들이었다.

고요가 아프다는 것을 알게 된 건 우리 부부가 아이를 할머니 댁에 맡기고 친구 부부네 집들이에 놀러간 날이었습니다. 돌아왔을 때 잠들어 있던 고요를 깨우지 않으려고 주의를 기울였는데 아이는 우리가 온 것을 알고 눈을 떴어요.

목이 마르다고 해서 물을 한 컵 줬더니 컵을 떨어뜨렸어요. 네, 컵을 떨어뜨렸습니다. 바닥에 물이 흥건하게 번졌어요. 그런데 그 컵에 뭔가가 묻어 있었어요. 컵은 아주 짙은 파랑색이었고 거기에 흰 가루가 묻어 있었기 때문에 단번에 눈에 띄었죠.

제대로 안 씻었네. 아내가 그렇게 말하면서 무심코 컵을 집어들었습니다.

그런데 무슨 이유에서인지 아내의 손에서 다시 그 컵이 스르르 미끄러져내렸고, 바닥에 떨어졌습니다. 컵이 깨졌고, 그리고 아내는 그 자리에 주저앉았습니다.

아이의 손이 온통 하얀 재로 뒤덮여 있었습니다. 아이가 두 손을 들어올려 우리에게 보여줬어요. 어떻게 좀 해달라는 얼굴이었습니다. 우리가 뭔가 해줄 수 있을 거라고 고요는 믿고 있었어요. 우리가 뭐라도 해줄 수 있을 거라고 생각하는 것 같았습니다.

하지만 아내도 나도 어떻게 해야 할지 몰랐어요. 공포영화에서처럼 우리에게 그냥 끔찍한 일이 일어났구나 하는 정도의 실감만이 있었을 뿐입니다.

나는 내가 해결할 수 없는 일이 닥쳤다는 것을 알았어요. 깊은 무력감을 느꼈습니다. 하지만 아이에게 그렇게 말할 수 없었으니까, 나는 일단 아이를 업고 집으로 가자고 했습니다.

다들 얼이 빠져서 바닥에 흥건한 물을 닦으려 하지 않았어요. 그 물이 점점 더 방안에서 면적을 넓혀가고 있었습니다. 일단 그

방에서 나오자 조금 정신이 들었고 나는 응급실에 전화를 걸었어요.

응급차가 올 때까지 고요를 소파에 앉혀놓았는데 이불을 어깨까지 덮어주니까 아이는 자기 손이 어떻게 되었는지 잊은 듯 편안해 보였습니다.

나는 정지 버튼을 눌렀다. 영상에 의하면 나는 독신이 아니고 아내와 아이가 있었으며, 아이가 다기조 감염자였던 모양이었다. 하지만 그건 단지 말일 뿐이었다. 그게 사실이라고 어떻게 믿을 수 있겠는가. 하지만 영상 속의 그 사람은 분명히 나를 닮아 있었다. 오 년 전의 나였다. 나는 내가 쭉 외로운 삶을 살아왔다고 생각했는데 그렇지는 않은 모양이었다. 딸이 있었다고 했다. 그애의 이름이 고요라고 했다. 그 이름을 어디선가 들어본 것 같다고도 생각했다.

나는 밤을 새워 녹음된 자료를 모두 재생시켰다. 그리고 그 자료를 복사해 내 컴퓨터에 저장한 뒤 말소 프로그램에 넣어 삭제시켰다.

더이상 말소할 자료가 없습니다.

그 아래에는 새로운 자료라고 쓰인 붉은 글씨가 깜빡거렸다.

생성 프로그램에 내 이름과 주민번호를 입력하자 꽤 많은 정보들이 쏟아졌다. 아직 내가 받아들이지 못한 상황들까지 입력이 되어 있었다.

복지행정과 삼 년 근무
테스트 결과 재교육 재배치
교역물품확인과 이 년 근무

나는 새로운 입력창에 다음과 같이 썼다.

테스트 결과 낙오
교역소 퇴사

'확인'이라는 붉은 글자가 깜빡거렸다.
생성한 내 미래에 나는 테스트에서 낙오되어 교역소를 떠나게 되어 있었다. 이것이 새로 작성된 나 자신의 시나리오다. 내가 그렇게 선택한 것이다. 어떤 일이 일어날지 모르겠지만 그것 또한 나의 선택이다.
책상 위에 케이의 성명판이 놓여 있었던 것, 마치 그걸 보라는 듯, 집어들라는 듯 올려져 있었던 것을 떠올리자 상황이 명쾌해졌다.

케이는 일부러 성명판을 두고 간 것이다.

나에게 조금 앞선 미래를 선택할 수 있도록 하기 위해서 그렇게 한 것이다. 그가 내게 무엇을 기대했는지 모르겠지만 다음번 테스트에서 나는 마이너스 이십일 점으로 교역소 사상 최하점을 기록했고 사직을 권고받고 퇴사했다.

따뜻한 손, 단단한 등

모래마을에서 가장 먼저 나를 찾아온 감정은 외로움이었다. 오 년 넘게 일해오면서 한 번도 그만두게 되리라고 생각해본 적이 없던 교역소를 그만두고, L시를 떠나기까지 하는 일이 쉽지는 않았기 때문에 내가 겪게 될 곤란은 좀더 거창한 것일 줄 알았다. 하지만 이곳에서 나를 가장 곤혹스럽게 만든 것은 내가 그들과 다르다는 것이었다.

모래마을에서 나는 유일하게 손이 없는 자였다. 나는 어디에 가도 눈에 띄었다. 달걀 한 알을 사러 가도, 버스를 타도, 해안을 거닐어도, 나는 달랐다. 모래마을 사람들은 온몸이 부스러져가고 있었고 나는 그러지 않았다. 그것이 내가 그들에, 이 마을에 속해 있지 않다는 명확한 증거였다.

그들은 병과 싸우고 있었고, 나는 끝나 있었다.

다기조에 굴복했다는 너무나 분명한 표시가 내 몸에 있었다. 떨어져나간 오른손, 명확하게 잘린 손목의 단면, 그 대신 석화를 멈춘 신체.

대단한 감식안이 없어도 한눈에 내가 그들과 다르다는 것을 알수 있었다. 그만큼 모래마을 주민들의 건강은 심각한 상태였다.

하지만 나를 놀라게 한 것은 그들이 부스러져가는 육체를 안고서도 무언가를 잃어버리지 않으려고 노력하고 있다는 점이었다. 그들은 분투하고 있었다. 내가 보기에 오늘 그들이 죽는다고 해도 그건 이상한 일이 아니었다. 내일 죽는다고 해도 이상할 게 없었다. 하지만 아무도 죽지 않았다. 죽음은 오히려 L시에서 일어났다.

나는 그들처럼 되고 싶었다. 그들이 되고 싶었다. 그들처럼 아프고 그들처럼 자기 자신이고 그들처럼 아이들의 부모이고 싶었다.

교역소를 나와 L시에서 도망쳤지만 그들과 같이 되는 방법, 다기조에 굴복하지 않고 싸우는 방법을 나는 여전히 알 수 없었다.

혼돈에 휩싸였다. 물론 이 모든 일들은 전적으로 나의 선택이었지만 또 과거를 부정하는 일이기도 했다. 나의 예전 동료들에게 항의하고 내 전 직장을 폐기하라고 주장해야 했다. 불과 일주일 전만 해도, 나는 그곳―L시의 해악의 한가운데―에서 일했고 동료들―L시를 수렁으로 몰아가는 중추 인물들―과 업무를 분담했고 함께 밥을 먹었는데 이제 그곳을 허물어야 했다. 교역소는 이

도시를 살리기 위해 해체해야 마땅한 잘못된 단체라고 주장해야
했다.

L시에서 나와 모래마을로 들어서는 것은 한순간이었지만 나는
여전히 교역소에 소속감을 느끼고 있었고 그래서 마치 스스로 나
자신을 공격하는 것처럼 고통스러웠다. 아마 이우리씨가 없었더
라면 그 과정이 좀더 길고 아프게 느껴졌으리라.

단출한 짐을 들고 모래마을에 들어선 나를 보더니 우리씨는 내
가 자기 다음 차례일 줄 알고 있었다는 말을 했다. 나는 어깨를 으
쓱하고, 나는 전혀 예상하지 못했는데? 라며 가볍게 그녀의 어깨를
쳤다. 우리 두 사람은 마주보고 미소를 지었다. 우리씨의 얼굴은 사
무실에서 일할 때와는 비교도 되지 않을 만큼 햇볕에 그을어 있었
다. 그래서 교역소에서 일하던 시절보다 적어도 네댓은 더 나이가
많아 보였지만 내가 보았던 그 어느 때보다도 밝은 얼굴이었다.

"내겐 아이가 있어요. 그걸 알게 됐어요. 그래서 거길 나온 겁니
다."

우리씨가 고개를 끄덕였다.

"나도 그래요. 내게도 아이가 있습니다."

"그 아이 이름을 알아냈어요."

우리씨가 다시 고개를 끄덕였다.

나는 벅차서 그녀가 묻지도 않았는데 계속 떠들어댔다.

"아이의 이름이 고요예요."

"훌륭하네요."

나는 케이의 컴퓨터에서 본 동영상에 대해서 좀 떠들었다. 내게 다기조 중기 증상이 있는 걸 몰랐는데 꽤 심하더라고 하면서 그 점이 제일 아쉬웠다고 농담을 했다. 사실 내 농담은 전혀 웃기지 않았지만 우리 두 사람은 약속이라도 한 듯이 동시에 웃었다. 그 것은 함께 흐느끼는 것과 다를 바 없었다. 하지만 우리는 우는 대신 웃었고 그게 중요하다는 생각 또한 들었다. 우리씨와 내가 함께 웃었다는 사실 말이다.

"그 정도 증상쯤이야. 이곳 사람들은 더해요. 나도 요즘은 거울을 안 봅니다. 하지만 매일 거울을 보던 때보다 나 자신에 대해서 더 잘 알 것 같아요. 적어도 내가 뭔가를 잃어버린 사람이라는 것 정도를, 그 뭔가는 꼭 되찾아야 할 소중한 것들이었다는 사실을 안 것만으로도 어렴풋이 느낄 수 있어요. 나 자신에게 조금은 다가갔다는 것을요."

그녀가 잠시 말을 멈췄다.

"그리고 곧 내 아이에게도 조금쯤은 가까이 갈 수 있게 되리라고 믿어요."

"나도 그걸 믿습니다."

우리는 그걸 믿는 수밖에 없었으므로 기꺼이 믿기로 했다. 하나도 웃기지 않았지만 소리내어 웃었던 것처럼. 뭐가 뭔지 아무것도 모르겠고 당장 바닥으로 발이 쑥쑥 빠져버릴 것 같았지만, 우리 자신을 지탱해주는 것이 무엇인지 몰랐지만 또 한번 숨을 들이마시고 몸을 꼿꼿이 세우고 서 있는 것처럼.

우리는 미래를 믿었다. 그 미래에 우리가 아이들을 만나게 되리라는 것을.

고요를 만나게 되리라는 것을 나는 굳게 믿고 있었다.

모래마을에 들어오고 일주일 정도는 지루할 틈이 없었다. 나는 모래마을의 제일 서쪽에 있는 해안지대로 이사했다. 흰개들에 가입했고, 거기서 교역소 검사관들의 교육을 담당했다. 틈틈이 강연을 했다. 교역소에 근무했던 직원의 이야기를 듣기 위해 수백 명의 주민들이 모여들었다.

내가 그들에게 들려줄 수 있는 이야기가 대단하지는 않았다. 하지만 모래마을 사람들은 고립되어 있었고, 심지어 자기들의 존재 자체를 부정당하고 있었으니까 경계 바깥에서 온 사람이 어떤 이야기든 떠들어대는 것을 듣는 것만으로도 도움이 되는 것 같았다.

L시의 사람들이 손이 떨어져나간 것 외에 다른 신체 부분은 말쑥한 것과 달리 마을 사람들은 손이 떨어져나가지는 않았지만 전신이 각질화되어가고 있었다. 말라붙은 손은 차라리 떼어버린 것만 못해 보였다. 하지만 그들은 하얗게 부서지기 직전의 그 손을 포기하지 않았다. 떨구어내지 않았다. 먼지가 되어 바스라질 것

같은 이들의 형형한 눈빛이 나를 일시에 쳐다보고 있었다. 심장이 두근거리기 시작했다.

내가 그들에게 무슨 말을 할 수 있을까?

이봐요. 그런 눈으로 날 보지 마십시오. 사실 난 당신들에게 도움을 요청하러 왔습니다. 난 내 과거를 완전히 잊었어요. 당신들과 달리 난 손을 떨어뜨린 사람입니다. 나 대신 다기조가 세상을 봅니다. 난 나를 잊었어요. 내 아이조차 잊어버렸다고요.

주저앉아 그렇게 하소연하고 싶을 때도 있었다. 하지만 그건 내 역할이 아니었다. 가능한 한 냉정해지자고 마음먹었다. 되도록이면 그들에게 유용하다고 판단되는 정보를 전하려고 노력했다.

사람들이 궁금해하는 것은 L시의 시민들이 어떻게 다기조를 견디고 있는가였다. 왜 그들이 아이들을 포기했는가였다. 반대로 내가 그들에게 묻고 싶었다. 당신들이 다기조를 견디고 있는 방식이 대체 뭔지, 또 어떻게 아이들을 잊지 않을 수 있었는지를.

"우리들은 자기들이 부모였다는 사실을 기억하지 못합니다."

나는 내 기억 속에 단 한 번도 아이가 등장한 일이 없었다고 이야기했다. 아내와 결혼한 이후 두 사람 외에 다른 존재는 없었다고 설명했다.

청중석이 술렁였다. L시의 사람들이 아이들을 잊었다는 것, 아이의 존재 자체를 기억하지 못한다는 사실에 충격을 받은 것 같았다. 그들에게는 아이가 있었고, 물론 그 아이들 모두가 그들과 마찬가지로 다기조 감염자였지만 아이의 손을 잡은 채였다.

"왜 그곳을 떠나 이리로 온 겁니까?"

눈빛이 날카롭고 턱이 각진 어떤 남자가 내게 쏘아붙이듯이 물었다.

"내 아이를 찾기 위해섭니다."

찾을 수 있을 거라고 객석에서 누군가 중얼거렸다. 나는 고개를 끄덕였다.

"그 방법을 찾으러 여기에 왔습니다."

나는 허리를 깊게 숙이고 연단을 내려왔다.

한 달 후에도 상황은 크게 달라지지 않았다. 아이들이 뛰노는 곳마다 고요를 찾으러 다녔지만 나는 고요의 얼굴을 몰랐다. 아마 그애를 본다면 알아볼 수 있지 않을까 싶었던 것은 허황된 희망이었는지도 모르겠다.

교육 일정과 강연이 끝나면 나머지 시간에는 아이들이 모이는 장소를 찾아다녔다. 그리고 그애들이 서로를 부르는 이름을 들었다. 아이들의 소지품에 쓰인 이름을 살폈고, 그런 식으로도 확인이 안 되는 아이에게는 다가가 이름을 물었다.

하지만 고요를 찾지 못했다. 한 달. 그렇게 빨리 아이를 찾을 수 있으리라고 생각하지 않았다. 어떻게 아이를 찾을 수 있을지조차 아직 생각하지 못한 상황이었다. 하지만 마음이 급했다. 매일 밤

낮으로 바깥을 헤매었고 아이들을 찾았다. 그 아이들은 무심하게 자기 이름을 말했다.

고요라고 대답하는 아이는 한 명도 없었다.

아이는 찾지도 못하고 내 과거를 또다시 부정하고, 그다음에는 어떤 삶이 나를 기다리고 있을지 도무지 감이 잡히지 않았다. 교역소에서 내가 무얼 하고 있는지 모르는 채 기꺼이 사용당했던 것처럼 어쩌면 모래마을에서도 내가 하는 역할에는 별다를 게 없지 않을까 하는 불안감이 엄습했다.

그 불안감을 잊기 위해 나는 아이의 방을 만들었다. 나는 고요의 방을 만들었다. 그 안에 가구를 넣고 이불을 사서 장롱에 개어넣고 책상 위에 어린이 동화를 꽂았다. 신화와 그림책, 어린이 과학 잡지였다. 아이가 돌아오게 될 날을 상상했다. 우리가 만나는 날을 그려보았다. 그애가 그 방에 들어서는 모습을 수십 번도 더 떠올렸다.

엘리베이터 안에서 초조해하는 모습, 현관 앞에서 망설이는 모습, 신발을 벗고 낯선 집에 들이는 작은 발, 쭈뼛쭈뼛 들어서 방의 공기를 들이마시는 모습, 혼자 남겨지자 방안 구석구석을 둘러보기 시작하는 두 눈, 침대에 앉아 이불의 부드러운 감촉에 내려앉는 작은 어깨. 책장에 꽂힌 책들 중 가장 먼저 그애가 집어드는 건 뭐가 될까.

그런 생각들로 일주일은 완전히 지나가버렸다. 순서가 바뀌었을지도 모르지만, 고요의 방을 완성했으니 이제 고요를 찾기 시작해야겠다.

그렇게 생각했지만 막막했다.

고요의 얼굴이 몹시 궁금했다. 물론 그애가 어떤 목소리를 가졌는지, 말을 할 때 어떤 표정을 짓고 어떤 제스처를 쓰는지, 명랑한 아이였는지 조용한 아이였는지도 알고 싶다. 그애가 아침에 눈을 뜨면 머리맡에 둔 책을 꺼내 읽었는지, 눈을 비비며 거실로 나와 아빠와 엄마에게 달려갔는지, 먹성은 좋았는지, 음악을 좋아했는지 미술을 좋아했는지, 그 모든 것들이 알고 싶었다.

하지만 아무것도 떠올릴 수 없었다. 막다른 골목에서 차가운 흰색 콘크리트 벽을 마주보고 한 달을 지낸 기분이었다.

내가 그 아이를 안았을 때 어떤 표정을 지었는지 알고 싶었다. 또 그 아이가 나에게 안겨 있을 때 어떤 표정을 지었는지 말이다. 부모의 등에 업힌 다른 아이들처럼 고요라는 내 아이도 내 등에 완전히 몸을 기대고 깊은 잠에 들었을까.

아이가 다기조병 환자였다는 사실은 동영상을 통해서 확실히 알 수 있었던 사실이었다. 그러니까 몇 년 전 교역소에 찾아와 아이가 사라졌다고 신고한 그 두 사람처럼 나 또한 환자였고 기억을 잃은 것이다. 아이가 사라졌다는 사실조차 잊은 것이었다.

내 아이는 살아 있고, 아마 어딘가에 있을 텐데.

그 사람들의 아이들도.

L시의 모든 아이들이. 사라진 아이들 모두가.

초조한 내 심경을 우리씨만은 이해하는 듯 보였다. 교역소 출신이었기 때문에 아마도 그녀 역시 나와 비슷한 전철을 밟았는지도 모르겠다.

"술 한잔하겠어요?"

흰개들에 가입한 이후 두번째 모임이 끝나고 집으로 돌아가려 센터를 나오는데 우리씨가 나를 불렀다. 나는 적당히 적적한 심정이었기 때문에 흔쾌히 그녀를 따라나섰다.

우리는 해안을 따라 좀 걸었다. 할말이 꽤 쌓여 있었다. 교역소를 나오게 된 과정, 이사를 하고 모래마을에 들어오고 나서 겪었던 혼란, 그런 것들을 속시원히 털어놓고 그녀의 이야기도 좀 듣고, 뭐 그러면 좀 나아지지 않을까 싶었다. 나아지지 않더라도 서로의 처지를 공감할 수 있다는 건 꽤 운이 좋은 쪽의 일이었다.

그러나 어떤 이유에서인지 그녀가 옆에 서자 온몸이 딱딱하게 굳어버렸다. 아무 말도 하고 싶지 않았다. 나란히 해변을 걷는 것으로 만족했던 것일까. 지금 이 상황에 대해서 푸념하고 싶지 않았고, 사실대로 말하면 다시 돌아가고 싶다고 말하게 될까봐 두려웠다.

어쩌면 그게 나의 진심이었는지도 모른다.

"다기조와 싸우는 방법이 뭐냐고 물어보면 말해줄 겁니까?"

우리씨가 나를 흘끗 보더니 웃었다.

"말해주면 그렇게 할 건가요?"

나는 바다로 떨어져내리는 해를 보았다. 물결 위에 쏟아지는 황금빛에 잠시 눈을 팔았다.

"내가 그렇게 못할 사람처럼 보입니까?"

"그런 걸 내게 물을 필요가 없으니까요."

나는 고개를 돌려 우리씨를 쳐다봤다.

"나도 알지 못해요. 하지만 당신이 진짜 원한다면 그렇게 될 거예요."

"그 비슷한 얘기를 케이가 했었어요."

나는 우리씨에게서 케이의 모습을 겹쳐 보았다.

"그리워하고 있지요?"

"적어도 그때의 일들은 기억할 수 있으니까, 그립기도 합니다. 그립지 않다면 거짓말이겠지요."

나는 그 자리에 얼어붙은 듯 서서 무거운 한숨을 내쉬었다.

그녀의 말대로였다. 교역소가 그리웠다.

고요를 만나고 싶었지만 고요의 기억을 모조리 잊었고 그러므로 고요를 그리워할 수 없었다.

"네, 그립습니다. 기억이 나니까요. 하지만 내 아이에 대해선 아무엇도 기억나지 않습니다."

나는 모래 위에 웅크리고 앉았다. 해변의 모래는 저녁인데도 아직 뜨거웠다. 우리씨도 내 옆에 앉았다.

"이해한다고 말하지는 않겠어요. 하지만 뭔지 알 것도 같아요. 자기가 원하는 게 뭔지 모르면서 그걸 원해야 한다는 것을요."

"난 단지 내게 아이가 있었다는 영상을 보았고, 이제는, 사실 그 동영상의 내용이 점점 희미해지고 있어요. 게다가 이런 생각까지 듭니다. 그 영상이 조작된 것이라면요? 아니면 내가 뭘 잘못 먹고 헛소리를 했는지도 모르죠. 기록이라는 것을 내가 어떻게 그토록 전적으로 신뢰했는지 모르겠습니다. 도통 기억이 나지 않는다는 말입니다. 내게 정말 아이가 있었을까요? 이봐요, 내게 선명한 것은 교역소에서의 삶이에요. 말라버린 도시와 말라버린 사람들과 말라버린 심장 말이에요."

우리씨가 내 어깨에 손을 올렸다.

손이란 따뜻하구나.

우리씨의 부드럽고 따뜻한 손. 나는 그런 손을 L시에서 본 일이 없었다. 내 마음이 전해졌는지 우리씨는 손을 거두지 않고 잠시 그렇게 가만히 있었다.

"당신이 L시에서 보낸 시간 때문이겠지요."

나는 고개를 끄덕였다.

"이곳에서 또다른 것들을 경험해본다면 달라지는 것들이 하나둘씩 또 생길 거고요. 좀더 여유를 가져요."

여유를 가지라는 말이 잔인하게 들렸다. 나는 어깨에 힘이 빠졌다. 내게 며칠밖에 더 남지 않았다고 느낄 만큼 안간힘으로 버티고 있었다. 내 아이가 없는 이곳에 슬슬 화가 나기 시작했다.

바다에 빠진 바늘을 찾는 기분이었다.

여유를 가지라니.

모래마을에서의 생활은 좀처럼 적응이 되지 않았다. 이곳에는 교역소에 없는 활기와 진심, 사랑과 우정, 동지애, 내가 그토록 그리워했던 것들, 내게 결핍되어 있던 모든 것이 있었다. 겉은 세련되었으나 속은 병들어 있다는 괴리감, 이중생활을 하는 듯 공허한 마음 같은 것은 이곳에 없었다. 하지만 나는 모래마을의 진심과 생동감에 좀처럼 적응이 되지 않았고, 이곳에 온 것이 실수가 아닐까 하는 두려운 마음이 들기도 했다.

내가 다기조에 끝끝내 저항할 수 있을까?

나 자신을 의심하고 있었다.

우리씨는 확실히 예전과는 달라 보였다. 예전의 우리씨라고 할 수 없을 정도로 단단하고 굳센 인물이 되어 있었다. 그건 축하할 만한 일이겠지만 그래서 나는 그녀에게서 친근감을 느끼기 어려

웠고 또다시, 마치 교역소에서 우리씨를 그리워했듯이 이번에는
케이가 보고 싶었다.

저항하는 것을 포기하고 다기조를 완전히 받아들인 케이 말이
다. 그 삶에서 벗어나는 것을 원하지 않는다고, 차라리 자기 속내
를 솔직하게 꺼내 말할 수 있었던 케이 말이다. 남들 눈에는 우스
워 보일지 모르겠지만 자기만의 삶의 규칙을 만들고 기꺼이 그 안
으로 들어간 케이 말이다.

케이가 보고 싶었다. 적어도 나는 케이를, 케이와 보낸 날들을
기억하고 있었으므로.

"무슨 생각을 하고 있는지 알아요."

우리씨가 담담한 목소리로 말했다.

나는 우리씨의 등을 밀치고 그녀와 한판 붙고 싶었다. 네가 뭘
아느냐고, 애초에 당신이란 사람은 나와 다르다고, 이런 나약한
감상 따위에 시간을 낭비할 사람이 아니지 않느냐고, 섣불리 알은
척하지 말라고, 나는 교역소를, 내 자리를, 내가 하던 일들을, 그
무미건조한 입력 기계로서의 나 자신을 사랑했다고 소리치고 싶
었다.

그러나 나는 입을 다물고 그녀의 뒤를 따라 묵묵히 걸었다. 그
모든 혼란한 감정들이 나였다. 나 자신이었다. 나는 나를 바라보
는 대신 그녀를 보았다. 우리씨의 등은 단단했으니까. 그녀가 단
지 앞서 걷고 있다는 것만으로도 어쩐지 안심이 되는 그런 등이었

으니까.

나는 그녀가 내 그런 마음의 소리들을 듣고 있다는 생각이 들었다. 그래서 뒤돌아 나를 보지 않고 그저 앞으로 앞으로 걷기만 하고 있다고 말이다.

"사실을 말하고 싶어요. 난 후회하고 있어요. 돌아가고 싶어요."

내 입에서 그런 말이 튀어나와버렸다. 그러나 우리씨는 들은 체하지 않았다. 멈추지 않고 그저 앞으로 걸었다.

나는 그녀의 뒤에 바싹 붙어섰다.

"돌아가고 싶단 말입니다. 다시 교역소로 가고 싶어요."

나는 고개를 떨어뜨렸다.

길게 뻗은 모래사장이 지루하고 끔찍했다. 잘 닦인 아스팔트를 시속 이백 킬로미터로 질주하고 싶었다. 스쳐지나가는 황폐한 도시에서의 불행을 마음껏 즐기며 나 자신을 연민하면서 그렇게 내 과거를 지우며 나를 무미건조한 하얀 인간으로 만들어가고 싶었다.

하지만 어떤 힘이, 내 안의 것인지 밖의 것인지 모르는 힘이 나를 여기서 나가지 못하도록 단단히 붙들고 있었다.

나는 더이상 어쩌지 못하고 그 자리에 주저앉았다.

"난 내가 저항할 수 있을 거라고 생각했어요. 근데 아니란 말입니다. 난 한 달 만에 지쳐버렸습니다. 끝나버렸다고요. 이곳을 못 견디겠어요. 싸움은 기약이 없고, 시작되지 않을지도 모르는 그

싸움에 내 인생을 걸 순 없어요."

"싸움은 시작됐고 우리가 이깁니다. 당신이 어느 편에 서든 그건 당신의 자유지만요."

나는 힘없이 고개를 끄덕였다.

나는 무엇을 원망하고 싶었던 것일까?

아니면 그냥 투정이라도 부리고 싶었던 걸까?

저녁노을이 모래사장을 붉게 물들였고 내 얼굴도 따라서 붉어졌다. 나는 고개를 떨어뜨렸고 해안의 바위 위에 아이들이 쓰는 멜로디언이 떨어져 있는 것을 보았다.

거기에는 검정색 매직으로 커다랗게 이름이 쓰여 있었다.

내가 찾던 그 이름이.

검은 구름 주간

    모래마을 해안 저 끝에 흰 섬이 솟아올랐다. 흰 섬이라고 해도 좋고 흰 산이라고 해도 좋았다. 그것은 거대한 쓰레기 더미였다. L시에서는 다기조병과 관련한 모든 물품을 흰 봉투에 수거했고 수거한 쓰레기는 모래마을로 보내졌다. L시에서 흘러온 쓰레기들이 하나의 섬을 이루었다. 하나의 산을 이루었다.

    나는 언젠가 읽었던 이야기를 하나 떠올렸다. 그 이야기의 제목은 '흰 코끼리를 닮은 산'이었다. 낭만적인 제목에, 낭만적인 배경에 연인들의 대화가 담겨 있다. 그 이야기를 정확하게는 이해할 수 없었다. 하지만 그들이 이야기를 나누는 배경만은 꽤나 선명히 기억하고 있고, 특히나 이야기의 제목을 잊지 않고 기억한다. 그건 분명 기억에 꽤 오래 남을 만한 제목이었다.

그 이야기에는 두 사람이 등장한다. 그들은 바에서 술을 마시며 대화를 나누고 그 대화가 이야기의 전부다. 남자와 여자는 연인 사이로 보이는데 그들의 대화는 일상적인 것처럼 들리기도 하고 대단한 의미를 함축하고 있는 것 같기도 하다. 대화 중간에 여자는 창밖으로 보이는 거대한 산이 햇빛을 받아 반짝이는 것을 본다. 그리고 그것이 코끼리의 등 같다고 말한다. 그 소설을 읽을 때도, 그리고 지금도 나는 그 소설에 왜 반짝이는 산이 등장했는지, 그 여자가 왜 그걸 봤는지, 그리고 왜 그 이야기를 했는지 완전히 이해하지 못했다. 그리고 가끔 누군가에게 그 이야기를 들려줬다. 그 소설의 제목은 '흰 코끼리를 닮은 산'이야. 어때? 멋있는 제목이지? 그만큼 멋있는 이야기고.

그런데 모래마을에 흰 섬이 떠올랐을 때 나는 그것이 거대한 코끼리, 코끼리의 등을 닮았다고 생각했고, 그 생각이 예전에 읽었던 그 이야기 속에 나오는 비유임을 깨달았다. 나는 그 여자의 심경을, 나는 한 번도 경험해본 일이 없는 그 인물을 아주 조금쯤 이해할 수 있을지도 모르겠다고 생각했다.

여자가 본 것은 정말 산이었고, 흰 산이었고, 진짜 코끼리를 닮았을 것이다. 내가 본 것은 그렇지 않았다. 산이 아니었고, 정확하게는 흰색이 아니었고, 사실은 코끼리를 닮지도 않았다.

그것은 거대한 쓰레기 더미일 뿐이었다.

가까이 가면 참을 수 없는 냄새가 났고 끔찍한 색깔이었다. 아주 멀리서 그 쓰레기 더미가 작은 산이나 섬처럼 보일 때 그것은 흰색으로 빛났고 냄새가 나지 않았고, 그래서 흰 코끼리 등을 닮은 소설을 떠올릴 수도 있었다. 코끼리의 등이 가장 높이 솟아오르는 밤에 등은 소각되었다.

다들 창문을 닫고 문을 단단히 걸어 잠그고 밖에는 일절 나오지 않았다. 소각을 담당하고 있는 이들만이 방독면을 쓰고 방독가운을 입고 나왔다. 일을 하기 전에는 몸에 좋은 음식을 잘 챙겨먹었고 최상의 컨디션을 만들어두었다. 그들은 소각 외에는 다른 일을 하지 않았다. 밤을 새 흰 섬이 사라질 때까지 쓰레기 더미들을 완전히 태우고 나면 입었던 옷을 벗어 그것마저 태우고 난 뒤 집으로 돌아가 긴 잠을 잤다. 한 달 동안 깊은 잠에 들고 나야 다시 일어날 수 있었다. 그러고 나서 그들은 다시 쓰레기를 태우러 일어났다. 그것이 소각 담당자들의 삶이었다.

오늘은 시에서 물품을 실은 트럭이 들어오는 날이다. 그 트럭들의 짐칸에 무엇이 실려 있는지 이제야 알게 된 셈이다.

내가 한때 교역소에서 담당했던 일은 그 트럭들의 대수와 짐칸에 실린 물품들이 서류에 표기된 숫자와 동일한지 확인하는 일이었다. 트럭에는 서류에 쓰여 있는 숫자를 초과한 물품들이 실려 있었다. 대개는 초과 상태였기 때문에 오차값이 크지 않으면 그냥 통과시키는 경우가 많았다. 중앙에서 L시를 통과하는 수없이 많은

트럭들을 보았다. 어떤 날에는 그냥 트럭을 보기만 해도 짐칸에
실린 분량을 헤아릴 수 있을 정도였다.

L시의 경계에서 그동안 수없이 많은 트럭들을 통과시켰으면서
이제야 그 트럭에 실린 것이 무엇인지 알게 되었다는 것은 이상한
일일지도 모른다.

이제 나는 교역소를 나왔고, 더이상 L시의 주민이 아니며, 트럭
의 짐칸에 뭐가 실렸는지 볼 수 있게 되었다. 그러고 나니 이전의
내가, L시의 주민이자 교역소의 직원이었던 내 삶이 통째로 기이
하고 이상하게 보였다. 어떻게 뭔지도 모르면서 그것들을 내가 사
는 도시로 들여보내고 그곳에서 내보냈을까 하는 생각이 이제야
고개를 들었다.

우리씨와 함께 트럭들을 매립지로 인솔했다. 트럭에는 다기조
관련 물품들이 실려 있었고 특수 처리된 소각장은 모래마을에만
있었기 때문에, 다기조와 관련한 거의 모든 물품들은 이곳으로 흘
러들어온다고 해도 틀리지 않았다.

소각장에 도착해서 놀란 것은 거기에 거의 아무런 특수 장치도
없다는 점 때문이었다. 그곳은 그냥 소각장, 그것도 내가 초등학
생 시절 운동장 뒤편에서 본 검은 그을음으로 가득한 시멘트로 대
충 만들어진 공간, 그뿐이었기 때문이다.

트럭의 짐칸이 열리고 쓰레기 더미들이 소각장의 바닥으로 떨
어져내렸다. 언뜻 보기에 그것들은 다기조 감염 물질로 보이지 않

왔다. 도시에서 사용한 온갖 물품들이었고 간혹 병원에서 나왔을 것으로 추측되는 더미들도 있었다. 콧속으로 불쾌한 냄새가 밀려 들어오자 두통이 시작되었다.

나는 머리를 감싸쥐었다.

"이게 우리가 수입한 것들입니다. 중앙으로부터 돈을 받고 떠안 은 물품들이요."

"그건 그렇고 모래마을은 특수 처리된 시설이라고 들었는데 이 소각장 꼴에 대해서 난 좀 설명을 들어야겠어요."

"그렇게 알려진 것뿐이에요. L시의 사람들에게 이곳은 사람이 살지 않는, 오래전에 폐쇄된 마을이고 거대한 특수 정화 처리 시 설이 설치되어 있는 공간이죠. 그냥 거짓말이에요. 거짓으로 설명 된 그 공간의 실제 모습이 이거예요."

나는 아무래도 우리씨의 말을 이해할 수 없었다.

내가 궁금한 것은 왜 그래야만 하는가? 라는 것이었다. 왜 그런 일이 일어났어야만 하는가 말이다. 일어났는가, 가 아니라 일어났 어야만, 이다. 하지만 이건 아니었다. 이건 어쩔 수 없는 일에 속 한 일이 아니었다.

특수 처리 시설을 설치하면 이런 끔찍한 광경은 벌어지지 않을 수 있었다.

"왜 이렇게 처리하는 겁니까?"

"그렇게 하면 돈이 안 되니까요."

우리 둘은 대화를 멈추고 쓰레기들이 소각장을 가득 메우는 광경을 바라보았다.

트럭에서 운전수가 내리더니 기기에 서명을 요청했다. 우리씨가 입력창에 흘림체로 자기 이름을 적었다.

"수고하십니다."

운전수가 명랑한 목소리로 인사했다. 그의 목소리가 터무니없이 명랑해서 웃음이 나올 지경이었다. 그는 매일 여기에 쓰레기를 던지고 가면서 아무렇지 않게 이곳 주민인 우리씨와 나에게 인사를 건네고 있는 것이었다.

"담배 하나 얻어 피울 수 있습니까?"

그가 넉살 좋게 물었다. 우리씨가 주머니를 뒤졌다. 나는 그녀가 담배를 피우는 것을 전에 본 적이 없었다.

"사무실에 두고 온 모양이네요."

"아쉽네요. 저도 곧잘 담배를 두고 다녀요."

두 사람은 친근하게 몇 마디 주고받았다. 얼굴 정도는 알고 지내는 사이 같았다.

"다음달에는 다른 사람이 올 겁니다."

"일을 그만두십니까?"

운전수가 고개를 끄덕였다.

"병에 걸렸어요. 더이상 일을 할 수 없게 됐습니다."

트럭이 떠났다. 우리씨는 몇 개의 쏘시개 뭉치에 불을 붙여 소각장을 향해 던졌다. 쓰레기들이 마치 기다렸다는 듯이 타오르기 시작했다. 얼굴이 아플 정도로 뜨거워졌지만 뒤로 물러서기는 싫었다. 우리씨가 불 뭉치 하나를 더 만들어 던졌다. 불길은 무섭게 타오르며 하늘 높이 치솟았다.

불길이 번지는 소리가 귀를 먹먹하게 울렸다. 가슴이 두근거렸다. 전에 한 번도 들어보지 못한 거대한 호흡이었다. 그 소리에 내가 온통 잡아먹힐 것 같았다. 숨이 턱턱 막혔다. 얼굴이 아팠다. 피부가 끊어질 듯 뜨거운 열기가 점점 더 가까이 다가오고 있었다.

"위험해요. 뒤로 좀 물러나요."

우리씨가 내 어깨를 잡아당겼다. 뒤돌아보자 그녀의 얼굴이 불길에 반사되어 붉게 일렁이고 있었다. 불길 때문에 그녀의 표정을 제대로 볼 수 없었다.

산은 온통 붉게 타오르고 있었다. 그것은 더이상 흰 산이 아니었다.

나는 다시 흰 코끼리를 닮은 산을 떠올렸다.

다시 말하지만 나는 그 이야기를 십 년도 더 이전에 읽었고 그게 꽤 멋진 이야기라고 생각했었다. 멋진 이야기지만 그 이야길 다 이해하진 못했다. 어쩌면 다 이해하지 못했기 때문에 멋지다고 생각했는지도 모른다. 그런데 그 붉게 타오르는 흰 코끼리를 닮은 산을 보면서 나는 그 소설을 이해하게 되었다.

그 소설은 더이상 멋지지 않았다. 그들은 끔찍한 대화를 주고받왔다. 그들은 연인이 아니었다. 그들이 흰 코끼리를 닮은 산을 바라보면서 나누던 이야기는 잔인했다.

우리씨가 다시 내 어깨를 잡아끌었다.

불길이 타는 소리 때문에, 그녀가 내게 뭐라고 하는지 잘 들리지 않았다. 하지만 나는 고개를 끄덕였다. 그녀가 하는 모든 말을 다 알아듣겠다는 듯이 고개를 힘차게 끄덕였다. 내 눈에는 눈물이 흐르고 있었고 어깨를 덜덜 떨면서 울고 있었다.

"너무 더워요. 더워서 그럽니다."

그건 사실이었다. 온몸이 너무 뜨거워서 당장이라도 토할 것 같았다. 토하면 몸에서 불덩이가 나올 것 같았다. 나는 입을 꼭 다물고 겨우 심호흡을 하면서 구토감을 억눌렀다.

폐기물을 태운 연기가 모래마을의 하늘을 온통 검게 뒤덮었다.

"왜 시설을 제대로 설치하지 않는 걸까요?"

"아까 말했듯이 돈이 되지 않는 거예요. 당신은 여기에 거대한 음모나 엄청난 계획 같은 게 있다고 생각하고 있나봐요. 그게 어쩌면 이 세계에 대한 최소한의 기대일지도 모르겠어요. 이 지경으로 엉망이 되었지만 거기에는 어떤 의미 같은 게, 해석되어야 할 무엇이 있을 것이라는 게 내가 보기엔 당신의 기대인 것 같아요."

나는 말을 잘 듣는 아이처럼 고개를 끄덕였다.

"아무 의미가 없어요. 그저 이렇게 하는 게, 하나의 마을을 완전히 매몰시키는 것이 가장 경제적이고 효율적이니까 이렇게 하는 겁니다. 이 마을 사람들은 그저 그에 저항할 힘이 없는 가장 가난하고 힘없고 약한 사람들이고요."

그날 밤에는 흰 눈이 쌓인 산을 헤매는 꿈을 꾸었다. 너무 춥고 배가 고팠고 무엇보다 그 산에는 아무도 없었는데 아무리 걸어가도 끝이 없이 둥글게 휘어진 길만 계속 나왔다. 순간 발이 빠졌다. 발밑의 하얀 것은 눈이 아니라 다기조에 감염된 사람들의 손이었다. 거대한 손의 무덤들 위에서 나는 길을 잃어버렸다.

시에서 쓰레기를 수입하고 있다는 흰개들의 터무니없는 주장이 사실로 밝혀지면서 그동안 들었던 온갖 허황된 얘기들 모두가 어쩌면 사실일지도 모른다고, 실제로 일어나고 있는 일들일지도 모른다고 생각하게 되었다. 등골이 서늘한 일이었다. 몸이 아주 뜨거워졌다가 다시 차가워졌다. 너무 무서워서 정신이 얼떨떨했다.

소각이 끝난 뒤에는 시름시름 앓으며 잠만 잤다. 잠을 자다가 다시 깨면 게걸스럽게 배를 불리고 다시 이불 속으로 들어갔다. 가끔 창밖을 내다보면 마을은 온통 검었다. 마을 주민 모두 집밖으로 나오지 않고 꼼짝없이 은신을 하고 있는 모양이었다.

재와 함께 하늘로 떠오른 검은 연기가 조금씩 아래로 가라앉고 있었다. 구름이 집들의 허리를 휘감고 마을 전체가 어둠에 잠겼다. 오직 흰 개들만이 거리를 나다녔다. 개들에게는 검은 구름이 보이지 않는 모양이었다.

검은 구름은 한 달 내내 마을에 머물렀다.

검은 구름이 완전히 하늘을 뒤덮은 첫날 밤, 나는 잠에서 깨어 두리번거리며 멜로디언을 찾았다. 해변에서 주워온 멜로디언 박스가 싱크대 옆 구석에 놓여 있었다. 나는 지퍼를 열고 멜로디언을 꺼내보았다.

이게 정말 내 아이가 연주하던 멜로디언일까.

호스를 물고 건반을 누르며 아이는 즐거웠을까.

그런데 왜 해변에 버려져 있을까. 그런 생각들을 하면서 호스의 끝을 입에 물었다. 그리고 플라스틱 재질의 매끄러운 건반 위에 가볍게 손가락을 갖다댔다. 아무렇게나 건반을 눌러보았다.

갖고 있는 악보도 없었고 계이름을 외우고 있는 노래도 없었다. 게다가 내가 건반 위에 대고 있는 건 잘린 오른손이었다. 그러니까 나는 없는 손으로 없는 노래를 연주하고 있는 셈이었다. 그러나 멜로디는 귓가에 울렸다.

잘린 손목에서 고통이 느껴졌다. 전쟁에서 다리를 잃은 사람이 총에 맞은 고통을 다시 느낀다는 이야기를 전에 들어본 적이 있었다. 보이지 않는 손이 자꾸 아팠다. 손이 있다면 잘라버리기라도 하겠지만 없는 손이 아파오니 방법이 없었다. 나는 손목을 붙잡고 방바닥에 엎드렸다. 이를 악물었다. 신음소리를 내고 싶지 않았다. 손목을 붙들고 머리를 바닥에 박고 몸을 둥글게 말았다.

잠시 의식을 잃었었는지 깨어났을 때는 온몸이 식은땀으로 축축했다.

누군가 내 방에 다녀간 게 아닐까?

기분이 이상했다. 방을 둘러보며 잃어버린 물건이 없는지 살펴보았다. 누가 가져갈 만한 귀중품을 가지고 있지도 않았거니와, 사실 누가 집에 들어올 리도 없었다. 하지만 내가 모르는 어떤 일인가가 일어난 것만은 분명했다. 나는 멜로디언 박스가 여전히 그 자리에 있는지 확인했다. 그건 여전히 그곳에 있었다.

박스에 아이의 이름이 그대로 쓰여 있었다.

목이 몹시 말랐다. 싱크대에서 수돗물을 받아 일단 목을 축였다. 그러고 나서 빈 컵을 바닥에 떨어뜨렸다.

나는 없어져버린 오른손으로 컵을 쥐고 있었다는 사실을 깨달았다. 손은 여전히 없었다. 하지만 나는 그 손으로 방금 전에 컵을 쥐었던 것이다. 그리고 그 사실을 깨닫자 컵은 바닥에 나동그라졌다. 반쯤 남은 물이 바닥을 적셨다. 나는 쭈그리고 앉아 오른손이 쥐었던 컵을 바라보았다. 그것이 내 오른손의 흔적이기라도 하듯이.

그다음에 나는 다시 내 없는 오른손으로 그 컵을 집었고 싱크대 위에 올려놓았다.

손은 사라진 것이 아니다.

손은 떨어져나간 것이 아니다.

손목에 고스란히 붙어 있다.

왼손으로 오른손을 쥐어보았다.

그건 내 오른손이었다.

나는 조용히 눈물을 흘렸다.

다시 손을 찾게 되어서가 아니라 내 아이를 만날 수 있게 되리라는 생각이 들었기 때문이다.

흰 가루들이야말로 실제로는 없는 것일지도 모른다. 흰 가루가 보이지 않으니 이제 아이들이 보일 차례라고, 나는 나 자신에게 일러주었다.

개들이 짖었다. 그리고 또 어떤 소리를 들었는데 그것은 아이들의 목소리였다. 체구가 작은 사람의 발소리가 들렸다. 타닥타닥하고 땅을 가볍게 내딛는 사람의 발소리였다. 그것은 아마 작은 아이의 발소리 같았다. 커튼을 걷고 밖을 내다보았다. 검은 구름은 이제 거의 땅 밑에 깔려 있었다. 흰 개들이 마치 구름을 몰아내려는 듯이 컹컹 짖었다. 그 소리에는 위엄이 서려 있었다. 흰 개들이 지나간 자리마다 검은 구름이 바닥으로 납작하게 들러붙었다가 순식간에 꺼져들어갔다. 흙빛 길이 나타났고 그다음에 나는 아이들을 보았다.

가벼운 발소리를 내며 아이가 지나갔다. 키는 겨우 내 허리 정도밖에 되지 않았고 아직 걷는 것에 서투른 작은 꼬마였다. 걷는다는 사실이 마냥 즐거운 듯이 그 아이는 한 발짝씩을 내밀었다. 아이의 주변은 아직 검은 구름이 둘러싸고 있었지만 아이의 눈에는 보이지 않는 것 같았다. 그 검은 구름이 아이에게 다가올라 치면 개들이 꾸짖듯 컹컹 짖었다. 그러면 구름은 다시 뒤로 주춤주춤 물러났고 기운이 약해진 구름을 땅이 빨아들였다. 헛것을 보듯이 나는 아이들이 땅을 걷는 것을 바라보았다.

그 아이들 중에 내가 알고 있는 아이를 찾았다. 그 아이는 언젠가 내가 경마장에서 본 적이 있는 아이였다. 부모를 잃은 듯 보였고 내 곁에 머물다 가버렸던 그 아이였다.

나는 아이를 불렀다. 하지만 입만 벙긋거릴 뿐 소리가 나오지 않았다.

고요야.

소리가 나지 않았으므로 아이는 내 목소리를 듣지 못했다. 아이는 땅에 작은 발을 디뎠고 한걸음씩 앞으로 걸었다. 아이는 웃었다. 그러고 나서 또 걸었고 그 아이가 걸을 때마다 아이의 몸처럼 가벼운 발걸음 소리가 타닥타닥 마을을 울렸다.

고요야.

나는 그 아이를 알고 있었다. 아내와 경마장에 갔던 날 그애는 매점 앞에서 나와 이야기를 나누었다. 내가 이름을 물었고 그애가 대답해줬다.

나는 왜 부모가 아이에게 그런 이름을 붙여줬는지 궁금했었다.

아이들에게는 어울리지 않는 이름이라고 생각했다. 내가 부모라면 좀더 활기차고 명랑한 이름을 붙여줬으리라. 고요. 그 이름은 아이에게 어울리지 않는다. 창문을 열고 나는 아이를 불렀다. 그애도 나를 기억하고 있을 것 같았다.

창을 열자 아이보다 먼저 흰 개가 나를 향해 몸을 틀었다. 개가 컹 짖었지만 나는 아랑곳하지 않았다.

고요야.

아이가 고개를 돌려 나를 보았다. 나는 다시 그애의 이름을 불렀다.

고요야.

아이가 타박타박 가벼운 발소리를 내며 내게 왔다.

날 기억하지?

고요가 고개를 끄덕였다.

어딜 가는 거냐?

밖은 아직 위험해 보였다.

괜찮아요. 친구들도 함께 있고, 개들이 우릴 지켜주고 있으니까 위험하지 않아요.

검은 구름 때문에 마을의 모습은 전혀 보이지 않았고 그래서 바깥은 꿈속같이 멀게만 느껴졌다. 아이는 바로 내 앞에 있었지만 그애와 나는 다른 세상에 있는 것 같았다. 대화를 나누고 있다는 사실이 기적처럼 느껴졌다. 간신히 그애의 목소리가 들렸고 또 간신히 내 입술을 열어 소리를 만들어냈다.

어디에 가니? 그리고 그동안 어디에 있었지?

아이의 모습이 흐물거리기 시작했다. 개들이 일제히 이쪽을 향해 돌아섰다. 엄중하게 나를 비난하듯이 컹컹 짖었다. 개들이 짖을 때마다 아이들의 모습은 점점 흐릿해졌다. 검은 구름이 다시 땅 밑으로부터 기어올라왔다. 마을의 모습도, 아이들도, 그리고 개들도 마침내 보이지 않았다. 온통 검은 연기로 가득한 허공에서 컹컹, 컹, 컹컹, 하고 개들의 짖는 소리만이 귀를 메웠다. 귀가 멍해져왔고 머리가 아팠다. 어지러웠고 다시 구토감이 밀려왔다. 몸이 쓰러지기 직전에 겨우 창을 닫았다.

다시 아이들의 발소리가 타닥타닥, 하고 기분좋게 땅을 딛고 온 마을에 퍼져나가기 시작했다.

복구되는 땅

　모래마을에서는 그것을 더미라고 불렀다.

　한 달여간 마을을 온통 잠식했던 검은 구름은 조금씩 내려앉아 결국 땅 밑으로 완전히 스며든다. 스며든 검은 구름은 흙속에서 굳어져 무정형의 덩어리로 응고되는데 그걸 흙에서 캐내면 더미라고 부른다. 더미를 모아 비닐에 담고 다시 지정된 구역 깊은 곳에 묻는다. 캐낸 더미를 도로 땅에 묻어야 하는 마음은 원통하다. 더미가 묻힌 곳 주변에는 사람들이 살지 않고, 건물을 세우지도 않는다. 급수 관련 시설은 절대 금하고 아이들이 접근하지 않도록 주변에는 울타리를 쳐둔다.

　더미가 묻힌 지역 부근의 공기는 매캐하다. 울타리에 접근하지 않더라도 근처에 거주하는 이들은 한 달에 한 번씩 정기검진을 받고 있다. 거주민의 30퍼센트에게서 다기조 진행률이 급증했다. 이곳에도 여러 가지 요인으로 인한 생활의 격차가 존재하고, 또 어떤 이들은 이곳을 떠난 삶을 상상할 수 없다. 그들은 여기에 살고 있다. 여기는 모래마을이고 다기조 발병 지역으로 이주가 금해진 구역이다. 다기조 폐기물들이 들어오고 외부에는 사람이 살지 않는 구역으로 홍보되는 곳에 아직도 사람들이 살고 있었다.

그들은 여기가 다기조의 발병 지역이 아니라고 주장하면서 이 지역을 지켜내고자 한다. 그들은 L시의 사람들과 다른 방식으로 다기조를 앓고 있다. 다기조는 그들에게 손이 떨어져나가는 병이 아니다. 온몸이 부스러지는 병이다. 그래도 그들은 신체 부위를 떨구어내지 않고 끝끝내 다기조에 저항한다. 나는 아직 마을 사람들이 손을 포기하지 않는 이유를 찾지 못했다.

아침에 눈을 뜨자 다시 거리에서 사람들의 목소리가 들려왔다. 검은 구름에 잠식당한 지 일주일도 되지 않았는데 창문으로 들어오는 햇살이 마치 세상에 처음 태어나 경험한 것인 양 눈부셨다.

나는 잠시 눈을 감고 얼굴 위로 떨어지는 햇살을 느껴보았다. 그것은 따뜻했고 고작 일주일 동안 어둠에 갇혀 있었을 뿐인데 내 생애 처음으로 볕을 받는 듯 감격스러웠다. 빛은 내 안의 두려움을 녹여 사라지게 만들고 있었다. 조금만 더, 라고 일이 분씩을 연장하면서 나는 방안으로 쏟아져들어오는 환한 빛을 느꼈다.

사람들이 움직이는 소리, 두런거리면서 나누는 이야기들이 간간이 들려왔다. 빵과 우유로 간단히 아침을 때우고 밖으로 나갔다.

다들 밖에 나와 있었고 손에는 쟁기 비슷한 도구를 들고 있었다. 옆에서는 커다란 봉지의 입구를 벌려 땅에서 캐낸 것을 담아내고 있었다. 희라의 모습도 보였다. 희라가 끌고 다니는 봉지는 벌써 반 이상이 차 있었다. 희라에게 다가가 봉지 안을 들여다보았다. 검고 꾸물거리는 것이 흐물거리고 있었다.

"이게 뭡니까?"

"땅속에 스며든 검은 구름을 캐내고 있어요. 일주일 동안 당신도 집 밖에 못나오고 검은 구름에 잠식당한 것을 다 보았잖아요."

희라가 힘차게 쟁기를 땅에 꽂았다.

툭, 소리가 나며 쟁기가 바닥에 꽂혔다. 땅에 꽂은 쟁기 위에 몸을 기대며 희라가 나를 보았다.

"땅속을 들여다봐요. 이 꾸물거리는 검은 구름들을 좀 봐요."

과연 희라의 말대로 흙속에는 형태가 정해지지 않은 덩어리들이 그득했다.

"검은 구름이 가라앉을 때마다 매번 이렇게 거두어내야 해요."

"이렇게 해서 이 많은 걸 언제 다 거두어내나요?"

"그렇다고 그대로 둘 순 없잖아요. 여긴 우리가 사는 터전이에요. 집이고 고향이에요. 하나라도 더 캐내서 흙을 본래대로 되돌려놓는 수밖에 없어요."

나는 한숨을 내쉬었다. 이런 식으로 해서 언제 땅을 되돌려놓는단 말인가.

희라가 옆에 세워져 있던 쟁기를 내게 건넸다.

"그렇게 보고 있지만 말고 어서 도와요."

희라가 검은 포대를 내게 던졌다. 그걸 받아서 입구를 벌려 옆에 두고 땅에서 검은 구름들을 캐내기 시작했다. 꾸물거리는 덩어리들을 건져내 꾸역꾸역 담으면서 나는 지난밤에 내가 본 것들을 희라에게 말했다.

"아이들을 봤다고요?"

희라가 고개를 홱 돌려 나를 보았다.

나는 고개를 끄덕였다.

"검은 구름이 마을을 덮으면 아이들이 나타난다는 이야기를 나도 들었어요. 그 이야길 한 사람은 지금 이 마을을 떠났지만, 그 사람 눈에는 아이들이 보인다고 했고 난 그 사람이 아이들을 봤다면 아이들을 다시 마을로 되돌려줄 방법을 찾을 수도 있다고 생각했어요."

희라가 한숨을 쉬었다.

두 손으로 삽을 붙들고 땅을 향해 힘껏 꽂았다. 생각보다 검은 구름들은 묵직했다. 있는 힘껏 삽을 내리꽂아야 했다. 금세 목덜미가 후끈해졌다. 땅 깊은 곳에 삽이 박혔다. 단단한 땅의 감촉이

전해졌다. 삽에 담긴 검은 덩어리들을 봉지에 담았다. 꿀렁거리는 덩어리들이 봉지에 가득찼다. 모두들 삽을 들고 땅속에 스며든 검은 구름을 캐내는 작업에 열중하고 있었다. 사람들의 이마마다 땀이 흥건했다. 땀방울이 맺혔다가 마치 눈물처럼 천천히 떨어져내렸다. 나도 모르게 내가 우는 것처럼. 울고 났을 때처럼 속에 맺혀 있던 무언가가 내 안에서 밖으로 흘러나오는 것 같았다. 나는 셔츠의 끝으로 이마의 땀을 닦아냈다.

희라도 땀을 뻘뻘 흘리며 검은 덩어리들을 골라내고 있었다. 그녀 역시 나와 같이 아무것도 모르고 있었다. 무언가를 알기 때문이 아니라 이곳을 떠날 수 없어서, 이곳 모래마을을 사랑하니까, 또 이곳에서 태어나고 자란 자신의 삶과 주변 사람들을 사랑하니까, 그 마음으로 하루하루 버텨나갈 뿐 마을 사람들이 특별히 더 알고 있는 비밀 같은 건 아무것도 없다는 것을 알았다. 나는 더 힘주어 삽을 쥐고 땅을 향해 내리쳤다.

오늘 작업으로 백 분의 일 정도의 더미들이 거두어졌다. 앞으로 백 일간 이 작업이 계속될 거라고 했다. 그리고 백 일 후에는 트럭이 마을에 들어올 것이다. 마을은 다시 검은 구름에 둘러싸이고 검은 구름은 땅으로 가라앉고 마을 사람들은 다시 그 검은 구름을 캐낼 것이다. 백 일간.

모래마을에 산다는 것은 그것의 반복이었다.

우리씨는 내게 바람을 쏘이러 해안에 가자고 했다. 해안도 아직 복구되지 않아 갯벌도 검었고 바다도 검었다. 철썩이는 파도도 검었고 모래사장에 나 있는 발자국도 검게 팼다. 타오르는 태양만이 붉게 빛났다. 태양 주위를 물들이고 있는 노을은 보랏빛이었다. 검은 세상 속에서 타오르고 있는 그 빛들만이 제 빛깔을 유지하고 있었다.

우리씨와 나는 바다 위로 천천히 해가 지는 광경을 바라보았다.

나는 언젠가 과장이 내게 들려준 이야기를 기억했다. 그녀는 내가 하는 작업이 이전에 하던 일에 비해 지루하고 무료할 수 있다며 규격대로 땅을 파고 메우는 사람의 이야기를 들려주었다. 그 이야기는 삶에 대한 꽤 적당한 비유처럼 들렸다.

하지만 실제로는 그렇지 않았다. 우리들은 규격대로 살아가기만 하는 것이 아니었다. 더미를 파내는 작업에는 그 이야기와 다른 점이 있었다. 나는 그게 뭔지 찾아내고 싶었다.

우리씨는 바다 가까이 낮게 펼쳐진 노을을 바라보았다. 그녀의 얼굴에서는 아무것도 읽어낼 수 없었다. 평온인지 포기인지 담담함인지 감정의 절제인지 아무것도 느끼지 않음인지, 그게 아니라면 무엇인지.

"여길 떠나지 않는 이유가 뭡니까? 희라처럼 여기서 자란 사람도 아니면서 여길 들어온 이유가 뭡니까?"

우리씨가 먼 하늘을 바라보았다. 그 끝에는 아무것도 없었다.

"나도 내가 왜 여길 떠나지 못하는지 모르겠어요. 난 매일 이곳을 떠나고 싶어요. 이러다가 내일 아침에 이곳을 떠나게 될지도 모르죠. 그냥 여기에 다른 사람들이 남아 있기 때문에, 그래서 왔고 그래서 떠나지 못하는 것 같아요. 다른 누군가가 남아 있다면 여길 떠날 수 없다는 그런 마음이에요."

잔뜩 긴장하고 있던 어깨에 스르르 힘이 풀렸다.

"이곳이 복구될 수 있다는 희망을 갖고 있는 게 아닙니까? 아이를 찾을 수 있다고 생각하고 있는 거 아니고요?"

우리씨가 고개를 기울이고 잠시 뭔가 생각하는 듯했다.

"희망이라고 했나요?"

나는 고개를 끄덕였다.

"희망 때문에 살아남은 게 아닌가요? 모두들. 그렇지 않으면 왜 타협하지 않는 겁니까? 왜 이렇게 힘든 싸움을 하고 있는 거예요? 그렇게 온몸이 부스러져가면서 당신이 찾으려고 하는 게 대체 뭡니까?"

우리씨가 힘없이 웃었다. 그녀가 나를 물끄러미 바라보더니 물었다.

"근데 이동휘씨, 언제부터 그렇게 열정적이 되었나요? 교역소에서 본 당신은 감정이 없는 단단한 물체 같았는데."

우리씨가 희미하게 웃었다. 가느다란 봄바람 같은 미소였다.

"이제 당신도 이 마을 사람이 다 되어가네요."

나는 고개를 끄덕였다.

"석 달 뒤에 교역소 사람들과 협상이 진행될 거예요. 우린 올해 안에 교역소의 결정적인 문제점을 찾아내고 그 증거를 보여야 해요. 시간이 다 되어갑니다. 그러지 않으면 또 트럭이 들이닥칠 거요. 내가 할 수 있는 일이 있어요. 지금 여기 모래마을에요."

"교역소에서 중앙정부와 짜고 L시를 희생 도시로 조작하고 있다는 것 말이죠?"

"오직 L시만 봉쇄하면 다기조를 막을 수 있는 것처럼 홍보해서 이 도시를 매립하려는 계획에 대한 증거요. 그걸 찾아야 해요."

"교역소 사람들은 각자 맡은 일만 하고 있기 때문에 자기가 무슨 일을 하고 있는지 몰라요. 누가 교역소 대표로 시 회의에 참가하는지 알고 있습니까?"

"케이예요."

"케이요?"

예상하지 못한 대답이었다.

"케이는 나와 함께 고작해야 정보 압축과 폐기를 담당하던 사람이에요."

"그녀가 인사 전반과 교역소 총관리자로 승진한 게 지지난달의 일이에요."

아무래도 케이가 그런 중책을 맡는다는 것을 상상하기 어려웠다. 나에게 케이는 그저 우유와 카스텔라 정도를 생의 낙으로 삼으며 매일 똑같은 일상을 반복하는 것에서 안도를 찾는 소시민에 불과했다. 그녀가 그런 큰 책임을 맡고 있다니, 그 사이에 그녀에 게 엄청난 변화가 일어난 모양이다.

나 또한 마찬가지였다. 석 달 사이에 거의 다른 사람이 되어 있 었다. 불과 반년 전만 해도 다기조 중기 환자였고, 세상은 온통 회 색빛이었으며, 시력을 거의 잃어가고 있었다. 그러나 이제 천천히 기억과 감정을 되찾아가고 있었다. 그리고 오른손이, 다른 사람에 게는 보이지 않지만 분명히 움직이고 있었다.

L시를 생각하면 여전히 그곳으로 되돌아가고 싶었다. 교역소 건물, 교역물품확인과 지하 사무실의 내 자리에 앉아 케이와 가끔 건조한 농담을 주고받으며 입력창에 숫자와 기호와 문자를 입력 하고 싶었다. 내게는 그곳이 아름다운 시절의 추억처럼 기억에 남 아 있었다.

"나와 함께 가지 않겠어요?"

"나에게 자격이 있을까요? 난 아직도, 가끔 L시를 생각합니다. 교역소가 진짜 내가 있어야 할 장소 같고 이곳이 낯설어요."

"당신 달라졌어요. 다기조에 저항하고 있다는 걸 알 수 있어 요."

"케이를 만나는 것이 두렵기도 하고요. 어쨌거나 나는 그쪽에서 보면 배신을 한 거나 다름없으니까요."

"케이는 당신을 못 알아볼 거예요. 그는 굴복했어요. 다기조 말기 증상에 접어들었어요. 자신의 신체가 어떻게 되어가는지에 대해 완전히 무감각해졌고, L시에서 만들어낸 생각들을 자기 생각으로 받아들였어요. 그는 완전한 L시의 시민이 되었어요. 그는 이제 당신을 몰라요. 당신만이 그를 알아보겠죠."

시간이 흘렀다. 나는 이곳에서 이렇게 다른 사람으로 변하고 있었으면서도 케이는 당연히 늘 그 자리에 나와 있었을 때와 같은 표정으로 일하고 같은 자세로 사람들을 대하고 일을 하고 집으로 돌아갈 거라는 생각을 하고 있었다. 얼굴이 붉어졌다.

케이는 나에게 새로운 삶이 가능함을 알려준 동료였지만, 이제는 내가 싸워야 할 적이었다.

"조사 작업에 함께할 건가요? 함께 증거가 될 만한 정보를 찾아요."

나는 말없이 고개를 끄덕였다.

땡볕에서 한낮 내내 일을 하고 돌아오니 방바닥에 드러눕자마자 곯아떨어졌다. 일어났을 때는 아직 해가 뜨기 전 푸른 새벽이었다. 마치 죽었다가 다시 깨어난 것처럼 말끔한 잠이었다. 사방은 고요했고 언젠가 차창 밖의 세상이 회빛이었던 것처럼, 그리고 형태들이 무너져내렸다가 다시 선명해졌던 것처럼 온통 파랗게 물든 세상을 보았다. 나는 창가로 걸어가 아무 소리도 들리지 않는 적막한 공간을 보았다. 창마다 불이 모두 꺼져 있었는데 한 집만은 불을 환하게 밝히고 있었다.

　그 집에서 아이 하나가 걸어나왔다. 아이가 걸어나오자 바닥에 잔디가 깔렸고 해가 떠올라 잔디를 비추었다. 잔디 위에 매점이 생겼고 매점 저 너머로 어떤 여자가 서 있었다. 그 여자는 등을 보인 채 다른 방향을 바라보고 있었다. 내가 알고 있는 뒷모습이었다. 여자가 바라보고 있는 곳에 여덟 개의 레일이 그려졌다.

　힘차게 땅을 딛는 말발굽 소리가 귀를 울려왔다.

　여자가 뒤돌아 아이에게 물었다.

　"몇 번 말을 고를 거야?"

　"2번이요."

　"2번?"

　"아니, 5번이요."

　"5번?"

　"8번!"

　"그래, 네 마음대로!"

　여자와 아이가 마주보고 웃는다. 아이가 달려와 내 손을 꼭 잡는다.

　"몇 번이 좋겠어?"

　"8번이요. 역시 8번이 좋아."

　"그래, 8번."

　"아이스크림."

"그래, 하나씩 먹고 가자."

직원이 콘에 아이스크림을 꾹 눌러 담는다.

레몬맛과 우유맛을 각각 손에 쥐고 아이와 나는 잠시 계단에 걸터앉아 아이스크림을 먹는다.

조용하다 싶어 쳐다보니 아이는 다른 사람을 보고 있다. 경마신문을 펼쳐놓고 남자 하나가 상체를 숙이고 있다. 마치 거기에 쓰인 숫자에 자기 미래가 적혀 있다는 듯 비장한 표정으로 신문에 머리를 들이박고 있다. 아이의 얼굴이 덩달아 진지하다.

"탕!"

경기의 시작을 알리는 총소리가 경마장을 긴장으로 몰아넣는다.

고개를 들었을 때 아이가 없다는 사실을 깨닫는다. 어딜 갔지? 아내 쪽을 바라보지만 아내는 레일 위를 달리는 말들에 정신이 팔려 있었고, 사내 쪽을 봤지만 그는 여전히 신문에 고개를 틀어박은 채다. 나는 매점으로 달려갔다. 아이스크림을 파는 직원에게 좀전에 나와 함께 온 아이를 보지 못했느냐고 묻지만 그는 고개를 젓는다. 그는 너무 많은 아이들을 보았다. 보았다고 해도 기억할 리 없다. 아이스크림 가게에서 뛰쳐나와 이번에는 매표소에 가본다. 매표소에도 아이는 없다.

나는 아내에게 간다. 아내는 모자 위에 손을 가볍게 얹고 말들에게서 눈을 떼지 못한다.

"고요가 없어졌어."

"뭐라고?"

"고요를 잃어버렸어."

아내의 얼굴이 사색이 된다.

"8번 말이 들어왔습니다."

내가 쥐고 있는 티켓에는 8에 붉은 동그라미 표시가 되어 있다. 손에 힘이 빠진다. 티켓이 바람에 날아간다. 너무 많은 사람들이 있다. 하지만 여기에 고요는 없다.

아내가 황급히 출구 쪽으로 달려간다.

그 기억은 아주 선명하다. 하지만 또다른 선명한 기억 속에서 우리 가족은 경마장에 가지 못한다.

아내와 고요가 싸우는 데는 이제 질렸다. 더 상관하고 싶지 않을 정도다. 아내는 도시락을 싸다가 뚜껑도 덮지 않고 식탁 위에 내던지다시피 해놓고 방으로 들어가 문을 소리나게 쾅 닫는다.

"무슨 일이야?"

"몰라요."

고요가 고개를 젓는다.

"엄만 괜히 신경질이야. 늘 그렇잖아요."

고요의 단발머리가 가볍게 흔들린다.

"더워."

이마 위로 달라붙은 머리카락을 떼어내며 고요가 의자에 앉는다.

"내가 컵을 깨뜨렸거든요."

"컵을?"

"닦았어요. 바닥에 흘려서 흘린 걸 걸레질해서 다 닦았는데도 엄만 화를 내는 거예요. 대체 왜 그러죠?"

나는 주방 바닥을 본다. 흰 가루가 바닥에 흩뿌려져 있다.

"물이 아니라 베이킹소다를 쏟은 것 같은데."

고요가 고개를 젓는다.

"물을 쏟았어요. 컵이 손에서 미끄러지는 바람에……"

바닥에 떨어진 흰 가루는 베이킹소다가 아니었다. 내가 전에 본 적이 없는 물질이었다. 가볍고 어떤 것들은 서로 붙어 각질을 형성하고 있기도 했다. 아주 가벼워서 그저 가까이 갔을 뿐인데 바닥 위로 날렸다.

"난 그냥 실수로 물컵을 떨어뜨렸을 뿐이라고요. 근데 엄마는 화가 난 거고."

고요는 엄마를 도대체 이해할 수 없다는 표정이다. 나는 아내가 왜 화가 났는지 당장 알 필요가 없었고 고요에게 엄마의 행동을 이해시키지도 않았다. 나는 주방 바닥에 흩어져 있는 그 이상한 하얀 가루들이 뭔지를 알아야 했다. 심장이 두근거렸다. 고요가 없다면 비명이라도 지르고 싶었다.

"아빠, 거기 엎드려서 뭐해요? 엄마랑 똑같아. 엄마도 거기 그렇게 엎드려 있다가 화를 내고 들어갔다니까요."

나는 고개를 돌려 고요를 바라보았다. 고요의 오른손에 하얗게 가루가 덮여 있었다. 바닥에 쏟아져 있는 그 하얀 가루가 고요의 오른손을 덮고 있었고 팔 위로 올라와 있었다.

나는 고요에게 다가가 팔을 들어올렸다. 가루를 떼어내기 시작했다. 고요의 팔 위에 붙어 있던 가루들이 바닥에 떨어져내렸다. 나는 고요의 손에서 가루들을 털어냈지만 가루가 아니라 고요의 손이 통째로 바닥에 떨어졌고, 무언가 아주 가벼운 것이, 마치 작은 아이의 발소리보다 더 가벼운 무엇이 바닥에 부딪치는 소리가 들렸고, 마침내 그것이 부서졌다.

고요의 손이 부서진 채 바닥에 흰 구름을 만들었다가 흩어졌다.

손이 떨어져나간 채 고요가 나를 물끄러미 바라보았다. 고요의 입술이 씰룩거렸다. 눈가에 눈물이 고인 채 부들부들 떨면서 테이블을 겨우 붙잡고 서 있었다. 고요의 손목에서 스르르 흰 가루들이 떨어져내렸다.

나는 고요에게 다가가 아이를 꼭 안았다.

"괜찮을 거다, 아가야."

고요가 고개를 저었다.

"아니, 그렇지 않아요. 난 괜찮지 않아."

고요가 계속 중얼거렸다.

"난 다른 아이들처럼 될 거야. 몸이 다 부서져나가는 다른 아이들처럼 병에 걸렸어."

고요의 몸이 덜덜 떨렸다.

어떤 사람들은 이 삶을

희라가 운전을 하고 나는 조수석에 앉았다. 바리케이드를 지나 L시로 이어지는 길을 따라 나가는 것은 처음이었다. 길게 뻗은 모랫길에는 흰 개 몇 마리가 지나다닐 뿐 사람의 모습은 찾아볼 수 없었다. 검은 구름은 바리케이드 주변까지 뻗어 있었고 개들은 전처럼 햇볕 아래 늘어져 누워 있는 대신에 꼬리를 세우고 경계를 늦추지 않았다. 검은 구름을 향해 컹컹 짖어대는 녀석들도 있었다. 또 어떤 녀석은 땅속에 코를 박고 냄새를 맡고 흙을 파헤치고 있었다. 길을 좀더 빠져나오자 멀리 L시의 모습이 드러났다.

심장이 두근거렸다. 모래마을에서의 생활에 어떻게든 적응해보려고 했지만 마음 한구석으로 L시에 대한 그리움을 키워온 것 또한 사실이었다. 흰개들의 주장대로 그곳의 삶이 완전히 잘못된 것이더라도. 그곳에서의 내 삶이 기획된 L시 시민의 표본에 불과할지라도.

나는 L시에서 너무 오래 살았다. L시에서 성장했고 L시에서 일을 했고 사랑을 했고 또 아이를 낳아 길렀다.

모랫길이 끝나고 도로가 이어졌다. 검은 구름은 어느새 종적을 감추었고 하늘도 도시도 땅도 온통 흰빛이었다. 모래마을이 검은 구름에 덮여 있었기 때문인지 하얗게 바랜 L시는 전보다 더 창백하게 보였다. 석화된 건물들의 푸른 이끼가 아니었다면 아마 필름을 보는 줄 착각했을지도 모른다. 솟아오른 흰 건물들을 바라보며 나는 약간의 어지러움과 메스꺼움을 느꼈다. 가도 가도 똑같았다. 간혹 두서넛씩 지나가는 사람들의 모습이 보였다. 한 손이 없다는 것을 제외하면 다들 꽤나 건강해 보였다. 모래마을 사람들에 비해서 몸에도 살집이 있었고 건강 상태가 훨씬 좋아 보였다. 하지만 어쩐 일인지 그들의 피부만은 회빛이 섞인 흰색으로 창백했다.

"이곳은 너무 딱딱해요."

도로는 요철도 없이 매끄러웠다. 운전하는 속도가 빨라지면서 L시의 풍경들이 더 빨리 지나갔다. 희라에게 조금만 속도를 늦춰달라고 했다.

"조금 더 보고 싶네요. 그래도 여긴 내 고향이니까."

희라가 속도를 늦췄다.

"어때요? 고향에 돌아오니 편한가요?"

그렇지 않았다. 고작 몇 개월이 지났을 뿐인데 L시는 낯설었다.

건물들은 하나같이 위풍당당해서 올려다보면 주눅이 들었다. 모래마을의 낮은 건물들, 급하게 세운 가건물을 보다가 두껍고 단단하게 지어올린 콘크리트 건물을 마주 대하니 숨이 막혔다. 게다가 이곳은 너무 깨끗했다. 전에는 다기조 물품 수거함이 있었는데 어떤 이유에서인지 모두 폐기된 모양이었다.

몇 달 사이 L시의 상황이 달라졌다는 것을 알 수 있었다. 사람들의 딱딱한 걸음걸이와 무표정한 얼굴, 살짝 비뚤어진 고개 말고도 무언가, L시가 달라 보였다.

"달라졌어요. 여긴 내가 전에 살던 L시가 아닙니다."

"그게 뭔데요? 달라졌다는 그게."

희라가 물었다. 나는 곧장 대답하지 못했다. 창밖을 좀더 바라보았다. 여튼 이곳은 전에 내가 살던 그곳이 아니다. 다른 곳이다.

"딱 집어 말할 수는 없지만 달라요. 여긴 내 고향이 아니에요."

희라가 피식 웃었다.

"내가 보기엔 아저씨가 달라졌어요."

나는 깜짝 놀라 희라를 바라보았다.

"아저씨 눈이 달라졌어요. 그래서 L시가 달라 보이는 거예요. 아저씨 마음이 달라졌으니까 더이상 이곳이 편안한 고향이 아니게 되었죠. L시가 달라졌다면 이제 다기조에 다들 익숙해졌다는

점 정도예요. 아무도 그 병을 무서워하지 않아요. 일종의 통과의
례랄까."

"다기조를 무서워하지 않는다?"

"일종의 성장통이 되어버렸어요."

희라가 속도를 줄여 2차선 도로로 들어섰다. 여기서부턴 눈을
감고도 길을 찾을 수 있었다.

내 직업에 대해 일말의 자부심을 가지고 있었다. 내가 지원을
할 때만 해도 입사 시험에 통과하려면 삼백 대 일의 경쟁률을 뚫
어야 했고 면접도 깐깐하기로 유명했다. 집안 내력, 신체와 사상,
교우 관계와 취미까지 모든 사항들을 검토한 뒤 선발했고 당당히
L시의 공무원이 되었다. 가족들도 기뻐했고 친구들도 축하해주었
다. 주민센터에 발령받고 처음 발을 들였던 날, 이름표를 받고 자
리를 배정받던 날의 얼떨떨함과 긴장감. 그 모든 일들이 빠르게
스쳐지나갔다. 나는 L시에서 모범적인 삶을 살았다. 부모님은 나
를 대견해했고 부러워하는 친구들도 있었다. 내게 딸이 있었다는
영상이 아니었다면 삶의 방향을 틀 생각 같은 것은 하지 못했을
것이다. 고요. 나는 다시 딸의 이름을 중얼거렸다. 아무래도 낯선
이름이었다.

지금 내 옆에는 흰개들이 있었다. 동네 앞에 내려주는 것이 미
안하다고 느꼈던 희라는 이제 같은 지역 주민이 되었다. 점심시간

맛있는 도시락을 앞에 두고 티브이를 켰을 때 화면에 등장해 교역소를 비판해서 우리들을 당황하게 했던 우리씨가, 옆에 있었다. 사무실에 불쑥 들어와 내가 하는 일이 뭔지 알아가겠다던 감시단도 이제 이웃이었다. 물론 아직 그들과 함께라고 실감하지는 못하고 있었다.

교역소를 바라보는 내 심정도 그와 같았다. 내 인생의 대부분을 보낸 L시도 모래마을과 같이 낯설기는 마찬가지였다. 나는 L시에 속한 사람도, 교역소에 속한 사람도 아닌 회색분자였다. 그 상태에서 벗어나고 싶었다. 물론 나는 모래마을을 선택했다. 그곳에서의 삶을 배워가고 있다. 하지만 마음 한구석에는 L시에 대한 죄책감 또한 자리잡고 있었다. 모래마을 사람들이 모래마을을 지키듯 L시를 지키지 못했다는 부채감을 갖고 있었던 것이다.

당장 케이를 마주친다면 그를 어떻게 바라봐야 할지 몰랐다.

케이가 나를 반가워할까?

아니면 이제 자신을 공격하고 대항할 세력 중 한 사람이라고만 생각하고 있을까?

케이는 어쩌면 내가 이렇게, 흰개들이 되어 자기 앞에 돌아올 것을 예상하고 있었을지도 모른다.

이 모든 걱정은 쓸데없는 것일지도 모른다. 그냥 그런 생각이 든다.

나는 희라와 한 조가 되어 교역물품확인과를 방문하게 되어 있었으므로 둘 다 재킷의 가슴 부분에 소속과 이름이 쓰여 있는 성명표를 달았다. 희라는 어떤 상황에서도 당당하고 활기찬 사람이었으므로 옆에 있는 것만으로도 그 기운이 전해졌다. 덕분에 침착을 유지할 수 있었다.

　"줄여서 교확과라고 불렀어요. 전에 내가 일하던 부서예요."

　희라가 고개를 끄덕였다.

　"괜찮아요?"

　"괜찮을 겁니다."

　"배치를 바꿔달라고 하지 그랬어요?"

　"그러고 싶지 않았어요. 과거의 내가 일하던 곳을 다시 보고 싶었어요. 그래서 검사단에 지원했는지도 모르죠. 보고 싶지 않다고 하면서 실은 몹시 보고 싶었는지도요."

　"역시 사람은 다 달라."

　희라가 복도를 두리번거리며 중얼거렸다.

　"나라면 한번 떠난 곳은 다시는 돌아보지 않을 테니까요."

　"궁금하지 않아요? 과거의 내가 어떤 사람이었는지."

　"별로."

　그녀는 고민도 하지 않고 바로 대답했다. 그 점 또한 내게는 의아하게 느껴졌다. 어쨌든 마음이 좀 가벼워졌다. 희라가 복도를 천천히 구경하고 싶어하는 듯해서 좀 느리게 걸었다.

길게 펼쳐진 복도와 팻말, 문, 그 외에는 아무것도 없는데 희라는 시종일관 여기저기 고개를 기웃거리고 있었다. 그런 모습이 재미있기도 하고 궁금하기도 해서 물었다.

"대체 뭘 봐요? 여긴 온통 흰 벽뿐인데."

"사람들의 흔적이 느껴져요. 여길 오갔던 사람들⋯⋯"

나는 문득 희라의 세계가 궁금해졌다. 희라가 바라보고 느끼는 세상은 어떤 것일까.

L시가 달라진 게 아니라 당신이 달라졌어요.

희라의 목소리가 다시 귓가에 울렸다.

손목을 잃고 난 뒤에 다른 감각으로 세상을 보게 된 것처럼 교역소를 떠나서도 내가 보는 세상의 모습은 달라졌다.

이곳은.

다시 찾아온 교역소는.

휑뎅그렁했다.

마치 살아 있는 것은 아무것도 없는 것 같았다.

사무실 문을 두드리자 케이가 문을 열어주었다. 그녀는 전보다 얼굴이 밝았고 머리카락을 초록색으로 염색해서인지 경쾌해 보였다. 케이는 나를 보고 환하게 웃어주었는데 그 미소는 좀전까지 머릿속을 복잡하게 했던 생각들을 한 번에 날려버렸다.

"마실 것 좀 드릴까요?"

케이는 나와 희라를 테이블로 안내한 뒤에 커피 두 잔을 내왔다. 내가 커피를 마시지 않는다는 것을 벌써 잊은 것 같았다. 희라는 잔을 들고 스트로로 시원한 음료를 들이켜기 시작했고 나는 미안하지만 시원한 물을 마실 수 있겠느냐고 물었다.

"카페인에 민감하군요."

케이가 정수기에서 물을 받아왔다.

"너무 차갑지 않게 살짝 따뜻한 물을 섞었어요."

케이는 나를 알아보지 못하는 것 같았다. 케이가 내게 보여준 친절은 전 직장 동료에 대한 반가움이 아니라 흰개들에 대한 예우였다.

생각해보면 당연했다. 다기조 중기에 들어서면서 그녀의 기억도 갱신되었을 테고 그사이에 내가 퇴직했으므로 몰라보는 것이 당연했다. 상황은 그토록 간단하게 이해되었지만 서운한 마음은 어쩔 수 없었다. 물론 이곳을 떠난 것, 그녀와 내가 더이상 동료가 아니게 된 것은 전적으로 내 선택이었다. 그녀의 옆에서 L시에 유입되고 빠져나가는 것들을 정리하고 폐기시키면서 그녀의 기억 속에서 몇 번이고 갱신될 수도 있었다. 그녀가 나를 알아보지 못하는 것 또한 내가 선택한 일이다. 그런데도 서운했다.

그리고 그 서운한 마음이라는 것. 서운함을 느낀 그 마음. 그 마음이 있는 자리가 어딘지 분명히 느낄 수 있었다. 나는 주먹을 꼭 쥐어보았다.

케이 몰래 맨 아래 서랍을 열어보았다. 서랍에는 카스텔라와 흰 우유 팩이 그득 들어 있었다. 그걸 보자 마음이 놓였다. 우스운 일이었다. 나는 과거의 나를 벗고 새로운 삶을 살고자 떠났으면서 케이는 언제까지나 그곳에 있어주기를 바랐는지도 모른다. 아니면 익숙한 것을 보고 느끼는 안도감일지도 모르고. 어쨌거나 그곳에 그대로 카스텔라가 있다는 것만은 마음에 들었다.

희라가 테이블에서 일어나 책상으로 자리를 옮겼다.

책상 위로 흘끗 눈길을 주었다. 성명표에는 내가 모르는 이름이 적혀 있었다. 신입사원인 모양이었다.

희라와 나는 컴퓨터에 입력된 자료들을 검토하고 필요하다고 생각되는 것들을 담기 시작했다. 손목이 피곤해질 즈음 누군가 사무실에 들어왔다. 내가 하던 일, 자료의 축소와 전달을 맡고 있는 그 사람인 것 같았다.

오전에 교역소로 들어오는 물품들의 검토 작업을 하다가 좀 늦었다면서 그는 희라와 나에게 인사를 했다. 정장바지에 얇은 스웨터 차림의 그는 날씬한 체형이었고 예의 발랐지만 표정에는 변화가 별로 없는 조용한 사람이었다.

"요즘 중기 증상을 겪고 있어요. 일시적으로 상대방을 인지하지 못하는 상황입니다. 이해해주시길 바라요."

케이가 내 비어 있는 손목을 힐끗거리며 설명했다. 나 역시 같은 과정을 거쳤다는 것을 알고 있었으므로 설명이 좀더 쉬웠으리라.

"상대방을 보지 못한다고요?"

희라가 놀라며 물었다.

신입사원이 고개를 끄덕였다. 나는 그녀에게 말했다.

"아무것도 보이지 않았을 때, 난 마음이 편했습니다. 마치 연극을 보러 갔을 때처럼 말이에요."

"연극을 보러 갔을 때?"

희라가 여러 번 놀랄 일이라는 듯 눈이 동그래져서 물었다. 나는 고개를 저었다.

"암전 때문에 연극을 보러 가는 걸 좋아했거든요. 정말 아무것도 보이지 않는 완전한 어둠."

케이와 희라가 고개를 끄덕였다. 신입사원은 내 말에 별로 동의하지 못하겠다는 듯 어깨를 으쓱해 보이고 책장 사이로 사라졌다.

그의 모습이 내 과거의 모습과 얼마나 닮아 있을지 궁금했다.

자료들을 저장장치에 담아 사무실을 나올 때쯤에는 해가 산 너머를 향해 기울어가고 있었다. 희라와 다시 복도를 빠져나오는 길인데 희라가 어쩐지 시무룩해 보였다.

"그 사람, 뭔가 이상해요."

"그 사람?"

"아까 그 남자 말이에요. 아저씨 후임이라던 남자."

"그 남자가 왜요?"

희라가 고개를 한쪽으로 떨구고 잠깐 생각에 잠기는 듯했다.

"그냥 느낌이 좋지 않아요."

"다기조와 타협한 사람을 처음 봐서 그런 게 아닐까요? 손이 떨어져나간 지 얼마 안 된. 나도 그 시기에 엄청난 혼란을 겪었죠. 물론 금방 적응해서 아무것도 느끼지 않게 되었지만."

"그럴지도 모르겠어요."

"너무 건조해 보이나요? 당신같이 활력이 넘치고 정이 많고 늘 다른 사람들에 둘러싸여서 함께 이야기하고 웃고 또 싸우고 그런 사람이 보기에는 저렇게 하루종일 회빛 건물의 지하 사무실에 꼼짝 않고 앉아서 키보드만 두드리고 있는 이들이 이상해 보이는 게 당연할 수도 있어요."

"그렇다기보다, 내가 보기에 그 사람 뭔가가 없는 사람 같았어요. 그게 뭔지 모르겠지만 뭔가가 없었어요."

"손이 없었죠. 손이 떨어져나간 다기조 환자예요. 전형적인 L시의 타협 반응중이고요."

희라가 고개를 갸웃거렸다. 약간 추울 정도로 냉방을 한 탓에 팔에 오스스 소름이 돋았다.

다음달에도 희라와 나는 한 조가 되어 교역물품확인과를 찾았다. 우리를 맞아준 건 케이와 어떤 여성이었다. 이전 방문 때 만났던 신입사원은 다른 부서로 이동한 모양이었다. 케이는 이제 나를 알아보았다. 지난달에 부서를 방문했던 흰개들의 대표로 말이다.

우리는 가볍게 악수를 했다.

"그 사람은요?"

희라는 속으로 생각하거나 지레짐작하는 일이 없었다. 궁금하면 질문했고 자기가 생각한 건 다 밖으로 내뱉었다. 내게는 그런 희라의 성격이 신기하기만 했다.

케이는 그런 희라가 별로 달갑지 않은 모양이었다. 대답이 없자 희라가 다시 물었다.

"전의 그분은 이제 교역소에 근무하지 않나요?"

"네, 근무하지 않는 건 맞아요."

케이가 억지로 입을 열었다. 말하기 싫은 내색인데도 희라는 계속 질문해댔다.

"근무하지 않는 게 맞는다는 건 무슨 뜻이에요?"

케이의 옆에 서 있던 여자의 얼굴이 붉어졌다. 무슨 일이 있었던 게 분명했다.

"그 사람 세상을 떠났어요."

우리 넷은 한동안 얼어붙은 듯 말이 없었다.

"왜죠?"

희라가 침묵을 깨고 그 사람이 이 세상을 떠난 게 케이의 탓이라도 되는 듯 따져 물었다.

"그 사람은 다기조 중기 증상으로 넘어가기 전에, 감각이 재배치되기 전의 암흑 상태를 못 견뎠어요."

"못 견뎠다뇨? 그래서요?"

희라가 케이 앞으로 한 발짝 다가갔다.

"자기 집 창문에서 뛰어내렸습니다."

케이가 책을 읽듯이 딱딱하게 대답했고 다 말한 뒤에는 깊은 한숨을 내쉬었다. 새로 온 여자도 고개를 숙였다.

나와 희라는 잠시 그 자리에 말없이 서 있었다. 해야 할 일을 하러 온 것뿐인데 우리 두 사람이 어쩐지 잔인하게 느껴져서 책상 앞에 앉는 마음이 무거웠다. 둘 다 말 한마디 하지 않고 묵묵히 자료를 캡처해 저장했다.

그날 돌아오는 길에 희라와 나는 L시의 술집에서 가볍게 맥주를 한 잔씩 마셨다. 조금 시끄러운 데가 좋겠다고 희라가 말해서 나는 교역소에서 멀지 않은 술집으로 그녀를 데리고 갔다.

"손이 떨어져나가고 난 뒤의 암흑 상태란 어떤 거예요?"

희라가 맥주 반잔을 한꺼번에 들이켜고 나서 내게 물었다.

"뭐가 그렇게 늘 궁금하죠?"

희라가 테이블 위에 잠시 엎드렸다가 일어났다.

"그러게 말이에요."

희라가 맥주 반잔을 마저 비웠다.

"지금 나오는 음악 뭔지 알아요?"

"〈에이지 오브 솔리튜드〉."

희라가 즐거운 듯 리듬에 어깨를 흔들었다. 하지만 그 모습은 어딘가 쓸쓸해 보였다. 나는 희라의 어깨가 움직이는 것을 보면서 맥주를 들이켰다. 차가운 액체가 식도를 타고 흘러들어가는 청량한 기분에 집중했다.

그 남자는 왜 그 시간을 견디지 못했을까.

나는 어떻게 그 시간을 견딜 수 있었을까.

그 남자는 왜 그곳을 자신의 삶의 종결 지점으로 선택했을까?

나는 어떻게 그곳을 통과할 수 있었을까.

그는 왜,

그리고 나는 어떻게.

"과일 맥주를 먹어볼래요."

희라가 직원을 불러 오렌지 맥주를 시켰다.

나는 계속 나 자신에게 물었다. 그 남자에게 묻고 싶었지만 그 남자는 이제 L시에 없으니까.

그 남자는 왜 자신을 세계로부터 차단하는 것도 하나의 방법이 될 수 있다고 나처럼 생각할 수 없었을까? 자기합리화라는 그 유용한 도구를 왜 사용하지 않았을까? 대체 왜지?

나는 이제 어디에도 없는 그 남자를 따라가서 그의 뒤통수에 대고 외치고 싶었다.

대체 왜지?

왜?

만약에 교역소가, L시에서의 삶이 그토록 자신을 괴롭혔다면 나처럼 그곳을 나오는 수도 있었을 텐데.

왜입니까?

왜 그랬습니까?

당신은 왜 거기서 당신의 삶을 종결지은 겁니까?

그리고 나는 왜 살아 있습니까? 그건 왜입니까?

난 내 어깨를 양팔로 잡고 뒤흔들고 싶었다. 거짓말을 꾸며낼 틈을 주지 않고 자기합리화할 구실을 떠올릴 수 없도록 나 자신에게 다그쳐 묻고 싶었다.

나는 어떻게 해서 살아남을 수 있었지?

무대 위에 가수와 밴드가 올라섰다. 라이브 무대가 시작된 모양이었다. 연주는 멋있었고 가수의 에너지는 폭발적이었다. 하지만 내 머릿속은 회색 정장바지에 옅은 베이지색 스웨터를 입었던 마른 몸의 그 신입사원, 마치 허깨비처럼 가벼워 보였던 그 남자가 온통 차지하고 있었다.

희라는 무대 가까이로 자리를 옮겨 음악을 듣고 있었다. 취기가 오른 듯 두 볼이 붉었다. 노래를 부르는 모양인지 불규칙한 간격으로 입술을 달싹였다. 그 노래를 알아맞혀보려고 입술을 바라보다가 테이블 위에 엎드렸다.

왜 어떤 사람들은 싸우고 어떤 사람들은 굴복하고 어떤 사람들은 견디는가. 또 어떤 사람들은 왜, 이 삶을 견디지 못하는가.

되찾은 손

L시에서 내가 본 것은 바싹 마른 도시와 그보다 더 바싹 마른 사람들이다. L시에 있을 때 나는 그곳의 어떤 면을 사랑했다. 지겹다고 느껴지기도 했지만 그곳에는 나를 끌어당기는 요소가 있었다. 의무와 규칙, 담담하게 선을 지키는 예의와 규격, 그런 것들을 나는 사랑했다. 물론 그 사랑이란 뜨거운 종류의 것은 아니었지만 그것이 삶이라고, 내가 기꺼이 받아들여야 할 삶이라고 생각했다. 건조하게 나누던 케이와의 대화, 지하 사무실을 밝히던 조명의 푸른빛을 닮은 흰 빛깔, 같은 간격으로 놓인 책장들, 그런 것들로 이루어진 삶이 딱히 나쁘다고 느끼지 않았다. 이를테면 나는 케이를 좋아했다. 동료로서 그녀의 삶을 응원했고 연민하기도 했다. 마치 나 자신의 삶에 대해 그랬던 것처럼 말이다.

그러나 흰개들의 대표로 다시 찾은 사무실은 숨막히는 공간이었다. 내가 거기서 오 년이나 보냈다는 사실이 놀라울 만큼. 다시 만난 케이는 깜짝 놀랄 만큼 딱딱해져 있었다. 그리고 나의 존재를 전혀 기억하지 못했으며, 동료의 죽음에 대해서도 딱히 감정적으로 반응하지 않았다. 적어도 나와 함께 일할 때의 그는 그렇지 않았다. 아니면 그때의 내가 케이를 닮아 있어서, 그의 그런 모습을 감지하지 못했던 것일까?

희라와 나는 술을 조금 마시고 돌아와 밤새 해안에서 대화를 나누었다. 희라는 모래마을에서 태어나 자랐고 L시에 속한 적이 없었기 때문에 나를 이해할 수 없으리라고 반쯤은 단정짓고 있었다.

"어릴 때는 마을을 싫어했어요. 마을에 사는 게 부끄럽다고 생각하지는 않았지만 늘 시끄럽고 사람들은 아프고."

희라가 막대기 하나를 집어 모래 위에 그림을 그렸다. 그런 이야기를 하는 게 조금 쑥스러웠는지 평소답지 않게 목소리 톤이 낮았다.

"편히 잠드는 날이 없이 늘 싸우는 소리."

늘 씩씩한 희라의 얼굴이 잠시 어두워졌다. 내 외로움이 사치스러운 것은 아닌가 스스로에게 반문해보았다.

"처음에는 그게 당연한 줄 알았어요. 물론 그래서 받아들이기 쉬웠던 것은 아니지만. 좀더 커서 마을 밖으로 나가게 되었을 때 세상의 모든 구역이 우리 마을처럼 늘 시끄럽고 긴장되어 있지 않다는 걸 알았을 땐 좀 억울했어요. 난 원래 사람의 피부가 이런 줄 알았어요. 각질이 하얗게 올라오지 않은 피부를 본 적이 없으니까요. 근데 아니었잖아요. L시로 나가니까 사람들은 매끈한 얼굴과 몸을 갖고 있었어요."

"한 손이 없는데도요?"

"네, 한 손이 없는데도. 그래도 내 눈엔 L시의 사람들이 더 세련되어 보였어요. 지금이야 그게 사실 별거 아니라는 걸 알죠. 별거 아닌 것뿐만 아니라 결핍이라는 것도요. 근데 어릴 때니까, 그게 뭔지 모르고. 우리 마을 사람들은 매일 너무 진지하고 매일 너무 시끄럽고 매일 너무 뜨거웠으니까요. L시의 그 차분함 같은 것, 얼음장 같은…… 아닌가?"

희라가 잠깐 웃었다.

"사막 같은가?"

분위기를 전환할 줄 아는 것은 희라의 큰 장점이다. 그녀는 여간해서는 얼굴을 찌푸리지 않았다. 나는 왜 희라의 씩씩함이 거저 얻어진 것이라고 생각했을까. 희라가 겪었던 성장통에 대해서 왜 생각하지 못했을까.

"그건 그냥 감정의 고갈 상태일 뿐인데 나랑, 내 부모, 우리 마을 사람들과는 다르다는 것만으로 그냥 좋아 보였나봐요. 그땐 마을에서 도망치고 싶었으니까요. 지긋지긋하다고 생각했고. 난 그렇게 살고 싶지 않다고 자주 생각했어요. 부모님이 잠들고 나면 가방을 쌌어요."

희라가 피식 웃었다.

"가방을?"

"마을에서 탈출할 계획을 세운 거죠. 꼭 가지고 가고 싶은 것들을 가방에 담았어요. 근데 좀 욕심이 많았어요. 웃기죠? 지금 생각해보면 별거 아닌데. 언니가 가지고 놀다가 물려준 인형이나 마을 센터에서 빌려온 그림책, 크리스마스에 선물받아서 아껴 먹던 초콜릿 같은 것들을 가방에 넣는데 다 안 들어가서……"

희라가 곤란하다는 표정을 지었다. 나는 웃음을 터뜨렸다. 희라가 따라 웃었다.

"지금 생각해보면 너무 말도 안 되는 고민이었어요. 탈출할 작정이었으면 그깟 것들을 과감히 포기하면 되었을 텐데. 밤마다 이걸 넣었다가 저걸 뺐다가 고민하며 짐을 싸느라 결국 떠나지 못했어요. 그것들이 필요하지 않게 되었을 때는 L시가 별로 매력적으로 보이지 않았고요. 그렇다고 모래마을이 좋아진 것은 아니지만 전에는 세련되어 보이던 L시도 L시의 사람들도 더이상 그렇게 느껴지지 않았어요.

마을이 너무 혼잡하게 느껴질 때요, 대개는 검은 구름 기간이 오기 전인데, 난 막상 검은 구름 기간은 잘 버텨냈지만 그전에는 견딜 수 없이 불안해지곤 했거든요. 막상 당하면 별게 아닌데 그걸 기다리는 시간을 참지 못했던 거죠. 괜히 친구들이나 식구들과 싸우게 되고, 나중에는 싸우고 싶어질 때, 아, 내가 또 싸우고 싶어지는구나 하고 알 수 있게 되어서 그럴 때 마을을 나갔어요."

희라가 내려놓은 막대기를 집어서 나도 모래 위에 그림을 그렸다. 집, 꽃, 나무, 마치 어린아이들이 그린 것처럼 단순한 형태였다.

"그럴 때 L시에 놀러 나갔어요. 아직 어렸으니까, 내가 모래마을 사람이라는 게 눈에 띄지 않았고, 뭐 알아봤을지도 모르겠지만 그래도 상관없었어요."

희라는 L시에서 친구를 사귀었다고 했다.

"나이 차이가 꽤 많이 났지만 우린 서로를 친구라고 생각했어요. 우리끼리는 도시의 경계를 넘어선 연대라고도 이름 붙였고. 낭만적이죠?"

희라는 그 나이 차이가 많은 친구와의 이야기를 들려주었다.

"친구 집에 놀러간 적이 있었어요. 그 집에는 사용하지 않는 빈방이 있었어요. 아이가 있다는 말을 한 적은 없었는데, 아마 있었던 것 같아요. 아이 방이 있었어요. 그애가 왜 더이상 그 방에 돌아오지 않게 되었는지는 알 수 없었지만 난 그 방에 있는 가구나 물건들을 보고 그애 나이가 나랑 비슷할 거라고 생각했어요."

나는 그 이야기를 어디선가 들어본 적이 있다고 생각했다.

"친구가 나를 좋아한 이유를 알게 된 거죠. 저녁을 먹고 가려고 했는데, 친구의 남편이 일찍 돌아왔고 나를 마을에 데려다줬어요. 혼자 갈 수도 있었는데. 걸어서 가도 해가 지기 전에 도착했을 거예요. 그런데 친구의 남편은 자기가 집 앞까지 데려다주겠다고 했고, 그 사람이랑 같이 있을 때 난 슬퍼졌어요."

나는 그 이야기가 내가 아주 잘 알고 있는 이야기라는 생각이 들었다. 희라가 어떤 부분을 고쳐 말하고 있기 때문인지 몰라도 확실하게 떠오르지는 않았다.

"왜 슬펐죠?"

"그건 모르겠지만, 아주 슬픈 기분이 들었어요."

희라가 잠시 이야기를 멈추었다. 마치 그 시간으로 돌아간 것처럼 다른 시간 다른 공간에 있는 얼굴이었다. 바람이 불어와 그녀의 얼굴을 씻겨주자 그제야 이곳으로 돌아온 듯 조용히 눈을 떴다. 슬프다고 말했지만 나는 그녀가 몹시 부러웠다. 기억을 가지고 있는 사람의 얼굴을 꽤 오랜만에 보았던 것이다.

"거부한다고 느꼈어요."

희라는 다른 시간에 다녀왔지만 내 질문을 잊지 않고 있었다. 어쩌면 내 질문에 대답해주기 위해 그 시간에 다녀온 것일지도 몰랐다.

"거부한다고요?"

내가 되물었다. 어찌된 일인지 나는 희라가 짧게 간추려 말한 이야기를 듣고 희라를 집 앞에 데려다주었다던 남자에게 감정을 이입하고 있었다. 그의 마음을 알 것 같았다.

"당신이 잃어버린 아이를 연상하게 했기 때문 아닐까요? 그들이 잃어버린 아이와 나이가 비슷했다면서요."

"내가 슬픈 기분이 들었던 건, 그 아저씨가 나랑 빨리 헤어지고 싶어한다고 느꼈기 때문이에요. 물론 난 아저씨를 좋아하지도 않았고 또 아저씨가 헤어지고 싶어하는 게 나 자신이 아니라는 것을 알고 있었죠. 마치 친구가 나와 함께 있을 때 그랬던 것처럼요."

희라가 고개를 들고 말을 이었다.

"그래도 싫지 않았어요. 누군가를 대신한다는 것 말이에요. 나와 함께 있을 때 친구는 아주 행복해 보였어요. 그래서 내가 아주 좋은 일을 하고 있다고 느꼈죠. 처음 나에게 말을 걸었을 때 그 친구는 당장이라도 쓰러질 것처럼 허약해 보였거든요. 그런데 나와 친해지면서 점점 더 밝아지고, 건강해지고, 나중에는 나보다 더 명랑하고 나보다 더 말을 많이 하고 많이 웃는 날도 있었어요. 그래서,"

희라의 얼굴이 은은하게 빛났다.

"친구를 계속 만났는지도 모르겠어요."

나는 계속 얘기하라는 뜻으로 고개를 끄덕였다.

"그런데 그 아저씬 달랐어요. 나를 다시는 보고 싶어하지 않았어요. 그러니까, 내가 느끼기에, 그 사람은 포기한 거예요. 아이를 잊고 싶어했어요."

"왜 그랬을까요?"

"아이를 찾을 수 있다고 생각하지 않았으니까."

희라가 고개를 떨어뜨렸다. 소리를 내서, 마치 자신이 잊힌 그 아이가 된 것처럼 서럽게 울었다. 나는 희라의 등을 천천히 쓰다듬었다.

바다 저편에서 새떼들이 줄지어 하늘을 가로질렀다. 보랏빛 구름이 온통 하늘을 뒤덮었고 조금씩 아래로 가라앉는 것처럼 보였다. 물결은 아주 잔잔했고 희라와 나는 가만히 있었는데 마치 우리 둘이 조금씩 바다에 다가가는 것처럼 느껴졌다. 밀물이 시작되는 모양이었다.

희라가 들려준 이야기는 내 이야기였다. 희라가 울기 시작했을 때 나는 그걸 깨달았다. 내가 희라를 집 앞까지 데려다준 날을 머릿속으로 그릴 수 있었다. 모래마을로 들어가던 아이의 작고 당당한 어깨를 떠올렸다. 내 기억 속에서 희라는 움츠러드는 일이 없었다. 씩씩했고 기운이 넘쳤다. 하지만 실제로는 그렇지 않았다.

"나는 슬픔을 어떻게 견뎌야 하는지 알지 못했어요."

희라가 눈물을 닦으며 고개를 끄덕였다.

"그리고 여전히 잘 모르겠어요. 슬픔을 바라보지 않으려고 노력했고, 그러다보니 정말 보지 못하게 되었어요. 내가 나 자신이 아니라고 생각하는 것이 좋았어요. 이를테면 그냥 내가 우리 앞에 펼쳐진 이 모래사장이라고 상상해봤어요. 아니면 저 파도에 일고 있는 하얀 거품 같은 거라고 상상해보는 거예요. 아무것도 아닌 이런 막대기일 수도 있고요. 난 슬플 때 그렇게 다른 것이 되어버리는 연습을 했어요. 그럼 그 시간들을 견딜 수 있었으니까. 그런데 내가 견디지 않고 외면해버린 슬픔이 되돌아왔어요. 그걸 마주보라고요."

희라를 슬프게 했던 그 일을 나는 적응이라고 생각해왔다. 어떤 방식으로든 그 일에 익숙해진다면, 그것이 그 일을 견딜 수 있게 해줄 거라고. 하지만 이제 내가 외면한 슬픔이 거대한 산이 되어 내 앞에 꿈쩍도 하지 않고 펼쳐졌다.

희라가 울면서 알려준 것은 내가 그렇게 해서는 안 되었다는 것이었다. 그렇게 해서는 그 산을 넘을 수 없다는 것이다. 다른 생각을 해서는 안 되고 그것을 정면으로 바라봐야 한다는 것이었다.

"내가 그걸 할 수 있을까요?"

내 말에 희라가 고개를 끄덕였다.

"아니, 난 못해요."

"할 수 있어요. 할 수 없다면 다시 마주보지도 않았을 테니까. 외면하는 데는 선수잖아요. 다기조 중기를 지났다면서요."

희라가 내 어깨를 두드렸다. 나는 무릎을 모으고 이마를 떨어뜨렸다.

"잘 모르겠어요. 확신이 없어요."

"고요를 찾으러 왔다면서요."

"꼭 고요를 찾을 겁니다."

"그럴 수 있을 거라고 믿어요."

희라가 고개를 들고 입가에 멋진 미소를 만들었다.

모래마을은 아직 검은 구름 기간이었다. 세상은 온통 어두웠다. 나는 이틀 정도 잠만 잤다. 꿈속에서 고요를 만났다. 꿈이었기 때문인지 나는 고요를 잊은 적이 없는 그애의 아빠였다.

잠에서 깨어났을 때는 뭔가 달라진 기분이었다. 마음이 혼란스러울 때는 고요를 곧 찾을 수 있을 것이다, 하고 주문을 걸듯 중얼거렸다.

지난밤 꿈을 떠올렸다. 나는 고요를 만났고, 그리고 우리는 우리가 떨어져 지낸 시간을 잊고 있었다. 하지만 꿈에서 깨어나자 나는 도로 고요의 얼굴을 떠올리기 어려웠고 다시 아이와 보낸 모든 시간을 통째로 잊어버린 아버지였다.

전처를 만나고 싶었다. 희라의 말에 의하면 전처에게는 고요를 다시 만나고 싶다는 의지가 있었다고 했다.

광장에서는 L시의 소식을 담은 소책자를 나눠주고 있었다. 약속 시간이 아직 삼십 분이나 남아서 시간을 보낼 요량으로 한 권 받았다. 첫 장에는 지난주에 찍은 광장의 모습이 인쇄되어 있었다. 지금도 온통 어둠이지만, 지난주에는 더 끔찍하리만큼 검은 어둠이었다. 거의 아무것도 보이지 않았고 시계탑 주위를 전구로 밝혀놓아서 시간만을 겨우 알아볼 수 있었다. 구름 사이로 사람들이 걷고 있었겠지만 육안으로는 전혀 식별할 수 없었다.

사진은 끔찍했지만 기사의 내용은 검은 구름 기간이 점차 짧아지고 있다는 희소식이었다. L시의 다기조 환자가 줄어드는 추세라고 했다. 작은 강당에서 교육이 진행되고 있었다. 시계탑 아래에서 약속 시간을 기다리면서 전처에게 어떻게 인사할지 고민했다.

그동안 어떻게 지냈어?가 좋을까. 아니면 안녕하세요, 가 더 무난할까. 너무 거리가 느껴지지는 않을까? 괜한 친한 척이 오히려 기분 나쁠지도 모른다. 지금은 부부가 아니니까. 그런데 우리가 서로를 알아볼 수는 있을까?

가슴이 두근거리고 등에 땀이 났다. 다리에 힘이 빠지며 목이 말랐다. 물이라도 한 병 마시는 게 좋겠다, 힘을 좀 내는 게 좋겠다고 생각했을 때 누군가 어깨를 쳤다.

"어떻게 지냈어? 모래마을에 와 있을 줄은 몰랐는데. 왜 이제야 연락한 거야? 한 번도 마주치지 않은 게 이상한데."

"검은 구름 기간이잖아."

나는 주위에 낮게 깔린 구름들을 손으로 휘휘 저으며 걷기 시작했다. 전처가 내게 말을 걸어준 게 이상하게 고마웠다.

"너무 어두운데?"

"해안보다 광장이 더 어두운 것 같아. 코앞도 제대로 볼 수가 없네."

우리는 함께 검은 구름들을 헤치면서 얼른 가까운 건물 어딘가

에라도 들어가기로 했다.

전처의 얼굴은 단단하고 침착해 보였다. 기억 속의 그녀는 늘 심약하고 흔들리는 사람이었다. 흔들리는 나무처럼 아름답지만 기댈 수는 없는 사람이었다. 하지만 지금 내 앞에 있는 그녀는 전과는 전혀 달라 보였다.

"당신도 이제 모래마을 사람이 다 되었네."

전처가 미소 지었다. 나는 그녀가 희라와 같이 기억을 가지고 있는 사람이라는 것을 알 수 있었다. 안도하며, 나는 전처에게 되물었다.

"내가?"

그렇지 않았다. 나는 아직도 L시를 벗어나지 못했다. 이곳이 꿈 같다. 낯설고 낯설다. 이곳에 산다는 것에 대해서 실감을 하지 못하고 있었다. 눈이 떠져 일어나고 움직이고 있지만 그게 나 자신인지 모르겠다.

나 자신을 L시에 두고 온 것처럼 허전할 때가 많았다. 내가 모래마을 사람이라니, 그 말이 고맙기도 했지만 고개를 끄덕이진 못했다.

"다기조에 저항하고 있잖아."

"내가?"

나는 또다시 물었다. 그 이야기를 다시 한번 듣고 싶었던 모양이다.

전처가 고개를 끄덕였다.

"저항하고 있어, 당신."

"난 저항하는 법도 모르는데. 알면 좀 가르쳐줘."

"이미 그렇게 하고 있는 걸."

전처가 나를 물끄러미 바라보았다. 나도 그녀를 물끄러미 바라보았다. 그녀가 소리내어 웃었다. 건강한 웃음이었다.

그러고 나서는 내 손을 가리켰다.

"손이 있잖아, 당신."

전처가 가리킨 곳은 내 오른손이었다. 손목에 손이 있었다.

"몰랐어?"

전처가 물었다.

나는 그게 내 손이라는 게 신기해서 다른 사람 얼굴 보듯이 물끄러미 들여다보면서 고개를 끄덕였다.

"몰랐어."

"그걸 어떻게 모를 수 있지?"

정말 궁금하다는 듯 전처가 물었다. 그리고 잠시 후에 고개를 끄덕였다.

"뭐 그것도 당신답네."

나는 오른손을 들어올렸다. 마치 낚시꾼이 자기가 잡아올린 월척을 눈으로 보고도 믿지 못하듯이. 천천히 손을 움직여보았다. 주먹을 쥐었다 펴고 손바닥을 쓸어보았다. 손가락을 움직였다. 엄지손가락, 검지, 중지, 약지, 새끼손가락을 모두 움직일 수 있었

258

다. 주먹을 쥐었다가 다시 펴보았다. 손바닥을 들여다보고 다시 손등을 보았다.

떨어져나간 줄로만 알았던 내 오른손이었다.

모래마을을 떠나다

밤늦도록 회의가 끝나지 않았다. 등에 업힌 아이들만 깊이 잠들어 있었다. 바깥에는 검은 구름이 낮게 드리워 있었다. 검은 구름 기간이 거의 끝나가고 있었다. 하지만 모래마을 사람들의 얼굴에는 검은 구름보다 무거운 수심이 가득했다.

중앙에서 온 통보 때문이었다. 한 달의 기간을 두고 모래마을에서 L시로 이주를 장려하겠다고 했다. 말이 장려이지 사실은 모래마을에서 사람들을 모두 내보내겠다는 것과 다를 바 없었다. 이주가 허락된 장소가 지정되어 있었는데 L시에서 가장 낙후한 지역이었다.

마을 회의가 끝난 것은 새벽 무렵이었고 토론을 거쳐 간단한 투표가 진행되었다. 찬성과 반대의 차이가 그리 크지는 않았지만 결과에 따르는 데는 모두 동의했다.

불복이었다. 우리들은 시민 자격을 포기하고 끝까지 모래마을을 지키기로 했다. 주민의 일부는 입구의 바리케이드 쌓는 작업에, 또 일부는 대피소를 꾸리는 작업에 배치되었다. 나와 희라, 이우리 등은 교역소를 찾아가기로 했다. 물론 교역소나 L시와 합의된 건 아니었다.

오른손을 달고 L시에 다시 왔다. 이제 L시에는 더이상 어떤 친밀감도 느낄 수 없었다. 내가 한때 그리워했던 곳이라고 생각하기에 이곳은 너무 냉정했다. 교역소 건물은 마치 오래된 형무소 건물 같았다. 간혹 입구와 복도를 들락거리는 사람들을 마주칠 수 있었는데, 그들의 얼굴에는 거의 핏기가 없었다. 표정에서는 감정을 찾아볼 수 없었고 주변을 둘러보거나 대화를 나누는 일 없이 이동하고 있을 뿐이었다.

사정은 케이도 마찬가지였다. 케이는 나와 희라를 한 달 전 방문한 흰개들의 일원으로 기억하고 있었다.

"마지막 방문이시네요."

"그렇게 됐네요."

"고향을 떠나게 되신다니 유감입니다. 하지만 L시로 오시는 걸 환영해요."

"다음달이 갱신 기간이어서 이전 기억을 모두 지우게 될 거니까, 혹시 L시에서 마주치게 되더라도 못 알아볼 겁니다."

케이가 친절하게 설명을 덧붙였다. 우리가 시의 시민으로 다시 만나게 될 가능성이 있고, 그렇더라도 우리는 서로 알아보지 못할 테니 안심하라는 뜻이었다.

'아니요, 우리는 L시의 시민이 되진 않을 겁니다. 우린 끝까지 모래마을 사람으로 싸웁니다.'

그 말을 속으로 꿀꺽 삼키고 희라와 나는 책상 앞에 앉았다. 오른손이 돋아나면서 거의 잊고 있었던 과거의 일들이 조금씩 되살아났다. 잊힌 기억 속에서 폐기물을 수입한 차량들의 정보를 저장했던 일이 떠올랐던 것이다.

그때는 지금처럼 흰개들과 L시 사이에 공식적인 통로가 만들어지지 않아 반목이 심한 상황이었고 흰개들은 게릴라전으로 자신들의 존재를 알렸다. 시로 들어오는 차량 중 일부를 흰개들이 빼돌렸다. 교역소의 전기를 일시적으로 차단해 업무를 마비시킨 사이에 일어난 일이었다. 트럭이 실제로 싣고 있는 물품들이 무엇인지 사진과 소식지를 만들어 마을 사람들에게 공개했다. 도시는 잠시 술렁이는 것 같았으나 일주일 뒤에 일어난 연쇄 강도 사건에 묻혀버리고 말았다. 오염 물질을 수입하고 있다는 사실보다 눈앞에 들이민 칼이 시민들에게는 더 큰 위협으로 다가왔던 것이다.

트럭에 싣고 있던 물품들을 관리하던 장부가 두 가지였고, L시의 모든 정보들과 마찬가지로 그것들을 압축된 파일로 만들어 매달 케이에게 넘겼던 것을 기억해냈다. 흰개들이 잠입했던 날짜는 다행히 희라가 기억하고 있었다. 그녀가 처음으로 활동을 시작한 날이라면서 희라는 좀 흥분된 목소리로 "5월 16일"이라고 외쳤다.

나는 이동휘에서 케이로 넘긴 파일 중 5월 16일 것을 검색하기 시작했다. 압축된 파일을 케이가 삭제하지 않았다면 분명 이 컴퓨터의 하드드라이브 안에 담겨 있을 정보였다. 날짜와 수신자, 발신자를 조건으로 쏟아지는 정보들은 거의 무한했기 때문에 정보를 찾는 게 쉬운 일은 아니었다.

희라가 내 팔을 건드렸다.

"너무 긴장해 있어요. 좀 느긋하게."

나는 고개를 끄덕였다. 하지만 우리에게 주어진 시간은 이번달 뿐이다. 다음달부터 모래마을은 완전히 사라진다. 모래마을 사람들이 L시에 간다면 그들 역시 L시에 적응하게 될 것이다. 이제 L시에서는 L시를 멀리 볼 수 있는 사람들, 문제의식을 가지고 있는 사람들을 찾아볼 수 없을 것이다. 손은 각질화되어 떨어져나가고, 그러고 나면 L시의 시민들과 같은 창백한 표정으로 지나간 일들을 모두 잊고, 자기가 맺었던 관계를 잊고, 자기 자신의 과거를 차차 잊어가게 될 것이다.

마음이 급했다. 반드시 그 차량들이 무얼 싣고 있었는지를 알아내야 했고 그리고 내 아이 고요를 되찾아야 했다.

—삭제된 정보입니다

　붉은 글씨로 쓰인 구절이 화면에 나타났다가 사라졌다. 나는 어깨에 기운이 쭉 빠졌다. 희라를 불러 상황을 알리자 그녀는 말없이 고개를 끄덕였다.

　"지난달 모래마을에서 일어난 폭발로 희생자가 스무 명 가까이 나왔다고 들었습니다."

　케이가 문득 생각났다는 듯이 이야기를 꺼냈다.

　폐기물 소각 과정에서 일어난 사고였다.

　"왜 진작에 떠나지 않은 거죠?"

　케이는 정말 궁금하다는 듯이 물었다.

　"무엇 때문에 우리가 마을을 떠나야 된다고 생각하세요?"

　희라가 좀 화가 나 물었다.

　케이가 너무 쉬운 질문이라는 듯 대답했다.

　"위험하잖아요. 그곳은 폐기물 구역이라고요. 사람이 살 수 있는 환경이 아니잖습니까?"

　희라가 자리에서 일어나 케이를 똑바로 바라보고 대답했다.

　"여긴요? 여긴 어떤데요? 사람이 살 만한가요?"

　"보시다시피요. 나는 안전해요."

　케이가 영문을 모르겠다는 듯이 답했다. 자기 자신에 대해서는 아는 것이 하나도 없으면서, 케이는 평온한 미소를 짓고 있었다.

그에 비하면 희라와 나의 행색은 말이 아니었다. 며칠간 이어진 회의로 얼굴은 피폐했고 누추한 옷을 걸치고 있었다. 하지만 그 어느 때보다도 의지가 넘쳤다. 고요의 이름을 기억해냈고 아이에 대한 기억을 조금씩 찾아가고 있었고, 그리고 그 아이를 찾겠다는 의지를 꺾지 않았으므로.

"내가 보기엔 여기가 더 위험해요."

알 수 없는 대답이라는 듯 케이가 어깨를 으쓱했다.

"정말 돌아갈 겁니까?"

질문이 화난다는 듯 희라가 서둘러 대답했다.

"당연하죠. 거기로 돌아갈 거냐고 묻는 건 이상한 질문이에요. 거긴 우리집이고, 식구들과 친구들이 살고 있으니까 우리가 모래마을로 돌아가는 것에는 선택의 여지가 없습니다. 당신 질문이 얼마나 이상한지 다시 생각해보는 게 좋겠네요."

케이는 역시 희라의 말을 이해할 수 없다는 표정이었다. 우리는 서로를 이해하지 못했다. 다른 지역을 배당받았음에도 고향을 포기할 수 없는 모래마을 사람들을 케이가 이해하지 못하듯 우리도 자기 자신을 잃어버리면서 L시에 안전하게 소속되어 있는 시민들을 이해하지 못했다.

희라와 나는 L시가 계획적으로 다기조병을 유포했으며 시민들의 기억을 지우고 있다는 증거는 찾지 못했다. 우리가 그날 교역소에서 찾아낸 것은 제오스에서 수출하고 있는 피프린의 수출량이 그사이에 15배나 증가했으며 그래서 L시의 수출액이 20퍼센트나 늘어났다는 점이었다. 모든 게 거짓이었다. 다기조 폐기물이 피프린이라는 이름으로 둔갑한 채 모래마을에 매립되고 있는 상황을 수출이라고 홍보하고 있었다. L시는 제오스에 표창을 하고 지원했다. L시에는 한 단계 성장했다는 자부심이, 마치 모래마을의 검은 구름처럼 드리워 있었다. 가볍게 떠도는 흥분이 도시를 언뜻 생기발랄하게 보이게 했으나 그 흥분의 밑바닥에는 공허가 있었다. 사람들이 죽어가고 있었다. 그런데 아무도 그걸 눈치채지 못했다.

언제나 냉정을 유지하던 케이조차도 살짝 흥분한 것처럼 보였다. 아마 그런 흥분이 필요한 것이리라.

희라와 나는 케이에게 잘 지내길 바란다고 인사를 하고 사무실을 나왔다.

교역소를 나오는 길에 우리는 전에 보지 못한 거대한 전광판을 보았다. 화면은 쉴새없이 바뀌고 있었는데 피프린 수출로 L시의 경제력이 얼마나 성장했는지에 대한 뉴스가 보도되고 있었다. 그 뉴스는 드라마처럼 각본에 의해 짜여 있고 아나운서는 연기를 하고 있는 셈이었다. 뉴스가 끝나면 커다란 지도가 떴고 피프린을 수출하고 있는 지역이 색색깔로 표기되었다. 그다음에는 피프린 공장들을 멀리서 찍은 사진과 공장에서 일하고 있는 사람들의 모습이 보였다.

희라는 고개를 절레절레 흔들었다.

"이런 광고에 사람들이 속아넘어갈 거라고 생각하는 건가요?"

"그럴지도 모르죠."

나는 L시도 모래마을도 아닌 다른 곳으로 가서 한 달만 아무 생각 없이 지내고 싶었다. 거기서 다기조병에 걸려서 기억을 다 잃어버리고 다시는 돌아오지 않고 싶었다. 하지만 이제 그럴 수 없게 되어버렸다. 난 아이에 대한 기억을 조금씩 회복하고 있었고, 그애를 만날 날이 가까워지고 있다는 것을 알고 있었다.

"우리가 저 사람들과 그렇게 다르다고 생각 안 해요."

"우린 정말 달라요. 서로 말도 통하지 않는다고요. 이해하지 못하고 있다고요. 사무실에 조금 더 있었다면 케이와 한판 붙어버렸을지도 몰라요."

희라가 씩씩댔다.

"매일 이곳 거리를 지나다니면서 저 전광판의 뉴스들을 보고 있으면, 나도 피프린을 사랑하게 될 겁니다."

"아니에요. 난 그렇게 생각 안 해. 가만히 보면 아저씨는 인간을 너무 하찮은 존재라고 생각하는 것 같아요. 인간에겐 의지도 있고 이성도 있고……"

"당신은 하찮아진 적이 없으니까 그렇게 말할 수 있는지도 모르죠. 그래서 내 얘기에 공감하지 못할 수도 있어요."

희라가 나를 장난처럼 노려보았다.

"매일 똑같은 걸 보고 똑같은 소리를 듣게 되면 그냥 그걸 믿게 되고 말걸요. L시의 시민들이 유독 지능지수가 떨어지거나 판단력이 부족한가요? 아니잖아요. 다만 그들이 여기에 있다는 것이 함정이에요."

가방 안에는 저장 칩이 들어 있었고 피프린에 대한 모든 정보가 있었지만 피프린은 이 도시에서 자부심을 상징하는 고유명사가 되어 있었다. 피프린은 위험물질이 아니라 도시를 살리고 움직이게 하는 동력이었고 우리가 찾아낸 건 녹슨 칼과 창이었다. 그 녹슨 창이라도 주워드는 수밖에 다른 선택의 여지가 없었다.

한 달 동안 쌓은 바리케이드는 삼십 분 만에 무너졌다. 경찰들은 지하 대피소로 숨은 사람들을 찾아내지는 못했다. 하지만 L시는 곳곳에 세워진 전광판을 통해 모래마을 사람들이 모두 L시의 지정 구역으로 이주했으며 모래마을이 폐기되었음을 선언했다. 하지만 우리는 순순히 지정구역으로 이주하지는 않았다.

그럼으로써 우리들은 더이상 아무런 법적 보호를 받지 못하는 신세가 되었다. 길을 가다 누군가 총을 쏜다고 해도 보호받지 못하게 되는 거다. 그러니 우리들은 L시의 유령이나 마찬가지였다. 눈에 보이는 유령이다. 유령이 무서운 이유가 다른 사람의 눈에 안 보이기 때문이라면, 우리들은 유령이고, 눈에 보이는 유령이며, 그러니까 무섭지 않은 유령이었다.

한 달 동안 우리들은 L시로 나갈 준비를 했다. 우리들이 한 준비라는 것은 작은 책자를 만드는 일이었다. 책자보다는 신문에 가까운 유인물이었다. 우리는 거기에 피프린에 대해 우리가 알아낼 수 있었던 모든 정보를 담았다.

작은 책을 들고 모래마을 사람들은 각지로 흩어지기로 했다. 지정 구역으로 가는 대신 위조 시민증을 만들어 정해진 지역으로 숨어들었다. 당장은 일자리를 구하거나 집을 찾는 것도 쉽지는 않을 것이다. 우리는 꼭 살아남자며 인사를 나누었다. 그리고 가방 한두 개 정도의 가벼운 짐보따리를 들고 헤어졌다.

사람들이 하나둘씩 떠나고 마지막에 마을을 떠난 사람은 희라였다. 함께 나가자고 했더니 자기 혼자서 마을에 남아 있고 싶다고 했다.

별로 기분이 나쁘진 않다고 희라가 중얼거렸다. 늘 당당했던 희라의 어깨에 힘이 빠진 듯했다.

"다음달에 폐기물이 잔뜩 들어올 텐데, 검은 구름을 캐러 다시 여기로 돌아올 수 있을까요?"

희라가 고개를 떨어뜨렸다.

"돌아올 수 있을 겁니다."

나는 단호하게, 마치 다음달의 일을 미리 본 사람처럼 자신 있게 말했다. 정말 그런 확신이 있었던 것은 아니지만 그 순간 그렇게 말할 수밖에 없었다. 녹슨 창을 쥐는 수밖에 없었듯, 그것 외에, 확신 외에 다른 대답은 없었다.

희라가 천천히 고개를 들었다.

"일말의 희망이 있다고 늘 생각했어요. 그런데 아니었나봐요. 이 마을을 나가게 될 거라는 생각은 한 번도 안 해봤어요. 죽으면 죽었지 여기서 나가지는 못할 거라고 생각했어요."

"우린 나가는 게 아니에요. 다시 여기로 돌아올 겁니다. 죽긴 왜 죽어요. 일단은 살아남읍시다. 그런 다음에 다시 돌아오죠. 다시 모래마을로 돌아옵시다. 당신도 나도, 떠난 마을 사람들 모두요."

희라가 억지로 고개를 끄덕였다. 그리고 이를 드러낸 미소를 보였다. 진짜로 웃을 수는 없으니까 웃는 모양 비슷하게 겨우 근육을 움직이고 있었다.

한 그룹의 인원은 여섯을 넘지 않는다.

같은 그룹의 인원이 아니면 어디로 가는지는 서로에게도 말해주지 않는다.

밖에서 서로를 알아본다고 해도 알은척하지 않는다.

몇 가지 규칙이 적힌 종이를 들고 우리는 모래마을을 나섰다.

희라가 원했기 때문에 그녀가 하자는 대로 마을을 나왔다. 건물들은 모두 폭파되어 있었고 아스팔트길도 쑥대밭이었다. 전쟁을 치른 도시처럼 보였다. 무너진 건물 벽에 잠시 앉아 그룹의 일원이 숙소에 도착했다는 전갈을 받았다. 숙소의 상태는 생각보다 나쁘지 않다고 했다.

문제는 우리가 다기조와 끝까지 싸울 수 있는가에 있었다. L시에 살면서 끝내 저항할 수 있는가에 있었다. 그 생각을 하면 여기를 나간다는 것이 물속으로 걸어들어가는 자살 행위와 같다는 생각이 들었다.

갑자기 두려워져서 발을 꼼짝할 수 없었다. 온몸에 힘이 빠졌다.

여기가 어디였더라. 주변을 둘러보았지만 근처의 건물들도 모두 무너져내려 어디쯤인지 찾기가 쉽지 않았다. 무너진 콘크리트 건물 틈새에서 작은 돌을 하나 주워들었다. 그건 그냥 어디서나 볼 수 있는 돌멩이였다. 하지만 그 돌멩이를 집어들었을 때, 언젠가 과거에 만났던 돌멩이를 든 작은 소녀의 모습을 떠올릴 수 있었고, 내가 고요에게 가까이 가고 있다는 것을 알 수 있었다.

아이는 검은 옷을 입고 있다. 검은 옷을 입고 멜로디언을 불고 있다. 아이는 혼자가 아니다. 아이의 옆에는 다른 아이가 있다. 그 아이도 검은 옷을 입고 있고, 역시 멜로디언을 불고 있다. 아이들이 연주하는 노래는 기억이 나지 않는다. 하지만 그 노래가 마음을 위로해주고 있는 것만은 분명했다. 아이들이 작은 손가락으로 건반을 누르고 건반에서 흘러나오는 멜로디가 단순하고 조용하게 그러나 끊이지 않고 흐름을 만들어내고 있다는 사실이 내게 위안을 주고 있었다. 나는 울지 않기로 했지만 곧 눈물이 흘렀다. 아내가 내 무릎 위에 조용히 손을 올려놓았다. 아내도 검은 옷을 입고 있었고 나 또한 검은 옷을 입고 있었다.

거기는 장례식장이었다. 가정집이었는데 장례를 치르고 있었다. 반 정도는 아이들이었고 또 반절은 어른이었다. 어쨌거나 아이들이 상당히 많은 것으로 보아 그곳에서는 아이의 장례가 치러지고 있다는 것을 알게 되었다. 거기는 내 딸의 친구 장례식장이었다.

고요도 저 아이들의 무리에서 멜로디언을 연주하고 있을 것이다. 하지만 자꾸 눈앞이 흐려지고 딸이 있는 자리를 찾지 못한다. 자기를 보고 있지 않다는 것을 눈치채면 실망할지도 모르는데, 눈앞에서 무언가 차오르고 닦아내도 또다시 차올라 시야를 막는다.

연주가 끝나고 아이들이 악기를 챙겨 방 뒤쪽으로 이동했다. 다리가 떨리고 현기증이 난다. 어디를 쳐다봐야 좋을지 모르겠어서 허공만 바라보고 있다. 내가 이러고 있다는 것을 알면 고요가 실망할 거야, 생각하고 다리에 힘을 주어보지만 결국 벽에 기대 서고 만다.

"괜찮으세요, 아저씨?"

한 여자아이가 내게 다가온다. 아이의 손에는 연주를 끝낸 멜로디언이 들려 있다.

"응, 괜찮단다. 연주 아주 잘 들었어. 고맙다."

아이는 고개를 끄덕였다. 그리고 내 눈을 바라보았는데 나는 그 애의 눈을 볼 수 없었다. 시선을 떨구자 아이는 내 옆에 와서 섰다. 아이의 작은 손과 손톱, 그리고 푸른 케이스의 멜로디언이 눈에 들어왔다. 멜로디언 케이스에 매직으로 커다랗게 이름을 써놓았다.

이고요.

나는 그 세 글자를 다시 소리내어 읽어본다.

이고요.

아이가 고개를 끄덕인다.

"맞아요. 이건 고요의 이름이에요. 난 내 물건에 다 고요의 이름을 써놨어요. 고요를 잊지 않으려고요."

눈물이 볼 위를 타고 뚝뚝 떨어진다. 땀방울처럼 뚝뚝 눈물이 떨어진다.

아내가 나를 향해 온다. 아내는 내 팔을 잡고 잠시 방에 가서 앉아 있는 게 좋겠다고 한다. 아내는 검은 상복을 입고 있고, 머리에는 아까는 보지 못한 흰 천조각이 달린 실핀이 꽂혀 있다.

목이 말랐다. 어디에 잠깐 앉아 있는 게 좋겠다. 앉아서 생각을 좀 해보자, 한 달간의 끔찍한 경험 때문에 제대로 된 생각을 한다는 게 쉽지 않았다. 호흡을 가다듬고 이제 내가 뭘 해야 하는지 어디로 가는 게 좋을지 생각을 좀 해보는 게 좋겠다고 중얼거렸다. 양손 모두 주먹을 꽉 쥐고 있었고 오른손에는 여전히 돌멩이가 쥐여 있었다. 아무것도 없는 황량한 땅을 향해 돌을 멀리 힘껏 던졌다.

건물에서 나오며 무너진 벽 틈에 끼어 있는 신발을 한 짝 보았다.

이 신발의 주인은 무사히 이곳을 빠져나갔을까?

잠깐 고개를 숙이고, 이미 지나간 시간에 대해서 기도했다. 내게 남아 있는 마음을 그 기도에 담은 뒤에 다시 걷기 시작했다.

작은 동물이 으르렁거리는 소리가 들리는 듯해서 주위를 둘러보았다. 그 소리는 방금 전 내가 떠난 곳, 희라가 남아 있는 그곳에서 들렸다. 으르렁거리는 소리는 어느새 흐느끼는 소리로 변했고 그러다가 멈췄다.

그녀가 나보다 오래 버틸 것이다.

나는 완전히 무너져 형체도 알아볼 수 있는 바리케이드를, 숨어지내던 한 달간의 은신 기간을, 마치 나 자신의 무덤을 밟듯이 천천히 통과하고 있었다.

새로운 이름

폭발 사고에 대해서 L시 사람들은 잘못 생각하고 있었다. 폭발을 일으킨 건 L시에서 들여온 피프린 폐기물들이었다. 그러니 그 책임을 제오스에 물어야 합당했다. 하지만 L시에서는 마치 모래마을 자체가 오염 물질의 총체라도 되는 것처럼 여기고 있었다. 시민들은 모래마을을 봉쇄하면 모든 일이 끝날 것이라고 생각하는 듯 그곳과 이곳의 선을 분명히 그으려고 했다.

여기는 L시다. 모래마을이 아니다, 모래마을은 위험한 지역이다. 여기는 모래마을과 다르다. 그런 구절들이 도시 곳곳에 붙어 있지는 않지만 사람들의 머릿속에 단단하게 자리잡혀 있었다. 모래마을을 끔찍하게 여기면 자신은 안전할 거라고 생각하는 것 같았다.

나는 그게 우리 마을 사람들의 외형 때문일 수도 있다고 생각했다. 일단 모래마을 사람들은 다기조를 전신으로 앓고 있었기 때문에 손을 떨구어내고 다기조를 내면화한 L시 시민들의 눈에는 더 끔찍한 병을 앓고 있는 듯 보이는 것이다. 케이가 나와 희라에게 자기는 안전하다고, 위험에 빠진 우리 두 사람을 안쓰러운 듯 바라보았던 시선. 자기 자신이 처한 상황을 전혀 알지 못하는 무지가 그를 안전하다는 착각 속에 머무르게 하고 있었다. 어쩌면 그 반대일지도 몰랐다. 자신들이 위험에 처해 있다는 불안감을 모래마을 사람들에게 전부 밀어넣은 채로 단지 나는 저들과 다르다는 짧은 기도문으로 스스로를 세뇌시키면서 안도하며 버티고 있는지도.

여하튼 모래마을 사람들은 L시에서는 보고 싶지 않은 흉물이었으므로 일단 모래마을에서 왔다는 것을 들키면 일자리를 구하기란 불가능했다. 그래서 모래마을 사람들의 상당수는 출신 지역을 숨기거나 어쩔 수 없이 위험한 일을 하고 있었다. 관리가 되지 않고 대우도 형편없는 곳이 대부분이었다. 오염 지역을 청소하거나 위험 수위가 높은 공장일 같은 것들을 겨우 할 수 있었다.

그중에 나는 운이 좋은 편이었다. 내가 지원한 곳은 장애를 가진 이들을 고용하는 사회적 기업이었다.

L시에 온 이후에는 각질화가 더 심해진다는 기분이 들었다. 그건 주변 사람들의 반들반들한 얼굴과 손 때문일 수도 있었다. 그

들 사이에 있으면 내가 그들과 다르다는 것을 분명히 인식할 수 있었다. 모래마을에 살면서 L시를 방문하고 당당하게 교역소를 드나들면서 보았던 L시 시민들의 모습과―그때 나는 그들이 병든 채 병들어 있는지 모르는 무감각과 무지의 상태에 빠져 있다고 생각했고, 그들을 연민하고 안타깝게 여겼었다. 그것은 나의 과거이기도 했지만, 또 내가 벗어난 과거이기도 했다. 그들의 모습은 내가 부정하고 극복해야 했던 모습이었다―모래마을이 폐기 도시가 되고 소속을 잃은 채 L시의 시민 아닌 시민이 되어 보게 되는 L시의 사람들은 또 달랐다. 물론 그들의 모습이 이상적이라고 생각하지는 않았지만 나 자신의 제1과제, L시에서 살아남아야 한다는 과제를 해결한 사람들이었다. 물론 살아 있다는 것이란 무엇인가를 따지고 들면 상황은 달라졌다. 그들은 죽어 있는 채 살아 걸어다니는 시체와 다름없었다. 피부가 반들반들하고 과거를 잃어버리고 대체된 기억으로 거짓 삶을 살고 있는 유령들이었다. 하지만 나는 그 유령조차 되지 못할 수도 있었다. 걸어다니지도 못하는 시체가 될 수도 있다는 이야기다. 나는 그들에게 인정받아야 했고 함께 어울려야 했고 안녕하세요, 라고 인사하고 고맙다고 말해야 했고 배워야 했다. 이제 나는 그들의 도움 없이 살아 있을 수도 없었다. 존재할 수도 없었단 말이다. 나는 더이상 그들을 연민하거나 걱정할 처지가 아니었다. 이 일들은 고작 이삼 년 사이에 일어났다.

그래서 더더욱이나 나는 내가 너무 보잘것없다고 느꼈다.

우리 그룹에서는 노인들이나 장애인들, 빈민들이 주로 거주하는 지역에 지하실을 빌릴 수 있었다. 방문이 없다는 것을 제외하면 다른 그룹에 비해 사정이 좋은 편이라고 들었다. 천장에 커튼을 달아 칸막이를 만들었다. 그림자가 비치고 소리가 들린다는 투정은 사치였다.

제일 먼저 일자리를 구한 사람은 그룹에서 가장 나이가 어린 경재였다. 근처 영화관에서 화장실을 청소하고 쓰레기통을 비우고 로비를 닦는 정도라고 했다. 보수가 낮은 것이 문제였으므로 그 일을 하면서 다른 일을 더 구해보기로 했다.

마음에 차지는 않지만 다른 사람들이 거의 밥값 정도는 해결할 수 있을 때까지도 나는 면접에서 번번이 실패했다. 내게는 교역소에 근무했다는 사실과, 시험에서 최하위 점수를 받고 퇴사했다는 꼬리표가 따라다녔기 때문이었다.

경재가 구해온 시민증은 제법 진짜 같았다. 드디어 내가 실업의 고민에서 벗어날 수 있게 되었다면서 경재는 기분이 조금 들떠 보였다. 내가 실수만 하지 않는다면, 자기 이름을 불러도 못 알아듣는다거나 시민번호를 비롯한 정보를 잊어버려서 의심을 받지만 않는다면 아무 문제가 없을 거라고 했다.

"이건 진짜거든. 위조한 시민증이 아니라 진짜 시민증이라고
요."

"그럼 이 사람은요?"

경재가 더이상 궁금해할 것 없다는 식으로 시민증을 내게 건네
고 일어섰다.

"이 사람은 시민증을 잃어버린 거냐고요."

"뭐 그렇다고 생각해도 좋고요."

"그러면 그런 거지, 그렇다고 생각해도 좋은 건 뭐예요?"

"그래요. 그 사람은 시민증을 잃어버렸어요. 이제 됐습니까?"

경재가 괜히 화를 내면서 제 방으로 들어가 커튼을 닫아버렸다.
커튼에 비친 그림자는 내려앉더니 둥글게 몸을 말고 최소한의 부
피가 되어 있었다. 나는 시민증에 찍혀 있는 번호를 읽었다.

남성이었고 나보다 세 살 아래, 태어난 계절은 정반대였다. 시
민증에는 그가 거쳐간 직종도 표기되어 있었다. 용접, 제약 공장
의 생산직, 양초 공장의 포장직 등 단순노동이었다. 마지막으로,
시민번호 끝에 Z라고 표기되어 있는 것을 읽었다. 장애를 가지고
있다는 뜻이었다.

"이 사람 정말 이걸 잃어버린 것 맞아요?"

나는 커튼에 비친 경재의 그림자에 대고 소리를 높여 물었다.

그림자가 바닥에 드러누웠다.

아무 대답도 돌아오지 않았다.

나는 그게 뭔지 모르겠지만 딱히 좋은 일이 일어난 것 같지 않다는 생각이 들었다. 그게 뭔지 모르겠지만 내가 이 시민증을 가지고 일을 구하고 밥을 먹고 밤에는 모래마을 사람들과 함께 활동을 하게 되었다면 그건 그가 이 시민증을, 그게 어떤 식이었는지는 모르지만 잃어버렸기 때문이고 그는 예전의 나처럼 일자리를 구하지 못하고 밥을 먹기 어려워지고, 제가 하고자 했던 일을 하지 못하게 된 것은 아닌가, 하는 생각이 들어 마음이 편치 않았다.

면접을 준비하기 위해 교역소에 가서 이종희라는 사람의 등록내역서를 뽑았다. 그가 가진 장애는 미다기조화(양손), 지적장애 BB등급, 인지능력 부족이었다. 그가 양손을 사용했다는 건 다기조화를 거부했다는 의미이기도 했다. 지적장애 BB등급이란 실제로 생활을 하는 데 불편함을 느끼지 않고 특정 개념을 이해하지 못하는 정도에 불과했다. 나는 그가 이해하지 못한 특정 개념이 개인일지도 모른다고 짐작할 수 있었다. 그러니까 그는 L시에서 끔찍하게 여기는 공동체주의자일지도 몰랐다. 다른 사람들을 위치나 움직임으로 파악하지 않고 인격적으로 받아들이고 교류하려는 사람들은 L시에서 지적 장애인으로 취급하고 있었다.

말라붙어가는 얼굴 위에 젤을 바르고 그 위에 파우더를 뿌려 피부 상태를 가렸다. 손에는 피부색과 비슷하게 색을 들인 얇은 장갑을 끼고 긴팔 셔츠에 바지를 입었다.

셋을 뽑는데 모인 사람들은 아홉이었다. 경쟁률은 낮은 편이었다. 근무 시간도 절반, 보수도 역시 다른 일의 절반밖에 되지 않았다. 지원자 중에는 나이가 꽤 많아 보이는, 머리카락이 반백인 노인도 있었다. 나중에 보니 그 노인이 아니라 노인이 데리고 온 어떤 남자가 면접 대상자였다. 여덟이 모인 셈이 되므로 합격 확률은 더 높아진 셈이었다. 노인의 옆에 나란히 앉은 남자는 내 또래였고 잔뜩 겁을 먹고 있는 것처럼 보였다. 겉으로 보기에는 장애가 없어 보였는데 노인이 오라면 오고, 가라면 가는 식으로 어린아이처럼 행동했다.

나는 다른 사람들에게 다기조에 저항하고 있는 모래마을 출신으로는 보이지 않을 것이다. 화장도 하고 장갑도 끼었으니 겉모습에는 별다른 점이 없고 입을 꼭 다물고 얼어 있으니 사회성에 문제를 갖고 있는 쪽으로 보였을 것이다. 그 생각은 좀 우스운 것이었는데 나를 제외하고는 아무도 다른 사람을 흘끗거리지조차 않는다는 사실을 깨달았기 때문이다.

잊고 있었다. 여기는 L시고, L시에서는 자기 자신 이외에 다른 이들은 그저 움직이는 물체일 뿐이다.

면접실에 들어가자 가슴이 두근거리기 시작했다. 가슴이 뛰는 소리가 면접관에게 들리지 않을까 걱정될 정도였다. 면접관은 약간 살집이 있고 곱슬머리에, 입가에는 잔잔한 미소를 띠고 있었다.

"7번."

"이종희입니다."

"장애 사유에 대해 설명해주겠습니까?"

"양손을 사용하고 있으며, 개인에 대한 이해가 불가한 상황입니다."

"양손을 갖고 있다고요?"

면접관이 다시 물었다. 그녀는 손에 쥐고 있던 내 지원서를 내려놓고 턱을 좀 빼서 나를 조금이라도 더 가까이서 보려고 했다. 나는 목소리에 힘을 주어 대답했다.

"네, 저는 두 손을 갖고 있습니다."

그녀가 흠, 하고 소리가 나게 숨을 내쉬었다.

"많은 장애 사유를 들어왔지만 두 손을 갖고 있는 경우는 처음입니다."

그녀는 난감해하는 것 같기도 하고 신기해하는 것 같기도 했다.

나에게 그들의 모습이 기이해 보이는 것처럼 그들은 내 모습을 기이하게 여기고 있었다. 물론 공식적으로 우리 안에 갇힌 신기한 동물이 된 쪽은 나였다. 하지만 내 작은 세상에서 바라보면 반대로, 우리 안에 갇혀 있는 것은 그들 쪽이었다. 나는 내가 갇힌 세상이 아무리 좁더라도 시선을 내어주면 안 된다고 마음속으로 되뇌었다.

"다른 사람들을 여전히 보고 있기도 하겠네요."

면접관이 마치 고대의 코끼리를 눈앞에 두고 있다는 듯 감상에 젖었다.

"그렇습니다. 다른 사람들을 볼 수 있습니다."

"다기조화하기 이전의 시민들은 타인을 볼 수 있었다는 이야기를 들은 적이 있습니다. 간혹 L시의 시민들 중에서도 그런 돌연변이 같은 사람들이 몇몇 발견되기도 하고요. 하지만 그런 사람을 직접 만난 것은 처음입니다. 이건 면접과는 관계없는 질문인데요."

그녀가 눈을 동그랗게 뜨고 물었다.

"과거를 알고 있습니까?"

나는 고개를 끄덕였다.

그녀가 어깨를 으쓱했다.

"놀라운 일이네요."

그녀가 서류를 다시 천천히 훑었다.

"과거를 알고 있다?"

"네, 그렇습니다. 저는 아이를 잃었습니다."

나는 묻지 않은 이야기를 했다. 그녀가 좀 당황하는 것 같았다.

"아이를 잃어요?"

"네."

"그것 참 안된 일이네요."

그녀의 표정이 우울해지더니 고개를 천천히 저었다.

"뭐라고 위로를 해야 할지. 나는 아이를 낳거나 키워본 적이 없어서요. 당신의 마음을 이해할 수 있다고 하지는 않겠습니다. 하지만 유추를 해볼 수는 있는데 안타까운 일임에는 분명하네요. 게다가 공감할 수 있는 사람들을 찾기도 어려울 테니 혼자 이겨내야 했겠군요. L시에서 이제 아이들은 거의 찾아볼 수가 없게 되어버렸으니까요. 아이를 가지려는 사람이 없기 때문이죠. 우리는 L시의 마지막 시민이 될 거고요."

그녀는 아무런 감정도 없이 술술 지껄여댔다. L시의 마지막 시민이 된다는 것은 L시가 끝난다는 것인데도 말이다. L시는 모래마을처럼 폐기된 지역이 될 것인데도 말이다. 그녀는 그게 마치 주어진 답안인 양 이야기하더니 손가락을 둥글게 말아 오케이 사인을 보냈다.

"난 당신의 장애가 우리 작업장에 문제가 되지 않으리라고 판단합니다. 양손은 사회에서는 장애지만 이곳에선 오히려 효율을 높이는 데 일조할 수 있겠지요. 과거를 기억하고 있다는 점에 대해서는 아직 잘 모르겠습니다. 그 생각을 하면 조금 더 복잡해지는데, 해보면 알겠죠. 당신의 근무 사례가 이후의 지침이 될 겁니다. 그 점을 염두에 두어주기를 바랍니다. 결론은 이렇습니다. 어쨌거나 난 이 작업장에 당신이 꽤 적합한 인물이라고 판단했습니다."

이를테면 육손이가 여섯 개의 버튼을 동시에 누를 수 있으니 쓸모가 있겠다는 말이 그녀의 진심인지 아니면 위로인지 구분할 수 없었다. 어쨌든 합격했다는 사실 때문에 나는 조금 기분이 좋아졌다. 면접관은 어딘가 엉뚱해 보였지만 이곳에 와서 만난 다른 면접관들에 비하면 여유가 있고 표정이나 몸짓이 유머러스했다. 하지만 그녀의 여유가 어디에서 오는지를 생각하면 그 모습이 유쾌하게만 느껴지진 않았다.

그녀의 여유는 내일을 모르는 데서 왔다. 아니면 내일을 순순히 받아들이는 데서 왔다. 그녀는 앞을 보지 않은 채 그렇게 여유 있는 미소를 지으며 한 발짝씩 걸어나가고 있었다. 나는 그녀가 결국 허공에 발을 내딛고 추락하는 장면을 떠올렸다.

나는 그녀처럼 되지 않을 거야, 생각했다. L시에서 나는 어쩔 수 없이 손을 떨구어낸 다기조 환자였고 또 모래마을에서는 다기조에 저항했으나 다시 L시로 돌아왔을 때는 무작정 사람들이 하는 대로 묻혀갈 수는 없다고 다짐했다.

나는 공장에서 빵을 만드는 일을 했다. 그룹 사람들 중에서는 환경이나 처우가 꽤 괜찮은 일거리를 구한 셈이었다. 그곳에서는 이종희라는 이름을 사용했다. 본명과 발음이 비슷하다는 이유에서였다. 그러니까 누군가 이종희 하고 불시에 이름을 불렀을 때, 그 이름이 이동휘가 비슷한 발음이었기 때문에 무의식적으로 반응할 수 있었다. 순전히 그런 용도로 붙인 이름이었는데 자꾸 불리고 듣다보니 차차 나라는 사람에 꽤 어울리는 데가 있다고 생각하게 되었다.

L시에서 나, 이종희는 장님이나 마찬가지였기 때문에, 집과 공장 이외에 돌아다닐 수 있는 곳은 없었다. 거리의 전광판에서 들을 수 있는 소식은 죄다 정부에서 조작한 것이어서 믿을 만한 것이라고는 없었고, 점심시간에 사람들이 나누는 대화를 들으며 나는 이 도시가 어떻게 돌아가고 있는지를 겨우 알 수 있었다. 함께 밥을 먹는 사람들뿐만 아니라 옆 테이블 사람들의 대화에도 귀를 기울였다. 엘리베이터나, 간식 시간의 휴게실도 바깥 이야기를 듣는 좋은 창구가 되었다.

밤에는 L시의 구석구석에 모래마을에서 만든 작은 책을 뿌렸다. 누군가 읽는지, 아니면 쓰레기통에 갖다 버리는지 모르겠지만 책은 놓여 있던 자리에서 사라져 있었다. 그게 위안이 되었다. 처음에는 그렇게 해서 무엇을 할 수 있을까, 의문투성이에 누구에게랄 것 없는 분노가 치밀기도 했다. 그러다가 어느 날에 어떤 사람이 꽤 진지한 얼굴로 책을 읽고 있는 걸 봤고 이후에는 더 생각하지 말자며 밤마다 거리 곳곳을 쏘다녔다.

적어도 그 뉴스를 듣기 전까지는 비교적 환경이 괜찮은 숙소에 배정받았고 안전한 직장을 얻게 된 일에 감사하며 잠에 들었다. 바닥에 떨어져 있는 책자를 볼 때면 가끔 이런 생각을 했다. 그냥 이 삶이 나쁘다는 생각이 들지 않게 된다면, 책을 뿌리는 일을 그만두게 되지 않겠나. 그리고 L시의 다른 사람들이 밤에 하는 일들을 할 수 있게 되지 않을까. 작업반장의 여유가 꼭 나빠 보이지 않고 그들과 함께 웃고 있겠지 싶었다.

그럴 때마다 고요를 떠올렸다. 고요와 고요의 이름을 기억하겠다던 고요의 친구와 고요를 대신해 아내의 친구가 되어주었던 희라, 그런 사람들을 떠올리면 흐트러졌던 마음이 겨우 제자리를 찾았다.

가끔 개 짖는 소리가 들렸다. 길도 건물도 보이지 않고 흰 개들의 형상만 군데군데 희부옇게 빛났다. 사람들이 떠난 마을을 아직 떠나지 못한 개들이 지키고 있었다.

개들이 뭘 먹고 지내는지 궁금했다. 누군가 와서 개들에게 먹이를 주는 것일까. 아니면 L시에 숨어든 우리들처럼 낮에는 다른 지역으로 떠났다가 밤이 되면 고향을 찾는 것일까.

개들이 무슨 힘으로 이곳을 지키는지, 아니면 이곳에 다시 돌아오는지 궁금했다. 그리고 그 질문은 나 자신에게도 적용되었다

눈을 감고도 이 길을 찾아들어갈 수 있었다. 하지만 바리케이드가 있던 입구까지였고 그 안쪽으로는 낯선 땅이었다.

고작 한 달이 지났을 뿐인데 사람들이 떠난 마을은 황무지를 방불케 했다. 한 번도 사람이 살아본 적이 없는 땅처럼 황량하고 음산한 곳이 된 마을의 모습을 보니 들어가는 것이 겁이 났다.

거대한 검은 황무지, 검은 구름, 멀리서 들려오는 바다의 파도 소리조차 검었다. 당장에 달려들어가고 싶은 마음과 가슴이 답답

해지면서 도망치고 싶은 마음이 동시에 덤벼들었다.

혼자서는 어쩐지 엄두가 나지 않아 입구에서 조금 기다리는 게 좋겠다고 생각했다. 나는 다시 공장에서 들은 뉴스를 떠올리며 내가 기다리는 것이 어쩌면 희라인지도 모른다고 생각했다.

아까부터 초조한 마음이 들었던 것은 희라가 오지 않을까봐서일지도 모른다. 그룹을 대표해서 한 사람씩이니까 희라가 오지 않을 확률은 올 확률보다 낮았는데도 나는 그녀와 약속이라도 한 듯이 희라를 만나기를 기다리고 있었다. 마을을 떠나던 날 희라를 혼자 두고 나온 것이 내내 마음에 걸리기도 했지만, 모르는 사이에 희라에게 우정을 느끼고 있었던 것 같다. 간절한 마음으로 희라가 이곳에 와주기를, 희라를 만날 수 있기를 바랐다.

구름에 가려졌던 달이 반쯤 얼굴을 내밀자 바리케이드 주변으로 하나둘씩 사람들이 모여들었다. 어느 날에는 다시 보지 않았으면 좋겠다고 생각하던 모래마을 사람들의 얼굴이었다. 눈물이 날 것처럼 반가운 모래마을 사람들의 얼굴이었다. 무너진 건물의 지하로 한 사람씩 들어설 때마다 조금씩 지하실이 밝아지는 것 같았다. 나는 사람들이 들어올 때마다 바닥에 선을 하나씩 그었다.

헤어질 때 모두 열다섯 개의 그룹으로 나뉘었고 그룹에서 한 명씩 모이기로 약속했으니까 열다섯이 모여야 했다. 그런데 모인 사람은 열셋이었다. 나는 모인 이들 중 한 사람의 얼굴을 기억하고 있었고 그 그룹에 우리씨가 있다는 것을 알았다. 그녀가 잘 지내느냐고는 묻지 않았다. 그녀는 똑똑하니까 아마 들키지 않고 제 역할을 잘해나가리라 생각하고 입을 꾹 다물었다.

오지 못한 두 사람이 있었다. 하지만 아무도 그 두 사람이 왜 오지 못했는지 묻지 않았다. 숙소 여건이 각기 달라서 그룹의 인원이 천차만별이었기 때문에 내가 바랄 수 있는 최선은 그 두 사람이 속한 그룹의 인원이 많지 않았기를 바라는 것뿐이었다.

우리는 각자 자기 그룹의 사람들이 어떻게 지내고 있는지 간단히 이야기를 나누고, 그룹에서 분담한 부분의 책자들을 나누었다. 교역소의 경비직으로 취업한 이가 보고 들은 이야기는 중요한 정보가 되었다.

다음달에 다시 만나자는 간단한 인사를 나눈 뒤 우리들은 부랴부랴 다시 흩어졌다. 눈에 띄지 않기 위해 한 사람씩 나왔는데, 지하 공간을 빠져나오기가 무섭게 들었던 생각은 그 잠깐 동안 만났던 사람들, 나를 포함한 열세 명의 사람들이 정말 있는가, 있었는가, 하는 의문이었다.

기다린 시간에 비해 만남은 너무 순식간에 지나가버렸기 때문이다. 이 시간을 기다리면서 또 긴 시간을 어떻게 보낼 수 있을지 자신이 없었다.

우리들에게 일어난 일

잘못 만든 빵을 처리하는 셈 치고 몇 조각 입에 넣다가 그 소식을 들었다. 갑자기 목이 막히고 얼굴이 노래졌다.

두 블록 떨어진 공장의 이야기였다. 종종 그곳에 일하러 들어갔다가 신체가 절단되어 나온 사람의 이야기를 들은 적이 있었다. 일하던 사람이 끔찍한 사고를 당했는데 문제는 시체가 너무 처참하게 훼손되는 바람에 그게 누군지 알 수 없었다고 했다.

드러난 몇몇 정황에 의하면 공장에 들어온 지 한 달이 채 되지 않은 신입사원이라고 했다. 사람들이 더 관심을 갖는 것은 일하던 사람이 개죽음을 당했다는 이야기가 아니었다. 그 이야기는 이미 너무 많이 들었던 것이다. 아무도 놀라지 않았다. 이 소문이 삽시간에 빵공장 전체로 번진 것은 죽은 이의 신변이 미스터리라는 점 때문이었다.

죽은 사원이 입사할 때 작성한 서류가 분실되었다고 했다. 이름과 주민번호, 핸드폰 번호조차 기록되어 있지 않았다. 그는 그냥 일인분의 노동자일 뿐이었다. 이름도 나이도 얼굴도 가족도 없는 일인분이었다.

한 달을 넘기지 못하고 공장을 그만두는 사람들이 부지기수였으므로 한 달 미만의 직원에 대해서는 따로 관리를 하지 않았다는 것이 공장측의 설명이었다. 함께 일하긴 했지만 그 직원이 특별히 친하게 지낸 동료도 없다고 했다. 원래 그런 성격 같았다고, 자기 얘기를 하는 것을 별로 달가워하지 않는 기색이었다고 동료들이 증언했다. 말을 붙여도 대충 얼버무리거나 대답하지 않으니 나중에는 묻지도 않게 되었다고 했다. 그 증언을 한 사람이 공장 사람이 아니라는 것은 나중에 밝혀졌지만 죽은 이가 누군지는 영영 몰랐다.

소식을 들은 이후부터 나는 어떻게든 희라를 만나야 한다는 생각에 사로잡혔다. 아마 지난달 회의에서 희라의 소속 그룹 전원이 공장에 취업했고, 환경이 열악하고 위험하다는 보고를 전해들었기 때문일 것이다.

"잠깐 정신 놓으면 팔이 잘려나가고 다리가 잘려나갑니다."

보고가 끝난 뒤 우리는 그 공장에서 전원 퇴직하고 다른 그룹의 수입으로 일단 버티는 게 좋겠다고 의견을 모았다. 회의에서 결정된 일이고 그룹 대표도 동의했으니 아마 그렇게 했을 텐데, 생각과 달리 산만해진 마음을 가다듬지 못했고 일이 손에 잡히지 않았다.

꿈에서 희라와 나는 나란히 책상 앞에 앉아 있다.

"찾았어요?"

평소답지 않게 희라가 불안해 보인다.

"아니요."

나는 그녀를 진정시키기 위해 덧붙인다.

"아직, 곧 찾을 수 있을 거예요."

우리 두 사람은 L시를 폐기하기로 결정했다는 증서를 찾고 있다. 지난달 중앙정부와 L시의 시장이 합의한 내용이다. 곧 자신들의 도시도 그렇게 될 거라는 사실을 알게 되어도 L시의 사람들은 지금과 같은 평정을 유지할 수 있을까. 희라와 나는 피프린의 유해성에 대한 거의 모든 정보를 찾았고 피프린 폐기물을 처리하기 위해 모래마을을 희생도시로 계획하고 실행해왔다는 정보 또한 찾을 수 있었다. 이제 하나가 남았는데, 그게 없었다. 모래마을이라는 폐기 구역을 L시로 확장할 거라는 합의서를 우리는 찾아야 했다.

"없어요. 찾지 못했어요."

희라가 울상이 되었다. 희라의 오른팔이 뚝 떨어져내렸다.

"찾을 수 있어요. 곧 찾게 될 겁니다. 포기하지 말아요."

"없어요. 아무리 찾아도 없어요. 다른 모든 정보를 찾았다 해도 무슨 소용이에요."

희라가 고개를 떨어뜨렸다. 희라의 오른쪽 다리가 떨어져나갔다.

"포기해서는 안 돼요."

그렇게 말하고 있지만, 나의 마음도 조급해지기 시작했다. 곧 케이가 와서 우리가 약속된 시간을 모두 사용했고, 이제 자리를 비워달라고 말할 차례였다. 다음날에는 모래마을이 완전히 폐기될 거고 흰개들과 L시와의 계약도 끝이 난다. 그 자리는 흰개들에게 주어진 마지막 기회였다. 우리는 그 기회를 영영 잃어버린 것이다.

케이가 나타났다.

"이제 다 끝났어요."

끝이 아니라고, 아직 우리는 끝나지 않았다고, 끝낼 수 없다고, 케이에게 사정이라도 하고 싶은 마음으로 고개를 돌린다. 케이의 팔이 떨어져나간다. 다리가 떨어져나간다. 가슴이 잘리고 몸이 조각나 바닥으로 떨어져내린다.

소리를 지르고 고개를 돌린다. 희라 역시 산산조각이 나 있다. 소리를 지르려는 순간 나는 내 입이 저기 저쪽에 떨어져 있다는 것을, 심장은 여기에서 뛰고 있고, 오른쪽 끝에는 다리가, 왼쪽에는 팔이, 바닥에는 머리가, 몸이 산산조각이 나 흩어져 있다는 것을 깨닫는다. 소리를 지르고 싶지만, 희라도 케이도 나도 이렇게 산산조각났다고, 우리를 위험에서 구해달라고 소리치고 싶지만 입은, 저기 저쪽 멀리에, 내가 통제할 수 없는 곳에 나에게서 떨어져나가 바닥에 힘없이 떨어져 있다.

"종희씨 어쩐지 요즘 시무룩해 보여요. 무슨 일 있습니까?"

반죽에 건포도와 호두, 땅콩을 섞으며 양선씨가 슬쩍 묻는다.

"그러니까요, 요즘 실수도 잦고 마치 다른 곳에 가 있는 사람 같아요. 일 끝나고 같이 어울리려고 들지도 않고."

건우씨가 거든다.

뭐라도 대답을 하긴 해야 하는데 뭐라고 해야 하는지 떠오르지 않는다. 지난밤 꿈속에서처럼 내 입술이 어디 있나, 내가 움직일 수 있는가 싶다.

"잠을 잘 못 자서 그럽니다. 괜찮아요."

나는 양선씨에게서 받아든 반죽을 틀에 붓고 건우씨는 화로에 반죽을 넣고 온도를 맞춘다. 그러고 있으면 마치 세상이 이렇게 아기자기한 곳 같다는 착각이 들곤 한다. 달콤하고 고소하고 따뜻한 냄새가 흘러나온다. 땀이 맺혔다가 둘러맨 머릿수건으로 스며드는 느낌이 기분좋다. 수요가 많지 않기 때문에 많은 양을 만들지는 않지만 직원들의 최소 생계비 정도는 수익을 내고 있다. 이렇게 작은 공장에 운좋게 들어오게 되어 다행이야, 라고 생각한다. 선풍기 바람이 후덥지근하다. 시원한 물 한잔을 마시고 다시 자리에 앉아 틀에 반죽을 붓는다.

"손이 두 개나 된다는 건 어떤 기분이에요?"

건우씨가 묻는다.

역시 멍한 표정으로 대답을 망설이자 그가 말한다.

"내가 보는 세상을 말해줄까요. 나에게는 아주 작은 동그라미만큼의 시력만 남아 있어요. 세상이 겨우 동그라미만하다고요. 나보다 작아요. 그건 아주 이상한 기분입니다. 내가 너무 커서 세상에 끼어들 자리가 없는 기분이에요. 나는 이곳 사람이 아닌데, 잘못 찾아온 기분이 듭니다. 그래서 사실 내가 장애를 갖고 있어서 작은 동그라미만큼의 세상밖에 못 보는 거지만 어쩐지 작은 아이를 돌보는 기분으로 사람들을 대하게 되었어요. 사실은 그렇지 않죠. 내 시력에 문제가 있는 거지만, 문제는 세상 쪽에 있는 것처럼 보이죠. 작은 구슬을 대하는 큰 거인, 그런 걸 상상해보세요. 내 마음을 백 분의 일 정도는 짐작할 수 있을 겁니다."

이제 내 차례였다.

"두 손을 갖고 있다는 것은, 과거로부터 무언가를 배울 수 있다는 것입니다. 과거를 기억하면 다른 사람들에 비해 효율이 떨어질 수 있겠죠. 그만큼의 무게를 더 유지해야 하니까요. 두 손을 갖고 있다는 것은 잊지 않는다는 뜻입니다. 기억하고 있다는 것입니다."

"기억이 뭔지 우린 몰라요. 우린 대체된 기억을, 선택한 기억을 가지고 있어요. 그래서 꽤 좋은 기분을 유지하고 있고요."

양선씨가 미소를 지으며 끼어들었다.

"당신이 뭘 기억하고 있는지 궁금해요."

"기억이라는 것은 전에 일어난 일을 떠올릴 수 있고, 그게 지금의 나에게 영향을 미친다는 것을 뜻합니다. 마치 바다를 볼 때처럼요. 근사한 그림을 보는 것과도 비슷하죠. 몸에서 어떤 일이 일어나는 겁니다. 마음을 움직이는 어떤 일이 일어나요."

"영화를 보는 것과 비슷한가요?"

"그렇다고도 할 수 있겠어요. 그 영화 속의 주인공이 내 얼굴을 하고 있다는 점이 다르고요."

"엄청난 일이군."

건우씨가 조그맣게 중얼거렸다.

"그래서 당신은 뭘 기억하고 있습니까?"

양선씨가 물었다.

"내가 기억하고 있는 것은,"

두 사람의 눈이 반짝였다. 나는 건우씨의 눈빛이 그토록 맑은데, 시력을 잃어가고 있다는 사실을 믿을 수 없었다. 그는 내가 본 이들 중 가장 정밀하게 세상을 바라보고 신중히 행동하는 사람이었다. 그가 빵틀을 화로에 넣을 때, 그리고 버튼을 돌리는 손끝의 동작을 보면 알 수 있었다. 정말 시력을 잃어가는 건 병에 걸린 건우씨가 아니라 우리들이다.

나는 크게 숨을 들이쉬었다.

"내가 기억하는 건 아이들의 죽음입니다. 내 아이가 다기조병에 걸려 손을 떨어뜨렸고 팔을 떨어뜨렸고, 다리를 떨어뜨렸고, 온몸이 하얀 가루가 되어 부서져내렸다는 것을 기억하고 있습니다. 또 내가 기억하고 있는 것은 그 일이 내 아이에게만 일어나지 않았다는 것입니다. 그건 이 도시의 다른 아이들에게도 일어났어요. 아이들은 다기조를 견뎌내지 못했어요. 나는 그 사실을 받아들일 수 없었기 때문에 내게 아이가 있었다는 사실을 잊기도 했고, 또 아이들이 되돌아오는 환상을 보기도 했죠. 하지만 이제 알아요. 기억을 찾았습니다. 내 아이는 죽었고 또다른 아이들도 모두 다 죽었어요. 내가 찾은 기억은 아이가 죽은 것이 아니라 L시의 아이들이 죽은 것입니다."

"난 아이들을 본 적이 없어서 무슨 말을 하는지 모르겠지만, 당신이 무슨 말을 하는지는 대충 알 것 같습니다. L시의 사람들에게 어떤 능력이 소멸되어버렸다는 이야기를 하고 싶어하는 것 같아요. 맞나요?"

건우씨가 물었다.

"비슷해요."

"난 얼마 전에 이런 이야기를 들었어요. 공원에 오리들을 모아놓고, 왼쪽 땅에는 모이의 3분의 1을 주고 나머지 오른쪽 반절의 땅에는 3분의 2를 뿌리면 오리들이 어떤 식으로 흩어지는지를요."

양선씨가 나를 바라보며 진지하게 이야기했다.

"어떻게 됩니까?"

건우씨가 양선씨를 향해 얼굴을 돌렸다.

"오리들은 모이의 분배된 양과 동일한 수로 흩어진대요. 정확히 1대 2의 비율로."

건우씨가 입을 벌렸다.

"인간들에게는 마술 같은 일이겠지만 오리들에게는 그게 본능이래요. 종희씨의 얘기가 오리들의 이야기랑 비슷하다고 생각했어요."

나는 고개를 끄덕였다.

"그런 것 같아요, 양선씨."

월말이 다가오고 있었다. 모래마을 소집이 있으니까 며칠만 지나면 희라의 소식을 들을 수 있다는 생각으로 버텼다. 공장에서 죽은 신원 불명의 신입사원 뉴스가 나를 자꾸 흔들었다. 희라의 얼굴이 떠오를 때마다 일이 손에 잡히지 않아서 머리를 흔들어야 했다.

정말 무슨 일이 있는 게 아니냐고 작업반장과 동료들은 진심으로 나를 걱정했다. 그들은 내게 친절했고, 물론 그들 역시 손을 떨어뜨리고 과거를 잊은 L시의 시민이었지만 다른 L시 사람들보다는 배려심이 많은 편이었다. 우리는 서로를 이해하거나 잘 알지 못했지만 적어도 L시의 일반이 아니라는 점에서는 공감할 부분이 있었던 셈이다.

어떤 날에는 그들에게 내 사정을 죄다 털어놓고 희라를 찾는 것을 도와달라고 하고 싶었다. 그럴 때마다 모래마을을 떠날 때 받았던 수칙을 읽고 또 읽었다. 그러면 다시 내가 누군지, 내가 무얼 해야 하는지, 왜 여기에 있는지 조금은 알 것 같았다.

또 어떤 날에는 희라가 어디에 속해 있는지 직접 알아내야겠다 싶었다. 어떻게든 희라가 있는 곳을 찾아가야겠다고 생각했다. 그래서 그녀가 살아 있다는 것을 꼭 확인하겠다, 다짐하며 잠에 들었다.

고요는 친구의 손을 붙들고 있다. 나는 그 아이의 얼굴을 본 적이 있다. 어디에서지? 그 아이는 멜로디언을 연주하던 아이이고 멜로디언에 고요의 이름을 써넣으면서 고요를 잊지 않겠다던 아이였다. 아이는 고요의 손을 잡고 있다.

이리로 오렴, 내 딸.

고요는 고개를 젓는다. 그리고 자기가 잡은 친구의 손을 들어 내게 보인다.

난 여기서 친구와 함께 있어요.

기억 속에서 이제 고요는 혼자 나타나지 않았고, 다른 아이들과 함께였다. 고요는 자신의 죽음에 대해서 내가 더이상 슬퍼하지 않기를, 또다른 기억을 덧대지 않기를 바랐다.

우리들은 모두 함께 죽었어요.

그것은 나에게만 일어난 일이 아니라는 뜻이에요, 아빠.

나는 그게 무슨 말인지 알 것 같았다.

그건 우리들에게 일어난 일이다.

나는 고요가 더이상 자신의 죽음을 슬퍼할 필요가 없다고 얘기해준 것을, 원치 않는다는 것을 알았다. 고요가 원하는 일은 내가 계속 L시에서 모래마을의 비극을 알리면서 꿋꿋하게 살아남는 것이었다.

마찬가지였다. 희라가 그 그룹에 있었든 있지 않았든 똑같은 일이 일어난 것뿐이다. 모래마을 사람들이 발각되었고, 처형당했다는 사실에는 변함이 없었다. 하지만 내게는 그게 여전히 다른 일처럼 느껴졌고 나는 또다시 입을 꾹 다문 채 잠을 청했다.

이번에는 내가 희라를 잊지 않을 수 있기를 간절히 바랐다.

반달이 뜬 밤에 다시 하나둘씩 바리케이드 주변으로 사람들이 모여들었다. 월말이니까 둥근 달이 보여야 했지만 검은 구름은 한순간도 하늘을 완전히 보여주지 않았다. 하지만 희라는 나타나지 않았다. 그룹을 대표해서 한 사람씩이니까 희라가 오지 않을 확률은 올 확률보다 낮았는데도 여전히 희라를 기다리고 있었다. 만날

수 있다고도 생각했다. 오늘은 열셋, 모두 모였다. 안도해야 하는
일이었지만 초조한 마음을 달랠 수 없었다. 잠깐 건물 밖으로 나
와 구름에 몸이 잘린 달을 바라보고 있는데 재은이 나왔다.

"혹시 그게 누군지 알아요?"

나는 다짜고짜 재은에게 물었다.

"누굴 말하는 거예요?"

나는 마음이 급해졌다.

"공장에서 죽은 사람 말입니다. 모래마을 사람이 아닐까요?"

재은도 달을 올려다봤다. 한참 들여다보더니 천천히 대꾸했다.

"글쎄요. 저도 그 뉴스를 듣고 그게 우리 마을 사람일지도 모른
다고 생각했어요. 하지만 아직 신고가 되었다는 이야길 못 들었어
요. 그래서 우리 마을 사람이 아니다, 라고 마음대로 생각해버렸
어요. 계속 생각나지만, 그럴 때마다 고갤 흔들어요. 아닐 거라고,
아닐 거라고, 주문을 건다고 해야 하나."

재은이 고개를 떨어뜨렸다.

"그런데 말이에요."

재은이 몸을 웅크렸다. 달빛이 반사되어 무릎이 희게 빛났다.

"그 사람이 모래마을 사람이 아니면 어떻게 되는 건가요?"

나는 재은이 무슨 얘기를 하려는지 알 것 같았다.

"그 사람이 모래마을 사람이 아니면, 그러면 안도해도 되는 건
가요? 어차피 그 일은 일어나버렸는데, 모래마을 사람이 아니라면

다른 누군가가 개죽음을 당한 거예요. 그건 안도할 일이 아닌데, 나는 안도하겠죠. 그게 누구를 위한 안도인지, 생각해봤어요?"

나는 고개를 끄덕였다.

"나를 위해서요. 나를 위해서, 나를 위해서입니다."

나는 큰 소리로 나 자신이 잊지 않도록 또박또박 대답했다.

"그 생각을 하면 죽은 사람한테 너무 미안해요."

재은이 나직하게 중얼거렸다.

"난 아이를 찾으러 마을에 들어왔는데, 아이가 내게 알려준 사실도 그거죠. 아이를 잊고 싶어했던 마음이 무엇이었는지, 또 찾고 싶어했던 마음이 무엇이었는지, 이제 내가 뭘 봐야 하는 건지도요. 근데 그게 어렵습니다."

"병이에요."

나는 내 딸 고요에게 몹시 부끄러웠다. 고요가 내게 가르쳐준 것을 모두 잊은 거나 마찬가지였다.

"우리들이 나을 수 있을까요?"

재은이 고개를 끄덕였다.

"물론이죠. 이렇게 싸우고 있잖아요."

우리는 다기조를 앓고 있는 환자였다. 손목을 떨구어내지 않고 병에 저항하고자 아직도 애쓰고 있었다. 하지만 그 병은 우리가 제대로 상황을 바라보기를 방해하고 있었으므로 가끔 자신의 모습에 절망할 때도 있었다. 지금이 그때다. 그리고 또 다음에는 그렇지 않을 때가 올 것이다. 나는 그렇게 중얼거렸다.

재은이 내 어깨를 흔들었다.

"들어가요. 회의 시작할 시간이 다 됐어요."

나는 엉덩이를 털고 재은의 뒤를 따라 지하실로 내려갔다.

왼쪽 발을 디디며 나는 희라를 보고 싶다고 생각했다. 오른쪽 발을 디디며 희라의 소식을 알고 싶지 않다고 생각했다.

재은의 말이 맞다. 만약에 희라가 무사하다면, 살아 있다면 나는 안도할 것이다. 그리고 희라가 살아 있다고 해서 내가 안도한다면, 그건 희라가 아닌 다른 사람의 죽음에 안도하는 것과 마찬가지다. 두 마음 사이에서 갈피를 잡지 못한 채 계단을 내려갔다.

계단의 끝이 보인다. 지하실이 나타나고 둥글게 모여 앉은 사람들의 얼굴이 달빛에 희미하게 빛났다.

피프린의 도시

광장의 시계가 정오를 알리자 피프린 지정 구역 선언식이 시작되었다. L시에 피프린 제조 시설을 대폭 늘리고 본격적으로 생산과 수출에 집중하게 될 것이라고 했다. L시의 시민이라면 그 누구도 실업 때문에 고통받는 일이 없을 것이며 L시의 시민이라면 그 누구나 피프린의 전문가로서 이 세계에서 제 역할을 찾게 되리라고 했다.

"피프린은 이 도시에 정체성을 부여했습니다. 이제 피프린은 우리 자신입니다. 피프린이 L시를 다시 세우고 우리들을 이끌 것입니다."

함성이 L시를 뒤흔들었다.

팔뚝에 오스스 소름이 돋았다. 경재는 고개를 떨어뜨렸다.

"어서, 손뼉 쳐요."

그의 귀 가까이에 대고 넌지시 일렀다. 경재가 고개를 들고 억지 미소를 지으며 두 손바닥을 부딪쳤다. 나도 팔을 높이 치켜들고 손바닥을 맞부딪쳤다. 느긋한 척했지만 언제 희라를 마주칠지 모른다는 생각으로 마음이 조급했다. 주변 사람들의 얼굴을 하나씩 재빨리 확인했다. 희라는 적어도 근방 십 미터 안에는 없었다.

모래마을에서 쫓겨난 뒤 일 년이라는 시간이 흘렀다. 오늘은 광장에 모든 L시의 시민이 집결하는 날이며 동시에 모래마을 사람들이 마을을 떠난 이후 처음으로 한곳에 모이는 날이기도 했다.

그것은 희라가 온다는 뜻이기도 했다.

희라가 경축 행사에서 어떤 역할을 맡아 어디에 있을지, 누구와 있을지 몰랐지만 분명 그 자리에 나타날 것이다. 십만이 넘는 인파가 모이기 때문에 희라를 정말로 만날 수 있을지는 미지수였지만 나는 그 희망을 포기할 수 없었다.

만나지 못할 가능성 같은 건 생각하지 않기로 했다.

"기쁜 마음으로 자신의 무덤에 몸을 던지는 사람들을 이렇게 가까이서 보게 될 줄을 몰랐어요."

경재는 평소답지 않게 시무룩했다. 그가 느끼는 무력감을 이해했다. 나 역시 광장을 메운 인파들, 피프런이라는 단어가 나올 때마다 열광하는 목소리, L시의 부흥을 이끄는 선두주자가 자신들이 될 거라는 기대와 흥분으로 가득찬 이 광장의 열기를 어떻게 받아들여야 할지 알지 못했으므로.

이름과 얼굴을 알지 못한다고 해도 모래마을 사람들이 누군지는 대번에 찾을 수 있었다. 눈빛에 번뜩이는 광기가 없는 이들, 흥분으로 가슴이 부풀어오르지 않은 이들이 바로 모래마을 사람들이었다. 나와 경재는 맡은 역할 때문에 어쩔 수 없이 연기를 해야 했지만 선전을 맡은 이들은 냉정과 침착을 잃지 않았다. 사람들에게 피프린이 L시를 폐기시킬 거라고, L시에 부흥이 아니라 멸망을 가져올 것이라고 외치고 있었다. 저 화려한 전광판에서 번쩍이는 피프린 제조 건물들에 비하면 코웃음이 나올 정도로 보잘것없어 보이는 작은 유인물을, 사람들의 손에 쥐여지기가 무섭게 바다로 내던져지고 발에 밟혀 찢기는 종잇장을 들고 있는 사람들이 있었다. 우리는 얼굴을 마주볼 정도로 가까운 거리에서 마주치면 가볍게 눈빛을 보내 인사를 나누고 제 역할을 계속했다.

나와 경재는 광장 입구에서 받은 작은 깃발을 장난스럽게 등뒤에 꽂은 채 어슬렁거렸다. 우리는 간식거리를 좀 사기로 했다. 뭐든 먹어두는 게 좋을 거라는 데 둘 다 생각을 같이했다.

"뭘 좋아합니까?"

경재와 일 년 동안 함께 지내면서도 그의 식성을 몰랐다는 걸 깨달았다. 그건 나 자신에게도 마찬가지였다. 뭘 좋아하고 말고

할 것 없이 그저 생존이 우리의 목표였던 셈이다.

내가 우스운 농담이라도 던졌다는 듯이 경재가 웃었다.

"그러고 보니 내가 뭘 좋아하는지조차 잊고 지냈네요."

잊었다는 말이 무색하게 경재는 달큰한 냄새가 나는 쪽으로 발걸음을 옮기기 시작했다. 그의 뒤를 따라가 그가 내미는 접시 위에 담긴 만두를 입에 넣었다. 우리 둘은 따뜻한 고기를 우물거리면서 화면 조정실을 흘끗거렸다.

음식이 혀를 자극했기 때문인지 할일을 생각하자 긴장감이 들어서였는지 정신이 번쩍 들었다.

시민들은 도로 근처의 간이식당에서 먹을거리로 배를 채우며 전시물들을 구경하고 있었다. 광장에 부채꼴 모양으로 늘어놓은 좌석은 만석이었다. 이렇게 많은 인파가 모인 것은 처음이었다. L시가 내린 최악의 결정의 순간에 가장 많은 시민들이 참여했다. 나는 내가 할 일, 경재와 내가 맡은 일, 그러니까 피프린에 취해버린 이들의 축제를 잠시 멈추고 삐걱거리게 하는 것이 과연 어떤 효과를 불러올 수 있을지, 어떤 의미라도 있는 것인지 의문스러웠다.

왜 우리가 저항해야 하는지 말이다.

어깨에 힘이 빠졌다. 경재가 내 마음속에서 무슨 일인가 일어났다는 걸 눈치챈 것 같았다.

"무슨 문제 있어요? 뭘 본 거죠?"

"아닙니다. 너무 긴장해서 그래요."

나는 경재의 손을 잡고 안심하라는 듯 흔들었다.

사회자가 개회를 선언하자 악단이 연주를 시작했다. 트럼펫이 경쾌하게 문을 열고 콘트라베이스와 바이올린, 피아노가 어우러지며 곡을 연주했다. 음악은 도입부에는 빨랐던 리듬이 점차 느려지며 웅장하게 감정을 자극하더니 마지막으로 다시 빠르고 경쾌한 리듬을 되찾으며 끝이 났다.

사람들의 얼굴에 만족감이 가득한 미소가 떠올랐다. 그리고 우레와 같은 박수가 터져나왔다. 나와 경재도 덩달아 손뼉을 치기 시작했다. 누군가 입술로 호루라기 소리를 내자 다른 누군가가 손을 높이 들며 흔들었고 어디선가 웃음소리가 터져나왔다.

연주자들이 내려갔고 무용수들이 무대로 올라왔다.

이곳은 축제였다. 도시의 죽음을, 자신들의 죽음을 경축하는 선언의 자리였다. 우리 모래마을 사람들이 그토록 찾고 싶었던 정보를 L시 스스로 선포하는 자축의 자리였다.

결국 흰개들과 L시는 같은 주장을 하고 있었던 셈이다. L시에 피프린 폐기 시설을 들이고 시 전체를 폐기와 관련한 기능을 담당하도록 특화하겠다는 것이었다. 그것은 우리들 흰개들이 그렇게 찾고 싶었던, L시의 시민들에게 알리고자 했던 사실이었다. 그 사실을 알릴 수 있다면 상황을 뒤바꿀 수 있다고 생각했다. 그러나 그 사실은 흰개들의 입이 아니라 L시의 입에서 먼저 나왔다. 다만 우리들이 폐기라고 사용하는 단어를 정부는 지정이라고 바꿔치기

했을 뿐이다.

피프린 지정 구역 L시

단어 하나만 바꾸었을 뿐인데 상황이 뒤집혔다. 이제 그 사실은 L시의 시민들을 혼돈에 빠뜨리지 않았다. 시민들은 열광했다. 기쁘게 맞아들였다. 아무도 분개하지 않았다. 거부하지 않았다.
저항하지 않았다.

큰 새가 하늘을 날듯 깃발이 펄럭이며 바람의 소리를 내었다. 만국기가 눈부시게 빛났다. 사람들의 얼굴이 환했고 기쁨에 차 있었다. 손이 떨어져나간 팔을 하늘을 향해 번쩍 들고 뛰어올랐다.

피프린이 우리를 구하러 올 것이다.

피프린이 이 도시를 다시 부흥시킬 것이다.

새로운 삶이 우리를 기다릴 것이다.

손이 없는 민숭한 팔목이 하늘 위에서 춤을 추고 있었다.
나와 경재는 진행요원 유니폼으로 갈아입은 뒤 거대한 전광판의 뒤쪽, 전기 시설 조정실로 들어갔다. 무대 쪽으로 보내고 있는 이미지들이 필름에 담겨 있었다.

전광판을 통해 전송될 다음 컷은 피프런이 L시에 가져다준 경제적 효용이었다. 나는 C3번부터 C9번까지의 필름을 꺼내고 가져온 필름으로 교체했다.

"이제 화면 나갈 거예요. 경재씨 먼저 나가요."

C2컷이 전송되고 그다음 컷으로 넘어간 뒤에 나도 경재의 뒤를 따라 조정실을 나갔다.

다기조를 견디지 못하고 몸을 잃어버린 아이들이 광장에 떠올랐다.

"저길 봐요!"

어떤 남자가 외쳤다.

"저게 뭔가요? 대체 저게 뭡니까?"

다른 여자가 물었다.

"저게 뭔지 알아요. 도서관에서 일할 때 저들에 대한 기록과 사진을 본 적이 있어요."

침착한 목소리의 여자가 사람들에게 알려줬다. 하지만 그 이상 설명을 듣고 싶어하는 사람은 없었다. 여자의 목소리는 웅성대는 사람들 속에 묻혀 사라져버렸다.

"저 사진이 뭔지 알겠어요. 그 의미를요! 저 사진은 단지 축제에 훼방꾼이 있다는 걸 말해줍니다. 그들에게는 뜻하는 바가 있겠죠. 하지만 우리에게는요, 저것은 아무것도 아닙니다. 그렇습니다. 우린 저게 뭔지에 대해서 알 필요도 없고 알려고 해서도 안 됩니다. 그건 그들의 술책에 넘어가는 겁니다. 흰개들 말이요. 적응하려 들지 않고 섞이지 않으려고 하는 불순한 그자들 말이에요."

"맞아요. 동요할 것 없이, 다시 축제를 이어가면 됩니다."

조정실에 관리직원이 다시 투입되었다.

CITY OF PIPLIN

전광판에 화려한 색깔의 문자가 떠올랐다. 문자는 크기와 배열을 달리하며 사람들의 마음에 자신의 이름을 새겨넣었다.

우리 둘은 최대한 빠른 속도로 달려 광장을 빠져나왔다.

숨을 가다듬으며 경재가 물었다.

"우리가 뭘 본 겁니까?"

숨이 찼다. 숨이 차서 아무 대답도 할 수 없다는 것만이 위안이 되었다.

"우리가 들은 게, 무, 무슨, 말입니까?"

경재는 계속 물었다. 숨을 헐떡거리면서, 마치 그렇게 내게 묻지 않고는 견딜 수 없다는 듯이. 눈이 발갛게 달아오르기 시작했다. 핏발이 선 눈으로 광장을 바라보며 그는 자리에 주저앉았다.

"어서 일어나요."

나는 경재를 일으켜세웠다. 그를 일으켜세우지 못한다면 나도 같이 주저앉을 것 같기에.

이제 L시의 시민들은 아이들의 존재조차 알지 못했다. 자신들이 한때 부모였다는 것을 잊은 것처럼, 아이들이라는 존재 자체를 잊었다.

경재와 나는 다시 옷을 갈아입고 선언식에서 좀 멀리 떨어진 둔치에 앉았다. 거기까지 환호성과 폭죽이 터지는 소리, 노랫소리가 들려왔다.

"무슨 생각 합니까?"

경재가 물었다. 얼굴에 맺힌 땀을 닦을 생각도 하지 않고 목을 빼고 강물만 넋놓고 들여다보면서 묻는다.

"나에게 아이가 있었다는 사실이요."

"이름이 뭐였죠?"

"고요."

나는 아이의 이름을 말했다.

"그리고 한 사람이 더 있었어요."

"저기 차가 옵니다."

경재가 도로변으로 달려가 손을 높이 들었다.

도로 저 너머에서 택시가 오고 있었다.

운전석에 앉아 있는 사람은 단발머리, 넓은 어깨, 작은 눈과 오똑한 콧날, 멀리서도 나는 그녀를 알아볼 수 있었다.

희라였다.

희라가 타고 있었다.

나는 희라가 내게 올지, 아니 우리가 다시 만날 수 있을지, 나와 경재를 안전하게 이동시키는 역할을 맡기로 했는지 몰랐기 때문에 놀랐고, 무엇보다 기뻤다. 잠시 얼떨떨한 마음에 몸이 움직이지 않았다. 경재가 내 어깨를 쳤다.

내가 먼저 차에 올라탔다. 경재가 빨리 올라탈 수 있도록 재빨리 왼쪽 좌석 쪽으로 몸을 넣으며 희라에게 눈인사를 했다. 희라도 고개를 끄덕였다.

모래마을을 떠난 뒤에는 처음 만나는 것이니까 일 년 만이었다. 희라는 여전했다. 어떤 일이 있어도 기죽지 않겠다는 듯 당당한 그 모습 그대로였다.

"고마워요."

"고맙긴요. 아저씨가 고생했죠. 대단하네요. 일 년 만에 다른 사람이 된 것 같아요."

"아니, 그게 아니라……"

"네?"

"살아 있어줘서 고맙다고."

희라가 여전히 내 말 뜻으로 모르겠다는 듯 어깨를 으쓱했다.

"그런데 표정이 왜 그래요?"

"나 말이에요?"

"얼굴을 이상하게 찡그리고 있잖아요."

나는 내 얼굴을 더듬어보았다. 땀으로 끈적한 피부만이 느껴질 뿐 내가 어떤 표정을 짓고 있는지 알 수 없었다.

"곧 울음을 터뜨릴 것 같은 얼굴인데요."

"너무 기뻐서 그런가봐요."

"대체 뭐가 기쁘다는 거예요? 지금 이 지경이요? L시가 피프린의 도시가 된 것이?"

희라가 고개를 흔들며 차선을 바꾸었다.

차들마다 사이드미러에 작은 깃발을 달고 있었다.

CITY OF PIPLIN

인쇄된 가지각색의 깃발들이다. 우리들이 타고 있는 택시도 마찬가지였다.

내가 깃발을 흘끗거리자 희라가 말했다.

"주유소에서 공짜로 나눠주고 있어요. 오늘 국경일이라서 기름값도 할인해주었고요."

"기뻐해야 하는 건가?"

경재가 중얼거렸다.

"반응은 어때요?"

"뉴스를 들어보겠어요?"

희라가 라디오를 조정해 뉴스 채널을 틀었다.

오늘 낮 중앙광장에서는 L시가 피프린의 도시로 지정된 것을 축하하는 선언식이 열렸습니다. 각계각층의 인사들과 시민 대중이 광장으로 모여 기쁜 소식을 다함께 누리는 자리였는데요. 선언식의 중반부쯤에 잠시 사고가 있었다고 합니다.

신원이 아직 밝혀지지 않은 두 사람이 화면 조정실에 난입해 잠시 사고가 생겼습니다. 그들은 피프린이 L시의 경제 성장에 기여한 자료들을 제거하고 그 사이에 의미를 알 수 없는 괴이한 이미지를 전송함으로써 피프린의 날 행사를 방해했습니다. 이미지를 선언식에서 보여줌으로써 어떤 메시지를 전달하려고 했는지는 불명확합니다.

이들의 신원은 아직 밝혀지지 않았으나 L시의 경축 행사를 방해하려고 했던 것으로 보아 L시가 피프린 지역으로 선정된 것에 앙심을 품은 외부 지역 거주자라고 추측하고 있습니다.

희라가 룸미러로 내 얼굴이 굳어가는 걸 확인하고 전원을 눌러 라디오를 껐다.

나는 차창 밖으로 시선을 던지고 스쳐지나가는 풍경을 바라보았다.

강이 흘렀고 푸른 물결을 가로질러 뻗은 고속도로 위를 달리는 세 사람 모두 입을 다문 채 아무 말이 없었다.

눈을 감고 내게 새 이름을 준 사람을, 이종희를 생각했다. 내가 전에 한 번도 만나본 적이 없는 사람을. 팔도 다리도, 몸통도, 얼굴도 없이 사라져버린, 누군지도 모른 채 이 도시가 강에 던진 사람을.

이제 그의 이름을 달고 나머지 인생을 살아가야 한다. 그것이 내 삶이었다.

다시 눈 한가득 세상이 들어왔다. 앞좌석에는 희라가 앉아 있었고 그녀의 강인한 팔이 운전대를 잡고 있었으며 카스테레오에서 흘러나오는 음악의 리듬에 맞추어 어깨를 흔들고 있었다. 나는 그녀가 우울할 때 일부러 몸을 흔들어 마음이 가라앉지 않도록 균형을 잡는다는 것을 알고 있었다.

강물은 좀전보다 천천히 흘러가는 것 같았다.

또 좀 화가 난 것도 같고 흥분한 것 같기도 한 경재의 숨소리가 들렸다. 그 순간, 내가 짊어져야 할 다른 누군가의 이름에 대한 혼란으로 가득차 차라리 저 강물에 얼굴을 처박아버리고 싶었던 그 순간에, 내 옆에 앉은 사람의 숨쉬는 소리가 내게 알 수 없는 위안을 주었다.

우리들은 다리를 건너고 있었다. 강물은 꾸물거리며 쉬지 않고 흘러갔다. 환한 햇살이 무심하게 물결을 향해 쏟아지고 있었다. 눈이 부셨다.

셋 중 한 사람이 아이의 다문 입술처럼 얇은 침묵을 깨고 물었다.

"이제 어디로 가죠?"

작가의 말

    2014년 4월 16일에 우리 곁을 떠난 한 아이의 이름을 알게 되었다. 아이의 어머니를 만나 아이가 태어나 떠나기 전날까지의 이야기를 들었다. 몇 장의 사진을 받아보았고 들은 이야기를 적어 기록으로 남겼다.

    그 일들에 앞서 두려웠다. 나는 아이를 낳아본 적도 잃어본 적도 없어서 자식을 잃은 부모의 고통을 짐작도 할 수 없을 텐데 어줍지 않은 위로가 오히려 상처를 덧나게 할지도 모른다는 조심스러운 마음으로 안산에 찾아갔다. 아이의 어머니는 학교에서 일하고 계셨다. 학교 뒷산에 나란히 앉아 아이에 대한 대화를 나누면서도 끝내 어머니에게 위로의 말을 전하지 못했다. 내가 전할 위로가 제 역할을 할 수 있을지 자신이 없었다. 헤어질 때, 그런 내 마음을 다 알고 있다는 듯 아이 어머니가 나를 위로해주셨다.

아이의 어머니에게 받았던 그 거꾸로 된 위로의 말 뒤에, 몇 년이나 더 지나서 나는 이렇게 긴긴 대답을 한 것일지도 모르겠다.

소설을 연재하는 동안 지켜봐주시고 응원해주신 독자분들에게서 가장 큰 힘을 얻었다. 한 줄 한 줄 남겨주신 소중한 글귀들을 읽으며 앞으로 나아갈 수 있었다. 함께 책을 만들어준 김영수 편집자에게 누구보다 감사하다. 거친 원고를 다듬어주고 소통에 서툰 나를 유연하게 이끌어 무사히 독자를 만나게 해주었다. 사진을 찍어준 강소영 사진작가는 오래 알고 지내온 친구인데 이번 작업을 통해 그에 대해 더 알게 되어 기뻤다. 구병모 소설가의 멋있는 응원 메시지를 받아 신이 난다. 이번에도 소설이 돋보이도록 감각적인 표지를 만들어주신 디자이너 김마리님께 감사를 전한다. 마지막으로 책을 출간해준 문학동네에도 감사 인사를 드린다.

소설을 끝내놓고도 여전히 끝나지 않았다는 생각이 든다. 끝난 것은 아무것도 없으므로 홀가분하지도 않다.

마지막 문장을 읽고 난 뒤에, 독자들이 활자에서 눈을 떼고 현실의 어딘가를 바라보게 되기를 바란다. 그게 어떤 사람의 이름이건 얼굴이건, 자기 방에 놓인 어떤 사물이건 그 무엇도 머물지 않는 모퉁이이건 간에, 창밖에 펼쳐져 있거나 혹은 시야에도 닿지 않는 먼 곳이건 간에, 자신의 바깥으로 눈을 돌리기 바란다.

이 소설이 우리들이 책임져야 할 어떤 구체적인 장소를 연상시키기를 바란다.

2019년 여름

최정화

문학동네 장편소설
흰 도시 이야기
ⓒ 최정화 2019

초판인쇄 2019년 8월 23일
초판발행 2019년 8월 30일

지은이 최정화
펴낸이 염현숙
책임편집 김영수 | 편집 김봉곤 강윤정
디자인 김마리 유현아 | 마케팅 정민호 박보람 나해진 최원석 우상욱
홍보 김희숙 김상만 오혜림
제작 강신은 김동욱 임현식 | 제작처 한영문화사

펴낸곳 (주)문학동네
출판등록 1993년 10월 22일 제406-2003-000045호
주소 10881 경기도 파주시 회동길 210
전자우편 editor@munhak.com | 대표전화 031) 955-8888 | 팩스 031) 955-8855
문의전화 031) 955-3576(마케팅) 031) 955-2679(편집)
문학동네카페 http://cafe.naver.com/mhdn | 트위터 @munhakdongne
북클럽문학동네 http://bookclubmunhak.com

ISBN 978-89-546-5759-4 03810

www.munhak.com